LA VALISE

SOPHIE FORTE

LA VALISE

Roman

ÉDITIONS PRISMA

ISBN : 978-2-8104-3240-0

« L'extraordinaire se trouve
sur le chemin des gens ordinaires. »
Paulo Coelho

Chapitre 1

– Mais puisque je te dis que tu étais artiste peintre !

– Non. Chauffeur de taxi !

– Oui, mais ça, c'était avant ! Avant de devenir peintre. Un grand peintre ! Mais souviens-toi enfin !

– Mais non ma Minette, tu te trompes, pas peintre, chauffeur de taxi !

– Peintre, papa, peintre ! Aquarelliste !

– Chauffeur de taxi ! Comme le monsieur, là !

Il me désignait d'une main molle le chauffeur de taxi assis à l'avant du véhicule qui nous emmenait à « La Maison des artistes » de Nogent-sur-Marne. Plus nous approchions, plus je paniquais. Comme son nom l'indiquait, on y acceptait seulement des artistes, pas des chauffeurs de taxi ! Se pouvait-il que mon père ait perdu la mémoire, et peut-être aussi la raison, en une nuit ?!! Le choc avait sans doute été trop grand…

Je l'observais, engoncé dans son costume bleu marine, son ventre proéminent qui avait rendu impossible toute fermeture de veste, la moustache contrite, les yeux fixés sur rien, avec son écharpe blanche qui pendait sans conviction autour de son cou. Nous arrivâmes devant une magnifique demeure aux airs de petit château, flanquée d'une longue véranda et entourée d'un immense parc. Mon cœur voulait sortir de ma poitrine tant il battait fort. Nous nous sommes dirigés vers l'entrée, une femme très chic est venue à notre rencontre, j'implorai une dernière fois mon père du regard, et il m'a glissé à l'oreille :

– Tu vas arrêter maintenant, hein, avec tes histoires de peinture !

C'est ce souvenir qui me vient en premier. Pourtant, sur la photo, papa a vingt ans, il se balade en bras de chemise dans un champ avec un accordéon. Mais c'est le souvenir de son arrivée dans cette maison qui resurgit.

Je regarde l'étrange patchwork que forment toutes les photos éparpillées sur le grand tapis bleu. Je viens d'ouvrir la lourde valise que l'on m'a confiée, et que j'ai eu du mal à hisser en haut des escaliers qui mènent à ma chambre.

Lorsque je l'ai ouverte, des centaines de photos s'en sont échappées, heureuses d'être enfin libérées. En noir et blanc, ocre et terre de Sienne, ou bien pourpres, avec des petits liserés blancs ou de délicates dents tout autour, ou encore des polaroïds jaunis, des photos carrées des années 1960 qui ont viré à l'orange. Des visages, des silhouettes de tous les âges m'apparaissent sens dessus dessous, entremêlés, serrés les uns contre les autres, empilés. Tant de personnages qui peut-être ne s'étaient jamais croisés avant la valise…

Et je deviens à présent l'unique gardienne de toutes ces vies.

De toute ma famille.

Il est fantastique, mon héritage !

J'ai la présence d'esprit d'aller fermer ma porte, pour que la chatte ne vienne pas me perturber. Il arrive en effet que « Le Niaaa » (chatte persane blanche achetée après une invasion de souris dans l'appartement, et qui doit son nom à son cri, « Niaaa », et sa masculinisation à de lointains souvenirs, lorsque je m'appelais Le Sophie. Mais vous comprendrez plus tard...) s'attaque aux pages de mes livres de chevet ou qu'elle lacère quelques paperasses, importantes de préférence...

Je pioche dans le tas, comme si je tirais les cartes pour lire la bonne aventure, et à chaque fois je ressens l'excitation d'une nouvelle histoire, grâce à une photo qui m'emmène loin de mes quatre murs parisiens : dans les champs, au bord de la mer, en Haute-Savoie, en Italie, à Lyon, dans une Ford T, un side-car, ou sur une bicyclette cabossée.

Je découvre avec ravissement des visages sérieux, beaucoup de moustaches, de chapeaux, de corps rigides, engoncés, prenant la pose dans des costumes étriqués ou des robes vaporeuses, moi à sept ans en maillot de bain avec une glace, maman à vélo, un bébé inconnu, le mariage d'un frêle monsieur avec une grosse dame. Une petite fille avec un cerceau...

Au dos de certaines photos, l'écriture fine et courbée d'Irma, ma grand-mère paternelle, avec les noms, les lieux et les années, précieuses indications qui vont me permettre d'identifier des cousins, grands-oncles, grands-tantes et arrière-grands-parents dont les visages ne me disent rien. Je ne me doutais pas que ma grand-mère avait réussi à réunir tant de trésors tout au long de sa vie. Ce qui me surprend le plus, c'est qu'elle ait pu aussi se procurer des photos des membres de la famille de ma mère.

Avant de prendre la main de tous ces personnages pour les extirper de leurs prisons de clichés et faire un bout de chemin avec eux, je photographie mon œuvre éphémère. Pour me souvenir de ce moment, du moment des souvenirs…

Je retourne une petite photo dentelée. Je dois avoir trois ans. Je suis au premier plan, l'air sage dans mon petit manteau rose. Autour de moi, papa, maman, papy, mamy, tante Zette et oncle André me regardent tendrement.

J'étais fille unique dans une famille sans enfants…

J'étais arrivée par hasard, au grand étonnement général, alors que maman, qui avait quarante ans, après quinze ans de mariage, n'espérait plus de miracle.

Un jour, lorsque j'étais adolescente, elle me confia qu'elle m'avait eue malgré la volonté de papa. Non pas qu'elle ait dû le forcer à faire l'amour, mais qu'elle avait un peu « poussé les choses ». Je lui demandai comment on pouvait « pousser les choses » pour avoir un bébé, et quelles pouvaient bien être ces choses, mais maman me répondit par un petit rire, en agitant une vague main près de son visage et en disant, rougissante : « J'ai un peu aidé la nature. » Et c'était tout ce que j'avais pu en tirer.

Son docteur lui avait dit qu'elle ne pourrait pas avoir d'enfant et qu'elle devait renoncer à cette idée. C'était mal connaître maman, qui n'avait jamais renoncé à quoi que ce soit dans sa vie, si ce n'est à son Bob, mais j'en parlerai plus tard…

C'est ainsi que je naquis, je ne saurai jamais par quel sortilège, et que maman en fut si heureuse, et papa carrément consterné. Car mon papa était en fait un enfant caché dans un corps d'adulte, et l'arrivée d'une petite sœur le perturba quelque peu. Il ne sut d'ailleurs jamais vraiment comment s'approcher de moi, voyant en ma frêle personne une insupportable concurrente, une terrible rivale, un être encombrant qui allait désormais lui ravir sa dévouée femme. Et je le sentis très tôt. Il paraît qu'à chaque fois qu'il tentait de me prendre dans ses bras, je faisais pipi sur lui. Tout en hurlant, bien entendu.

Il a fallu qu'on s'apprivoise lui et moi. Cela a duré toute une vie. On avait presque réussi quand il est mort…

Maman avait un frère, qui avait de grands enfants qu'on ne voyait jamais, mon père avait une sœur qui n'avait pas pu en avoir.

Mes grands-parents, mes parents, la sœur de papa et son mari formaient tout un petit monde qui m'était entièrement dévoué.

J'étais une enfant reine. Et heureuse.

Mes arrière-grands-parents, Benedetto et Pelerine, étaient des Napolitains immigrés à Lyon vers 1880. Ils n'eurent qu'un seul fils, Antoine. Pas Antonio. Ils avaient le désir de s'intégrer et lui donnèrent donc un prénom français. Et on devait aussi prononcer leur nom de famille à la française : Forte. Et non pas Forté.

Sur la photo sépia, le couple, très sérieux, est assis dans une traction avant. Lui, fier, visage fin mangé par une trop grosse moustache, en costume trois-pièces à rayures. Elle, visage carré, corps épais débordant d'une robe à boutons au col de dentelle, écrasée par un grand chapeau aux larges bords, avec un oiseau piqué au sommet ! Je me demande comment elle se débrouillait pour le garder sur la tête lorsque la voiture était en marche…

Qu'ai-je en moi de ces gens ? Ai-je hérité du moindre de leur trait ? Et ils me semblent tellement mal assortis ! Car lui paraît si beau, si distingué, auprès de cette drôle de petite femme au visage fermé, au corps tassé et massif.

Les Forte.

Forte (Fort) : adjectif qui évoque la force physique, la puissance, la compétence, la résistance, la corpulence…

Il paraît que le nom de famille fait partie intégrante de notre personnalité. Il exerce une influence considérable sur le comportement, le mode de pensée, la manière de vivre, le destin.

– On dit Forte ou Forté ?

– Ben, ici en France on dit Forte, mais en fait c'est Forté. C'est italien.

– Ah, vous êtes italienne ?

– Oui… En grande partie, oui…

– Mais vous êtes née en France ?

– Oui. Ce sont mes grands-parents qui ont immigré d'Italie.

– Ah…

Ou bien :

– Sophie Fort ?

– Non, FortE. Comme Forte…

– Ah oui… Comme Forte, évidemment.

Ou bien :

– Elle est forte, Sophie !

Voilà ce que j'entends depuis ma naissance.

Et même si je suis toute petite, plutôt frêle et souvent fébrile face à la vie, je me dois donc d'honorer ce nom. Alors je fais comme si j'étais forte.

Et souvent, ça marche…

*

Sur la photo en noir et blanc que je viens de piocher, le bel homme, dont on devine le corps musclé sous la chemise blanche, doit avoir une vingtaine d'années. Il pose royalement sur une grosse moto. Un air d'acteur américain, cigarette au bec, mèche rebelle, sourire désinvolte.

Un tombeur ! Sur le cliché on ne voit pas qu'il a les yeux bleus, mais on le sent. Il a un regard d'yeux bleus.

Et il ressemble incroyablement à son père, c'est saisissant !

Mon grand-père paternel, Antoine Forte, avait soixante-sept ans quand je suis née.

Pas très grand, mais bien bâti, fines mains noueuses, yeux bleu piscine, avec les paupières qui tombaient sur les côtés, ce qui lui donnait un regard de chien battu qui vous perçait l'âme.

Il fumait des Gauloises jaunes, l'une après l'autre, et on aurait dit que c'était toujours la même cigarette qui pendait inlassablement au coin de sa bouche. Il parlait, lisait, marchait, mangeait et peut-être même dormait avec… Les cendres tombaient ici et là sans qu'il s'en souciât, et ma grand-mère tournicotait sans cesse autour de lui en râlant avec une balayette et une pelle.

Lorsqu'il souriait, le côté de sa bouche sans cigarette remontait jusqu'à l'œil, et ça rendait papy tout à coup espiègle, avec sa petite fossette. Un sourire qui faisait se sentir privilégié, qui semblait dire : « Je n'ai pas envie de sourire, mais pour toi je fais l'effort. »

Je l'ai connu avec une magnifique crinière presque jaune, à cause de la cigarette, mais qui avait été d'un beau blond vénitien. Une raie de côté et cette mèche toujours indomptée qu'il remettait en place d'un geste élégant. D'ailleurs, tout en lui était élégant, même sa démarche boiteuse. Il avait été blessé à la jambe pendant la guerre de 39-45, et cela faisait sa fierté, et celle de toute la famille. Il touchait une pension d'invalidité et ne travaillait déjà plus lorsque je suis venue au monde. Il avait été tailleur, comme son père, et en gardait un amour pour les vêtements « impeccables » (je l'entends encore dire ce mot).

Il n'était pas riche, mais toujours chic, même dans son vieux costume trois-pièces.

Papy était peintre. Il n'avait jamais vendu un seul tableau, mais je crois que cela lui importait peu. Il peignait pour s'évader. De la peinture à l'huile, des paysages très colorés, assez naïfs, qui m'émerveillaient. Je n'ai pu en garder qu'un, une vue de la rivière où nous allions pêcher et qu'il avait offert à papa, et je n'ai jamais su ce qu'étaient devenus les autres. Ils ont dû être jetés par mon oncle André, le mari de sa fille, qui n'était pas très sensible à la peinture, au cours de déménagements.

Papy n'était sûrement pas un grand peintre, mais sur ses chemins, dans ses champs et ses ruelles, je me promenais comme Mary Poppins entre dans le tableau pour rencontrer les pingouins. Dès que j'arrivais chez lui, la première chose que je faisais était de lui demander de me montrer sa nouvelle œuvre, et je me souviens de son regard guettant dans le mien une lueur d'admiration. Son « atelier » était en fait un placard aménagé et, aussitôt que papy avait fini de peindre, elle s'empressait de le refermer.

L'odeur de térébenthine lui était insupportable, et elle passait son temps à aérer l'appartement, ce qui ne chassait pas l'effluve, mais rendait ce lieu glacial.

Papy, c'était donc aussi pour moi une odeur particulière : un mélange de peinture à l'huile et de cigarette. Et de vieux chien aussi.

Car il avait ce chien, Dick, un énorme bâtard noir qui était sans doute le croisement entre un doberman et une vache. Papy ne l'appelait pas « Dick » d'ailleurs, il disait « Le Dick », comme s'il s'agissait d'un personnage de grande importance. Pas étonnant. Ce chien était de toute évidence ce qui comptait le plus à ses yeux. Il était devenu son ombre. L'ombre de papy était un gros chien noir qui le suivait partout d'un pas fatigué, et qui boitait aussi, tout comme lui.

Il me paraissait si grand ! Je grimpais sur son dos en hurlant « Hue dada ! », et la pauvre bête me trimbalait vaillamment dans le couloir pour aller ensuite s'écrouler au salon, épuisée. Dick n'était plus tout jeune non plus lorsque je l'ai connu…

Mes grands-parents avaient une maison de campagne, pas loin de Lyon, à Neuville-sur-Ain, où je passais la plupart de mes week-ends et vacances. Elle n'était pas bien grande, mais disposait d'un balcon et d'un charmant jardin qui donnaient sur la rivière. On poussait la grille, et on se retrouvait les pieds dans l'eau. Ils avaient acheté cette maison car papy adorait la pêche. La pêche, c'était sacré ! Il possédait donc tout un équipement, chapeau d'Indiana Jones, veste beige avec plein de poches, gants, bottes vertes qui montaient jusqu'aux cuisses, et son petit panier en bandoulière. Je rêvais d'être habillée comme lui et, pour mes sept ans, quelle ne fut ma surprise de découvrir toute la panoplie à ma taille ! Je ne sais pas où il avait dégoté ça, mais je ne voulais plus la quitter, et du matin au soir je me baladais déguisée en pêcheur. Lorsque nous passions à table, mamy disait : « Sophie, enlève au moins ton chapeau ! »

Dans la rivière, il y avait sans doute des truites et d'autres poissons plus gros dont j'ai oublié les noms, mais on y trouvait surtout des gardons, des tout petits poissons qu'on faisait griller sur le barbecue. Une fois cuits, ils étaient encore plus petits, et on avait l'impression de ne croquer que des arêtes recouvertes de peau, mais ça ne faisait rien, on était quand même heureux de manger « le produit de notre pêche », comme disait fièrement papy. Chaque fois que j'en attrapais un, quand je n'étais pas tombée à l'eau, que je n'avais pas emmêlé le fil ni planté l'hameçon dans un endroit incongru, je poussais des cris en sautant sur place, et papy me disait « Chut, chut, tu vas faire fuir tous ses copains ! » Mais je ne pouvais m'empêcher de faire éclater ma joie…

Papy aimait aller au cinéma. Quand il n'était pas à Neuville, mais à Lyon, je crois qu'il s'y rendait chaque jour. Enfin, c'est ce qu'il disait, mais il allait peut-être autre part… comme le laissait parfois sous-entendre ma grand-mère en l'appelant « ce voyou de papy ! ». Mais il devait bien y aller quand même de temps en temps, au cinéma, car il me racontait des films fantastiques où tout un tas de gens se faisaient tuer en même temps par un seul homme. Papy adulait Humphrey Bogart. Lorsqu'il sortait avec son chapeau volontairement de traviole et son pardessus, je crois bien qu'il essayait de lui ressembler. Et d'ailleurs, il y parvenait.

Quant à ma grand-mère, elle se prenait pour Ava Gardner, mais au niveau de la ressemblance, ce n'était pas ça…

Que j'aimais mon grand-père paternel ! Antoine. Je ne disais jamais ce nom, je disais papy, et quand je savais que j'allais voir papy, au moins une fois par semaine, je dansais dans ma chambre, je faisais des cabrioles sur mon lit, je courais dans tout l'appartement en poussant des cris de Sioux.

Sa femme, ma grand-mère Irma, était née en Haute-Savoie, à Saint-Eusèbe, dans une famille de paysans, les Gallien (la seule partie française de ma famille). Ses parents s'appelaient Michel et Marie. Elle eut une sœur et un frère qui restèrent toute leur vie à la montagne. Mais Irma, très ambitieuse, rêvait de la ville. Elle était très belle, grande, brune et élancée. Différente du reste de sa famille.

Cela se voit bien sur la photo couleur ocre, quand elle avait une quinzaine d'années : mère costaude et trapue au visage disgracieux, père malingre à la face renfrognée, sœur imposante au nez trop gros, et frère qui était le sosie du père. Mais elle, regard conquérant, port altier, frisettes maîtrisées, semble vouloir sortir de la photo pour conquérir le monde.

Elle n'alla pas plus loin que Lyon, ce qui était déjà un exploit à cette époque, réussit à faire des études pour travailler ensuite à la Sécurité sociale, et épousa mon grand-père Antoine.

Ils étaient magnifiques tous les deux. De toutes les photos où ils sont ensemble se dégage un parfum de sensualité émouvante.

Ils s'aimaient.

Ils donnèrent naissance à deux enfants, mon père Max et ma tante Marie-Thérèse, que l'on a toujours appelée Zette, je n'ai jamais su pourquoi. Ce fut donc pour moi tante Zette, ma fée, mon incroyable, ma merveilleuse, mon amie, ma complice.

Papa bébé, papa enfant, papa adolescent, jeune homme, vieillard, sur toutes les photos, sous tous les angles et à tous les âges, papa est beau.

Une beauté presque irréelle tant elle était parfaite. Rien de travers, rien de biscornu, pas même une mauvaise surprise au réveil. Beau à tomber.

Il ressemblait à Alain Delon, en plus beau. Non, je n'idéalise pas le père, tout le monde était de cet avis, quand on disait « Max », on pensait « Beau ».

Un regard noir intense, un casque de cheveux bruns quasi bleus, un petit nez parfaitement dessiné, des lèvres gourmandes, et si peu de sourire que chaque fois qu'il en faisait un, on ne l'oubliait jamais. Il n'était pas grand, mais avait un corps parfait, ni trop musclé ni pas assez, avec des mains solides, mais gracieuses, et une classe naturelle, une désinvolture qui le rendait inaccessible et envoûtant.

Je suis arrivée dans sa vie lorsqu'il avait trente-six ans. Au sommet de sa superbe. Quoique non, il n'y a jamais eu de sommet, papa n'avait jamais cessé d'être beau, et il fut un vieillard magnifique.

Il a quitté l'école après son certificat d'études, vers quatorze ans, et il est devenu apprenti tailleur, comme son père.

À trente ans, à la fin des années 1950, las de tailler des costumes, il devint chauffeur de taxi, grâce à André, le mari de sa sœur, qui le fit engager dans sa compagnie. C'était un métier qui cumulait ses deux passions : conduire et parcourir sa ville adorée, Lyon.

Il avait économisé pour s'acheter une magnifique 404 Peugeot beige, il la bichonnait du matin au soir, et se faisait toujours très beau pour aller travailler. En costume cravate, dans sa belle auto, il était le roi du monde !

Il conduisait prudemment, mais était très colérique, pas seulement au volant d'ailleurs…

Dès qu'on mettait un pied dans son taxi, on pénétrait dans son antre, et gare à celui qui ne respectait pas les règles. C'est ainsi que les clients étaient éjectés à la moindre miette de biscuit ou au moindre mot de travers. Papa se vantait d'ailleurs d'avoir été boxeur, mais je me suis souvent demandé si ses seuls combats n'avaient pas été contre ses clients…

Il avait ses têtes, et si un client ne lui revenait pas, celui-ci croisait dans le rétroviseur son regard noir qui faisait aussi peur que celui du Parrain. Quand on montait dans sa voiture, on prenait le risque de se retrouver le soir avec une tête de cheval mort dans son lit…

Mais un jour, il eut le geste de trop : il éjecta de son carrosse un pauvre type à coups de poing. Celui-ci voulait que papa éteignît sa cigarette car il était asthmatique. Je n'ai bien évidemment pas assisté à la scène, mais papa la racontait souvent, et même s'en glorifiait. Il avait un don pour raconter les histoires, surtout à table, quand il avait un peu bu. Il pouvait transformer n'importe quel fait banal en une palpitante aventure. Je le soupçonnais même d'enjoliver certaines anecdotes qui lui étaient arrivées, et même d'en inventer. Oui, papa était peu loquace, mais lorsqu'il se sentait en confiance, il pouvait tenir en haleine et faire beaucoup rire son auditoire des heures durant.

Ce malchanceux client, donc, aurait demandé à papa de ne pas fumer durant le trajet, ce à quoi mon père lui aurait répondu qu'il n'avait qu'à changer de taxi, et que personne chez lui ne lui donnait d'ordre.

– Mais monsieur, je suis dans mon droit ! Vous devez éteindre votre cigarette si un client vous le demande !

– Et moi je suis dans mon droit de vous dire de vous tirer vite fait de ma banquette arrière.

– Jamais de la vie ! Il pleut, je suis en retard et ça fait vingt minutes que je poirote à attendre un taxi !

– Eh bien, vous n'êtes plus à une minute près, vous en attendrez un autre.

– Pas question. Démarrez !

– Si je veux. Et je veux pas ! Ou alors je fume...

– Mais je suis asthmatique !

– Et moi je suis colérique ! Dégagez !

Et après, comme le type n'a pas voulu dégager, papa l'a aidé en le sortant lui-même. Et il finissait de raconter l'histoire par cette chute qu'il trouvait désopilante : « C'est parce qu'il ne voulait pas que je fume que je l'ai passé à tabac ! » Et là, tout le monde riait. Et moi je me disais qu'il avait un humour bizarre...

Ce qui était moins marrant, c'est qu'à la suite de cet incident, sa compagnie de taxis le mit dehors, et il se retrouva sans travail.

On était en 1973. J'avais neuf ans. Maman gagnait bien notre vie avec son magasin de robes de mariées et de cérémonies, mais papa ne supportait pas de ne rien faire. Il rechercha vaguement du travail, mais s'est petit à petit laissé glisser dans une dépression qui finit par le rendre inerte dans le canapé du salon.

Nous habitions alors un petit trois pièces au premier étage d'un immeuble moderne, dans le quartier de la Croix-Rousse, et nous avions le privilège de posséder un adorable jardin surélevé.

Je tombe sur quelques polaroïds : maman est dans la cuisine, avec son éternel peignoir rouge en éponge, toute la famille est dans le jardin, déguisée en personnages de *Tintin*, ma chambre est en désordre, le sol jonché de BD et de dessins. Une photo a gardé fidèlement ses couleurs : au premier plan, le chèvrefeuille envahit le balcon de ma chambre, et derrière, les arbres et les fleurs entourent ma cabane en bois.

De ma chambre, lorsque je laissais ma porte ouverte, je pouvais voir papa avachi dans le canapé, dans son pyjama à rayures bleues et blanches, tel un bagnard prisonnier de sa déprime, regarder la télé toute la journée, une bouteille de rouge et un cendrier plein sur la table basse. Et lorsqu'il ne regardait pas la télé, il dormait, tête en arrière, ronflant bruyamment. J'entendais l'air sortir de sa bouche, qui émettait de curieux sifflements, comme si on avait dégonflé une baudruche, puis remonter par le nez avec des grognements de cochon. À cette époque, ce père distant, irascible, devenant de plus en plus apathique, m'impressionnait beaucoup. Il me faisait penser à un animal sauvage, une sorte de lion, ou de guépard, fascinant et sublime, que l'on avait peur d'approcher, car il pouvait rugir ou vous sauter à la gorge à tout moment.

Un jour, alors qu'il était dans le canapé depuis plusieurs mois, maman a piqué une colère, ce qui ne lui arrivait pas souvent. Du coup, papa, tout surpris, en est resté bouche bée sans pouvoir riposter.

Elle lui reprochait son oisiveté et le sommait de faire quelque chose de ses journées, peu importait quoi. Elle lui remémora alors qu'il avait aimé peindre dans sa jeunesse. Nous possédions en effet une huile sur toile qu'il avait réalisée, représentant des chardons dans un pot, et qui était tout à fait honorable. Elle trônait d'ailleurs depuis toujours dans le hall d'entrée, mais papa ne semblait jamais s'en glorifier.

La proposition inattendue de maman (un ordre, en fait) fit tout de même réagir mon père :

– Et je peins quoi ? La table ? Les chaises ? Je n'ai pas l'intention de sortir d'ici, figure-toi.

– Tu n'as qu'à peindre ce que tu vois par la fenêtre, il y a une vue magnifique sur le cours Général-Giraud, et les arbres sont en fleurs, ça tombe bien !

– Mais pour quoi faire ?

– Comment ça ?

– Pourquoi je dois peindre, pour quoi faire ?

– La réponse est dans ta question ! Pour FAIRE quelque chose, justement. Ce qui implique de se bouger un peu. Au moins le bras… Et puis on mettra ton tableau sur ce mur, ça fera joli.

– À quoi ça sert que ce mur soit joli ? Ça fait des années qu'on le voit moche et on s'y fait très bien ! Et à quoi bon accrocher au mur un tableau qui représente la vue qu'on a déjà de la fenêtre juste à côté, tu peux me le dire !?

– Mais ce n'est pas une photo que je te demande, c'est ta propre interprétation de ce paysage, comment toi tu le vois.

– Je préfère voir ma télé.

Et on ne parla plus de peinture à la maison pendant des semaines.

*

Maman était la patronne d'un magasin de robes de mariées, situé rue Paul-Chenavard. Elle avait démarré dans une petite boutique, puis avait réussi à acheter le salon de coiffure d'à côté pour s'agrandir.

Je retrouve plusieurs photos de ce magasin. Une en noir et blanc de maman, sur le trottoir devant la boutique, avec un joli petit chapeau rond, dans un tailleur très ajusté, perchée sur des escarpins pointus, me tenant par la main, alors que je devais sans doute faire mes premiers pas. Il émane d'elle une telle joie que j'ai l'impression que la photo est en couleur...

L'enseigne « Votre Mode » brillait désormais au-dessus d'une longue vitrine, où s'exposaient de gracieux mannequins de cire, vêtus de sublimes robes blanches froufroutantes. On trouvait également dans son magasin des robes de cérémonies pour demoiselles d'honneur, allant de l'enfant à la taille 42. C'est dire à quel point j'adorais m'y rendre ! Car je passais la plupart de mon temps libre à me déguiser dans l'arrière-boutique, ou même à carrément défiler dans d'extraordinaires robes aux couleurs de bonbons acidulés devant les clientes amusées.

– Elle fait l'article ! disait maman en riant. Et tout le monde riait avec elle.

Il y avait toujours une ambiance extrêmement joyeuse dans ce magasin, la venue des clientes annonçant forcément pour elles un heureux jour à venir...

Mais les jolies robes n'étaient pas le seul attrait pour moi. Au fond de la boutique se trouvait aussi un atelier, avec des retoucheuses que maman dirigeait d'une main de maître. Et qui ne refusaient rien à la fille de leur patronne, que, par ailleurs, elles aimaient beaucoup et respectaient. Je passais mon temps à dessiner des modèles de robes pour mes poupées, ou pour moi-même, qu'elles me confectionnaient avec talent. Le bonheur !

Maman, toujours pimpante et souriante, était fière de sa situation, qui était le fruit d'un travail acharné. Car elle avait commencé très jeune, juste après son certificat d'études, à travailler comme modiste dans l'atelier de chapeau de ses parents.

Giovanna, la mère de ma maman, est née à San Piero a Ponti, près de Florence, en Italie. Son nom de famille était Giovannini, donc elle s'appelait Giovanna Giovannini. Mais comme elle était très petite et toute menue, on l'appelait Giovannina (petite Jeanne), ce qui donnait au final : Giovannina Giovannini. Un vrai nom d'héroïne de romans…

Elle quitta très tôt l'école pour rejoindre la plupart des membres de sa famille qui travaillaient dans une usine de chapeaux. Elle y tressait habilement, de ses petites mains, des chapeaux en paille, et se révélait particulièrement douée pour cet exercice méticuleux. Elle était par ailleurs fort jolie : corps gracile, intenses yeux bleus, petit nez bien droit, bouche fine, le tout couronné par une abondante chevelure sombre.

Le fils du patron de l'usine, appelons-le Marcello (je ne me souviens pas de son prénom. En revanche je n'invente pas les détails de cette histoire, car maman me la raconta si souvent que j'ai aujourd'hui l'impression de l'avoir vue en film. Elle la tenait de Giovannina elle-même, qui avait dû se confier un soir de nostalgie). Ce fils, donc, fort joli lui aussi, tomba amoureux de Giovannina. Fou amoureux, comme on peut l'être à seize ans, quand on l'est pour la première fois, et que l'on se demande si cet amour ne va pas nous rendre vraiment fou. Donc chaque jour, tapi dans l'ombre, il attendait que la prude et discrète Giovannina sorte de l'usine sans oser lui parler. Il la regardait simplement s'éloigner, de sa démarche aérienne, et cela suffisait à son bonheur. Jusqu'au jour où cela ne lui suffit plus. Propulsé par une témérité soudaine, et sans doute aussi par des hormones en ébullition, il s'élança à sa rencontre et, soudain médusé, resta planté devant elle sous le soleil toscan sans lui dire un seul mot. Giovannina ne resta pas insensible à cet élégant jeune homme en costume, et sans savoir qu'il était le fils de son patron, elle tomba elle aussi instantanément amoureuse de lui.

Bref, Marcello ayant finalement réussi à articuler quelques mots compréhensibles, les deux tourtereaux prirent l'habitude de se rencontrer en cachette après l'usine.

S'étaient-ils seulement embrassés ? Peut-être que, délectation suprême, le simple fait de se tenir la main projetait déjà leurs petits cœurs tout neufs au firmament…

Toujours est-il que la romance dura assez longtemps pour que le père du jeune homme soit mis au courant. Et évidemment, il n'en fut pas ravi. Il somma son fils de ne plus jamais revoir son amoureuse, car elle n'était pas selon lui digne de son rang. Puis il alla voir les parents de Giovannina. Il les menaça de mettre toute la famille à la porte si leur fille maudite continuait à fréquenter son fils. (Nous étions en 1910, et les ouvriers pouvaient être mis dehors sans aucune procédure.) On sermonna donc la pauvre Giovannina, qui, honteuse et désolée, jura de se tenir désormais à l'écart de son bien-aimé. Lui, en revanche, ne voulut rien entendre, et annonça sans plus tarder à son père qu'il désirait l'épouser. Ce qui finit de le rendre tout à fait furieux. Les parents et les frères de Giovannina, craignant de se retrouver soudain sans travail, prirent alors cette tragique décision : il fallait éloigner la petite. Le plus loin possible. Dans un autre pays. Et c'est ainsi que Giovannina se retrouva, à dix-sept ans, dans un train pour Lyon, où l'attendait un vague cousin qui avait un petit atelier de chapeaux.

Marcello écrivit longtemps à Giovannina. Il lui promettait une vie heureuse, loin de tous ces idiots, il viendrait l'enlever, ils partiraient n'importe où, ils fonderaient une famille, ils seraient enfin libres de s'aimer. Mais Giovannina, culpabilisée et soumise, eut trop peur de faire du tort à sa famille. Elle ne répondit pas à ses lettres, et essaya de l'oublier. Marcello jura alors à son père qu'il ne se marierait jamais, et qu'il ne lui donnerait pas de petits-enfants. Il n'en eut de toute façon pas le temps… Quelques années plus tard, en partant pour la Première Guerre mondiale, il écrivit une dernière lettre à Giovannina : « Je t'aime, je t'aimerai toute ma vie, et si je la perds à la guerre, peu m'importe, car l'amour que j'ai pour toi me donne tous les courages, même celui d'affronter la mort. Et je n'aurai pas vécu pour rien, car j'aurai rencontré la plus douce personne qui soit au monde. »

Il mourut à la guerre.

Et Giovannina ne s'en remit jamais tout à fait.

Puis elle rencontra Roméo Bini. Il venait du même village qu'elle, San Piero a Ponti, mais curieusement, peut-être parce qu'il était un peu plus âgé qu'elle, elle ne l'avait jamais côtoyé. Il avait été envoyé très tôt en France par sa famille, qui était dans le besoin, pour travailler, lui aussi, dans un atelier de chapeaux, chez le frère de son père installé à Toulon. Mais Roméo n'avait pas un caractère facile, et il se brouilla rapidement avec son oncle, qui l'envoya chez un collègue à Lyon. Dans l'atelier où travaillait Giovannina…

La photo en noir et blanc fut sans doute prise alors qu'ils avaient dans les soixante-dix ans. Sur les quais de Saône, ma minuscule grand-mère, très sérieuse, se tient bien droite dans son tailleur strict, le menton haut, agrippée au bras de son ogre de mari, souriant de travers sous son chapeau de feutre.

Ils formaient un couple des plus curieux. Le contraire l'un de l'autre. La belle et la bête.

Car Roméo était un ogre, un vrai, de ceux qui s'échappent des contes pour hanter les cauchemars des petits enfants. Grand corps au ventre proéminent, crâne chauve avec juste une absurde touffe de cheveux piquée au sommet, petits yeux enfoncés dans leurs orbites, énorme nez rougeaud, oreilles aériennes.

Mes grands-parents auraient pu inspirer de beaux personnages à Shakespeare ! D'autant que Roméo appela sa fille, ma mère, Juliette…

Une petite fille boulotte et sage, qui tremblait devant les colères de son père et aidait toujours sa maman sans rechigner. Elle obéissait à son frère, qui, toute sa vie, crut qu'il lui était supérieur puisqu'il était un garçon, et de surcroît son aîné.

Et je la découvre sur une photo, posant sagement dans une jolie robe, en tenant une pomme ! C'est un cliché en noir et beige, pris chez un photographe, avec une fresque fleurie en arrière-plan. J'ai toujours adoré ces photos anciennes, où l'on voit poser devant toutes sortes de décors farfelus, parfois dignes d'Hollywood, des gens aux airs sérieux. Je les trouve souvent ridicules. Mais pas ma petite maman. Elle est si touchante.

Elle a un petit air déterminé qui la rend absolument adorable, même si elle a une atroce coupe de cheveux, et que le nœud sur sa tête paraît démesurément grand.

*

Elle grandit timidement, obtint son certificat d'études sans problème et alla donc travailler dès l'âge de quatorze ans avec ses parents.

Elle devint une jeune fille très mignonne, mais pas belle, absolument charmante, mais pas belle, extrêmement gentille, mais pas belle, incroyablement drôle, mais pas belle. C'est fou ce qu'on peut déployer comme qualités quand on n'est pas belle…

Lorsqu'il eut dix-huit ans, son frère Honoré rencontra celle qui allait devenir sa femme pour la vie, et en même temps, Juliette rencontra celui qui ne serait jamais son mari, mais qu'elle regretterait toute sa vie. Ce garçon était le frère de la fiancée de son frère.

Alors qu'Honoré flirtait avec la belle et pulpeuse Kinou, maman mourait d'amour en secret pour son frère Bob. Pour le mariage d'Honoré et Kinou, maman s'était confectionné elle-même une robe ravissante, car elle avait du goût et était très bonne couturière. C'est alors que le miracle se produisit : l'élégant et svelte Bob invita maman à danser. Plusieurs fois.

Un autre miracle eut lieu quelques jours plus tard : Il invita maman à sortir. Et enfin, miracle suprême, il l'embrassa !

J'imagine ma petite maman, le cœur ensoleillé, l'esprit en fête, rêver le soir dans son alcôve que son Bob viendrait l'enlever sur un beau destrier pour une vie d'amour et de tendresse…

Mais cela n'arriva pas. Mes grands-parents, ayant appris le début de la liaison, s'opposèrent à cette nouvelle union, jugeant peut-être indécent que leur fille sorte avec le frère de sa belle-sœur, un membre de la famille, un quasi-frère en somme, presque une relation incestueuse… Ou alors n'aimaient-ils pas cette famille, et jugeaient-ils qu'un mariage avec un de ses membres suffisait…

Quoi qu'il en fût, on interdit dorénavant à Juliette de revoir Bob, et celui-ci, ayant sans doute subi la même pression de son côté, ne chercha pas à sortir de nouveau avec elle. Il n'était sans doute pas assez amoureux pour se mettre toute sa famille à dos… C'est ainsi que s'acheva la première histoire d'amour de maman. Enfin, pas tout à fait… Car si maman ne se rebella pas contre ses parents, elle s'exprima en revanche par une grande et longue maladie. Qui faillit lui coûter la vie, cette vie dont elle ne voulait plus puisqu'elle se déroulerait sans son Bob.

Elle en réchappa et, vaillante (l'un des mots qui la définissait le mieux), elle travailla jour et nuit pour noyer son chagrin. Elle parvint même, à vingt-trois ans à peine, à se mettre à son propre compte en ouvrant un minuscule magasin de chapeaux dans une rue commerçante de Lyon. Elle faisait tout elle-même : les créations, les ventes, les retouches. Très vite, la clientèle afflua, car maman était très sympathique et excellente vendeuse. Elle savait suivre la mode en ajoutant toujours à ses créations sa touche personnelle.

Par ailleurs, elle vivait encore chez ses parents, se rendant utile autant que possible et tenant tous leurs comptes.

C'est à vingt-cinq ans, alors qu'elle venait de fêter Catherinette (on affublait à l'époque d'atroces chapeaux à fleurs les jeunes filles de cet âge qui n'avaient pas trouvé de mari, et on les faisait défiler dans les rues. À la honte d'être vieille fille s'ajoutait aussi celle de devoir porter ces inénarrables choses sur la tête), que maman rencontra papa.

Il s'est toujours vanté de la façon romanesque dont ils se sont rencontrés. Maman le laissait dire, en acquiesçant mollement, c'est pourquoi je ne peux juger de la véracité des faits. Selon papa, maman l'aurait vu jouer de l'accordéon sur une scène dans un bal populaire et serait tombée follement amoureuse de lui. Ce qui était plausible, à en juger par la beauté de mon père. Je pense d'ailleurs que ce fut plutôt cette beauté qui attira maman, davantage que son sens de la musique (j'ai entendu à quelques reprises papa jouer de l'accordéon, ou de l'harmonica. Cela ressemblait plus à des cris de porcs qu'on égorge qu'à de douces mélodies...). Mais pour le côté romantique de l'histoire, laissons les choses telles qu'elles m'ont été rapportées, et imaginons ces deux jeunes personnes se plaire et se parler lors de ce bal. Je doute que papa ait invité ensuite maman à danser, car il dansait encore plus mal qu'il ne jouait d'un instrument. D'ailleurs, je ne me souviens pas l'avoir jamais vu danser. Pour un Nouvel An peut-être. De force, entraîné par maman, et après avoir bu plusieurs bouteilles de champagne...

Quoi qu'il en fût, mes parents formaient un joli couple : lui, le mystérieux brun ténébreux, elle, souriante et mignonne petite blonde. La lune et le soleil. La nuit et le jour. Ils n'avaient d'ailleurs rien en commun... À part moi, peut-être...

Chapitre 2

Quelques semaines après sa tentative de faire peindre mon père, maman, qui avait de la suite dans les idées, me voyant barbouiller dans ma chambre avec de la gouache, revint à la charge. Elle me piqua mes peintures et mes pinceaux, et les posa avec rage sur la table basse devant le canapé. Elle crucifia du regard papa, qui se réveillait à peine d'une longue sieste, et dit d'une voix qu'on ne lui avait jamais connue :

– Peins !

Ce à quoi il répondit par un grognement puis monta le son de la télé.

Le lendemain matin, maman vint me réveiller avant que mon réveil n'ait sonné.

– Ma Minette, viens vite voir !

Je sautai de mon lit, la curiosité chassant toute somnolence. Maman m'avait précédée au salon, où papa dormait dans le canapé. Elle tenait à la main une feuille d'une trentaine de centimètres de long et de large, qui avait été peinte, sans doute dans la nuit, par mon père. Ce tableau était ravissant et plein de poésie. Il représentait la vue de la fenêtre, et on avait l'impression que le vent faisait vibrer les feuilles des arbres, et que les nuages se déplaçaient dans le ciel tourmenté. J'ai même cru voir marcher un passant... Maman et moi nous sommes regardées, stupéfaites. Elle s'écria :

– Je savais qu'il avait un don, je le savais !

Mais il en fallait plus pour réveiller papa qui ronflait copieusement.

Pourtant, l'engouement de maman ne suffit pas à convaincre mon père de pondre un nouveau chef-d'œuvre. Il ne fit pas cas de ses encouragements, et se replia de nouveau sur lui-même. Et maman finit par poser le nouveau tableau dans l'entrée, à côté des chardons, qui attendaient un copain depuis plus de vingt ans.

Notre petite vie continua donc à se dérouler tranquillement sans grand évènement. J'avais neuf ans, j'allais à l'école du Sacré-Cœur des Chartreux, ancien couvent tenu par des sœurs, pas loin de chez moi. Je m'y rendais seule, par la longue rue Pierre-Dupont qui grimpait sec, ce qui me faisait faire un bon exercice matinal. Surtout lorsque j'eus le droit de l'emprunter en trottinette ou, plus tard encore, en skate-board. Mais quel plaisir au retour ! Car je rentrais à la maison par le cours Général-Giraud, interminable descente, à toute allure, en manquant occire à chaque fois au passage quelques vieilles dames. Et à la joie de terminer une longue journée d'école s'ajoutait celle de cette réjouissante glissade.

J'étais souvent ce qu'on appelle « un garçon manqué » (ou une fille pas très réussie...). Je dis « souvent », parce que je ne l'étais pas tout le temps. Seulement lorsque je le décidais. Je pouvais me le permettre car j'étais physiquement très androgyne. Petite, malingre, sans aucune forme féminine, même pas à la puberté (qui se fit attendre longtemps), je trouvais pratique ce changement de sexe selon les occasions. Ainsi, je me disais que si j'affirmais être un garçon et me comportais comme tel, j'en deviendrais un. J'avais bien conscience qu'il me manquait quelques attributs, mais j'avais une grande force de persuasion. Et comme je portais les cheveux courts, il me suffisait de changer de tenue et d'attitude, et je devenais « Le Sophie », ce qui était évidemment absurde, car je gardais mon prénom, que j'aimais beaucoup par ailleurs, en le masculinisant. D'autre part, j'étais un vrai casse-cou, et lorsque je jouais avec une poupée dans mon jardin, c'était pour l'accrocher en haut d'un arbre. Je me prenais alors pour un chevalier, et je me battais avec mon épée, contre de fictifs méchants, pour la délivrer de sa haute tour... Dans mon école religieuse et non mixte, nous n'avions pas le droit de porter de pantalons, nous étions en uniforme avec des blouses et des jupes plissées bleu marine. Mais je ne rentrais jamais chez moi ainsi vêtue. Je gardais toujours un vieux jean dans mon sac, que j'enfilais derrière un arbre dès la sortie des cours, pour retrouver « Le Sophie » qui m'avait tant manqué toute la journée.

Cette confusion des genres me passa assez tard, vers quinze, seize ans, lorsque j'ai commencé à m'intéresser de plus près aux vrais garçons. « Le Sophie » disparut peu à peu, mais ce petit garçon intrépide reste encore en moi, et me donne souvent du courage pour aller de l'avant.

J'avais toujours été très espiègle, dès mon plus jeune âge. J'aimais provoquer des situations absurdes ou incongrues, des petits évènements pour booster le quotidien, bousculer la routine, rendre plus drôles les moments ennuyeux. Et entraîner dans mon sillon de folie tous les timorés, ceux qui n'osaient pas, qui regardaient passer leur vie comme on regarde passer les trains, en se disant : « Demain, je monterai dedans. »

Avec moi, c'était tout de suite, maintenant, car je ne voulais rater aucune occasion de me sentir réellement vivante. Et c'est encore le cas aujourd'hui…

*

Lorsque j'étais enfant, la Croix-Rousse ressemblait à un village et se distinguait de « La grande ville », Lyon. On y trouvait des petites rues avec peu d'immeubles, où s'alignaient de nombreuses maisons avec jardins, et même des potagers et des vergers. Des vieux bistrots pas encore « boboisés », des petits bouchons où on mangeait pour pas cher, des terrains de jeux de boules. Et mon école jouissait d'un immense parc abritant un potager et un verger, dont nous allions en cachette chaparder les fruits, mes copines et moi, grâce au trou discret creusé dans une haie…

Tout le monde se connaissait, et les enfants pouvaient aller et venir en toute sécurité, même le soir, lorsque les journées s'étiraient, sans que les parents aient à s'en inquiéter.

Il y avait un grand marché deux fois par semaine en haut des pentes, et j'adorais y aller. Le samedi matin, maman, qui n'avait jamais le temps de rien (« Le samedi est ma plus grosse journée », disait-elle toujours, l'air las), me laissait de l'argent avec une liste de courses, et je remplissais le vieux caddie, qui couinait à cause de ses roues rouillées. Mais moi, j'entendais qu'il exprimait sa joie de sortir, comme un petit animal…

Un jour, sur ce marché, je vis une chose incroyable : des poussins teints ! (C'était Pâques). Six poussins, teints de toutes les couleurs, qui piaillaient dans un carton. Je savais que mon père ne voulait pas d'un animal à la maison. Je l'avais déjà, à maintes occasions, supplié pour avoir un chien, puis un chat, puis un cochon d'Inde, puis un oiseau, et en désespoir de cause, un poisson rouge, mais toutes mes demandes avaient été ostensiblement rejetées. Je me dis alors que si je prenais un de ces poussins, j'allais pouvoir aisément le cacher dans ma petite cabane en bois qui se trouvait au fond de mon jardin, et que personne n'allait s'en rendre compte (à moins qu'il ne devînt un coq, hurlant dès cinq heures du matin). Mais je ne savais quelle couleur choisir. Le bleu, assorti à mes yeux ? Le vert, aux allures d'extraterrestre ? Le rose, si glamour. L'orange, le violet ? Le vendeur, me voyant hésiter, me dit :

– Mais prenez-les tous ! Ils sont pas chers ! Et puis ils sont frères et sœurs, ils vont être tristes si vous les séparez.

Et, à l'idée de rendre un animal triste, je me décidai instantanément : j'achetai les six !

Il me fallait ensuite rentrer chez moi sans que mon père me vît passer devant le salon avec tout un poulailler. J'espérais qu'il dormirait, comme souvent, mais je ne pouvais raisonnablement pas compter sur cette éventualité. Je fis donc passer le carton avec les poussins par-dessus la haie du jardin, et entrai tranquillement avec les courses par la porte.

J'ai installé toute la famille dans la cabane, en leur laissant les graines que j'avais également achetées sur le marché.

J'hésitais à en parler à ma mère, car je ne voulais pas la mettre dans une situation difficile vis-à-vis de mon père. Je savais qu'elle craignait elle aussi ses réactions, souvent intempestives, et j'avais peur qu'elle ne se fît disputer si mon père découvrait le pot aux roses.

Il ne tarda d'ailleurs pas. Une semaine plus tard, alors que je jouais tranquillement dans ma chambre, je l'entendis pousser son cri de guerre :

– Putain de bordel de merde !!!

Je sus immédiatement qu'il avait découvert les bestioles. En effet, il se tenait près de la cabane, le visage tout rouge. À ses pieds picorait le poussin vert. Les autres se baladaient tranquillement dans le jardin. J'avais dû mal fermer la porte…

– Qu'est-ce que c'est que ça ?!!! vociféra-t-il en me voyant apparaître sur la terrasse.

– C'est… Heu… Ben, des poussins…

– Des poussins ! Et qu'est-ce qu'ils foutent là ces poussins ? Et ils sont malades en plus, tu as vu leurs couleurs !

– Mais non, ils sont teints.

– Teints ! Non, mais je rêve ! Nom de Dieu, c'est pas possible ! Et ta mère est au courant ?

– Non non !

– Mais pourquoi t'as acheté ces putains de poussins ?

– C'est Pâques…

Il a ouvert la bouche pour dire quelque chose, mais il a fini par la refermer, puis est allé se retrancher dans son canapé. Lorsque maman rentra le soir, il ne m'avait pas adressé la parole de la journée. Évidemment, il la mit au courant dès qu'elle passa la porte. Elle se précipita alors dans la cabane, et examina les bêtes.

– Je suis désolée, j'ai dit.

– Oui, en effet, c'est une grosse bêtise.

Elle m'a regardée en voulant faire des yeux méchants derrière ses grosses lunettes, mais n'a pas réussi. Elle a finalement dit, avec un grand sourire :

– Mais je te comprends, ils sont si mignons !!!

Et elle prit dans ses bras le bleu, qui en fit caca de joie. Le retour dans l'appartement s'annonçait moins gai. Papa hurla :

– Nom de Dieu ! Putain de bordel de merde, vous avez perdu la tête ou quoi ! Mais qu'est-ce qu'on va faire de toute cette marmaille !

– Mais ne crie pas, Max ! Les poussins, ça fait plaisir à la petite.

– Plaisir à la petite ! Mais qu'est-ce qu'il va falloir faire après ça pour faire plaisir à la petite, hein ? Acheter une licorne !?

– Oh oui, une licorne ! j'ai dit, pour rire.

Mais ils n'ont pas ri.

Nous avons donc vécu quelques mois avec six poussins, qui ne tardèrent pas à entrer dans l'appartement par ma chambre, qui donnait donc dans le jardin par un balcon. Leurs visites me ravissaient, mais ils faisaient leurs besoins partout, et émettaient aussi des piaillements ininterrompus, ce qui finissait de rendre mon père fou. Je le sentais en ébullition permanente, lâchant des « Putain de bordel » entre ses dents à chaque fois qu'il en croisait un, et je dois avouer que cela me faisait beaucoup rire…

Je désirais les emmener dans le Midi pour les vacances, et nous nous sommes retrouvées, maman et moi, dans le train avec les poussins en cage. Et, bien entendu, j'ai voulu en sortir un pour jouer. Maman s'y opposa, mais pas assez vite, car je l'avais déjà sorti. Et tous les autres s'échappèrent. Nous étions dans un compartiment, les poussins se sont mis à courir partout en piaillant, une dame hurlait qu'elle avait la phobie des oiseaux, maman était à quatre pattes sous la banquette, un monsieur a ouvert la porte pour entrer, le poussin rose s'est faufilé entre ses jambes pour foncer dans le couloir, je lui ai couru après, le contrôleur est arrivé et a disputé maman, tout le monde criait, je m'amusais follement !

Comme les petits poussins avaient fini par grandir, la teinture sur leurs plumes se faisait plus éparse, ce qui les rendait très laids, si bien que je finis par m'en désintéresser. Mais c'est papa qui mit fin à toute cette folie, en nous annonçant un matin :

– C'est les poulets ou moi !

Et comme maman tenait encore à son mari, elle est allée donner les poussins dans une ferme.

⋆

Le tableau de papa représentant la vue de la fenêtre était toujours posé dans l'entrée. Maman, un matin, se décida à aller le faire encadrer, espérant que le cadre le mettrait suffisamment en valeur pour éveiller chez son mari le désir de peindre une nouvelle toile.

L'encadreur s'appelait M. Lascoux. C'était un petit homme sans âge, rond et jovial, aux yeux bleus pétillants qui allaient très bien avec son sourire malin. Il avait une galerie de peinture avec une arrière-boutique atelier pour les encadrements. Il était quasi voisin du magasin de robes de mariées de maman, et ils se connaissaient bien. Maman m'a raconté que, lorsqu'elle lui avait montré le tableau, il avait été immédiatement séduit. Puis, lorsqu'elle lui avait révélé l'identité du peintre, il avait été stupéfait. Il avait alors proposé à maman d'exposer ce tableau en vitrine une fois encadré, et d'essayer de le vendre. Elle était rentrée tout excitée par cette nouvelle aventure, mais n'en avait rien dit à mon père pour ne pas lui faire de fausse joie. Le lendemain, le tableau était vendu ! Pour deux cents francs, ce qui à l'époque représentait une certaine somme. Maman, triomphante, fit irruption dans le salon et hurla sa joie à papa. Il la regarda, consterné.

– Tu plaisantes ?

– Non, mon chéri, pas du tout, c'est extraordinaire, tu as un don !

– Mon tableau ? Tu as vendu mon tableau ?

– Ben oui, ton tableau, pas celui de Picasso.

– Tu te fous de moi ?

– Mais pas du tout ! Et il a été vendu très vite !

– Mon tableau !?

– Oui, ton tableau, tu radotes.

– Mais de quel droit ?

– Pardon ?

– De quel droit tu as vendu mon tableau ?

– Mais… Je ne sais pas, M. Lascoux m'a proposé… Enfin, je pensais que ça te ferait plaisir…

Nous eûmes soudain l'impression de traverser une tempête avec des rafales à deux cents kilomètres heure :

– Plaisir ? Qu'on m'arrache à mon œuvre ! Nom de Dieu !!! Fait chier !!! Putain de bordel de merde !!!

– Mais… C'est quand même formidable, voyons ! dit maman.

– Ce qui est formidable c'est que tu aies le toupet de me vendre mon tableau sans me demander la permission.

– Mais je croyais que tu n'y accordais aucune importance, tu ne voulais pas peindre !

– Je voulais pas peindre avant d'avoir fait ce tableau, mais une fois qu'il était peint, j'y tenais !

– Eh bien, si tu tiens tant que ça à tes tableaux, tu n'as qu'à en peindre d'autres !

Et papa haussa les épaules et remit à fond le son de la télé.

Et il se passa encore plusieurs semaines avant qu'il ne retouche à un pinceau.

*

Lorsque maman était au magasin et que papa et moi nous retrouvions seuls à la maison, c'est-à-dire la plupart du temps, car elle partait tôt et rentrait tard, on ne communiquait pour ainsi dire pas. Chacun sur son territoire, on ne s'aventurait pas à aller envahir celui de l'autre. Je ne lui demandais jamais de conseil pour mes devoirs, sachant pertinemment qu'il serait incapable de m'aider. Les rares fois où j'avais essayé, papa s'était très vite énervé. Mais je crois qu'il était surtout furieux contre lui, à cause de son ignorance, car il avait quitté l'école très tôt. Il savait à peine lire et écrire, et ne chercha pas par la suite à se cultiver davantage. Tout ce qu'il apprenait, c'était grâce à la télé, qu'il n'éteignait quasiment jamais. Très tôt, lorsque je me rendis compte de ses lacunes, je décidai, de peur de le mettre mal à l'aise, de ne plus rien lui demander, ce qui nous arrangeait bien tous les deux en fin de compte. Car j'avais l'impression que la seule chose qu'il désirait vraiment dans la vie, c'était qu'on lui fichât la paix. Et j'étais tout à fait prête à exaucer son vœu.

C'est pourquoi j'allais très souvent chez les parents de papa, qui vivaient avec leur fille, ma tante Zette, et son mari André, dans le 6e arrondissement, et qui me donnaient toute l'attention dont j'avais besoin.

Je les retrouve sur cette photo polaroïd qui a viré à l'orange, attablés dans leur salon au papier peint fleuri, levant leur verre de vin, très souriants, avec un petit teckel sur les genoux de tante Zette.

Je croyais que tante Zette avait toujours eu douze ans. Elle a bien dû être bébé à un moment, puis petite fille, mais quand je l'ai connue elle semblait avoir douze ans, et quand elle est morte aussi. D'âge mental, j'entends. Enfin c'est surtout ce que racontait d'elle mon père, qui m'a dit un jour que sa sœur avait eu une méningite à douze ans et qu'elle était restée « bloquée » à cet âge-là. Je ne comprenais pas bien comment elle avait pu rester « bloquée », car par ailleurs tante Zette était une magnifique femme très glamour. Un genre de Marilyn, aux courbes généreuses. Elle était aussi blonde que papa était brun, son ravissant visage poupin était illuminé par des yeux d'un magnifique bleu mer Méditerranée par beau temps, qui vous regardaient toujours avec une naïveté désarmante, et sa délicieuse bouche rose avait inventé le sourire. Tante Zette semblait sans cesse gaie et émerveillée, et son rire innocent tintinnabulait dans les airs telles des clochettes de fée.

Papa me racontait aussi que, lorsqu'ils étaient adolescents, il faisait payer des copains, et en échange, il leur montrait sa sœur par la fenêtre. Il ne précisait pas si la jolie Zette était habillée ou dévêtue… Ni si elle touchait un pourcentage sur ses recettes, mais je doute fort que ce fût le cas…

Elle avait connu un autre homme avant mon oncle. Elle ne m'a jamais parlé de cette histoire, et c'est mon père qui, une fois de plus, m'avait révélé le secret. Elle l'avait « fréquenté » (on disait beaucoup ce mot, après-guerre, à l'époque de leur jeunesse, ce qui voulait dire : sortir avec, mais pas coucher.

Tout comme on employait aussi le mot « fricoter », qui voulait dire qu'on fréquentait en faisant des trucs physiques. Le but des jeunes hommes était donc de réussir à passer de « fréquenter » à « fricoter »...). Donc tante Zette aurait d'abord fréquenté un homme, puis fricoté avec lui, alors qu'elle avait une vingtaine d'années. Elle lui aurait offert sa virginité en échange d'une promesse de mariage. On publia les bans, on prépara la noce, et le jour du mariage... le marié ne vint pas.

Car en fait, il était déjà marié, et père de famille de surcroît...

Suite à ce drame, tante Zette aurait tant pleuré et aurait été si traumatisée qu'elle en perdit quasiment la voix.

Il est vrai qu'elle avait une voix bizarre, qui s'enfuyait à la moindre occasion pour grimper dans les aigus, qui s'embarquait dans d'interminables montagnes russes, venait se briser en route sur une corde vocale, et terminait sa course dans un couac pathétique. Cela lui donnait une fragilité étrange, une fébrilité dérangeante, comme si on assistait à un début de concert, lorsque les musiciens s'accordent. Sauf que le concert ne démarrait jamais vraiment. Et les rares fois où elle s'énervait, c'était pire. Les cris s'étranglaient dans d'incroyables grincements, et on eût dit une vieille trompette en solo de modern jazz.

Bref, papa m'éclaira sur l'origine de cette singularité, et ajouta, furieux :

– Et le pire, c'est que cette idiote de Zette a recouché avec lui après l'annulation du mariage ! Alors, tu comprends, j'ai dû casser la gueule à cet abruti, pour qu'il lui foute la paix !

J'imaginais tante Zette, pleurant sur le parvis de l'église dans sa longue robe blanche, son petit bouquet de fleurs à la main, ses grands yeux bleus noyés de larmes, et cela me faisait un chagrin immense.

Papa disait aussi souvent « mon idiote de sœur », et cela aussi me faisait beaucoup de peine. Car pour moi elle était parfaite. Toujours bienveillante, si douce et tendre. Elle m'adorait. Elle n'avait pas pu avoir d'enfant, et son instinct maternel était en partie comblé par ma petite personne. Et nous pouvions rester des journées entières ensemble sans nous ennuyer une seule seconde.

Quelques années après ses déboires amoureux, elle rencontra mon oncle André.

Lui aussi avait vécu un passage difficile : il s'était marié avant de faire son service militaire. Quand il en revint, sa femme était partie avec un autre.

André fut donc lui aussi traumatisé, et il en perdit la plupart de ses cheveux.

– Comme ça, d'un coup, en une nuit, précisa mon père, à qui je devais encore une fois d'avoir été informée de l'histoire (À la fin d'un repas, après pas mal de verres de vin rouge, comme toujours...).

Et il ajouta, ironique, mais tout de même navré :

– Presque plus un poil sur le caillou ! Il en est resté juste un peu sur les côtés, et une petite touffe au sommet. À vingt ans à peine, vous vous rendez compte !

Ce qui devait être pour papa le comble de l'horreur. Il tenait tellement à sa majestueuse crinière...

Ainsi les destins de tante Zette et oncle André furent-ils liés à jamais, grâce à, ou à cause de deux infidèles qui leur firent perdre à l'un la voix et à l'autre la chevelure...

André était ce que l'on appelle « un brave type ». Il était le fils unique de Marcel et Marguerite Mazoyer, qui tenaient un café-restaurant dans un village de l'Ain. Je les rebaptisai, dès que je fus en âge de parler, « papa et maman Zozo », ce qui, me semblait-il, donnait à ce petit couple terne un air de fête.

Leur grand fils était donc très gentil, mais aussi très gauche et, disons-le franchement, un peu bêta. Je préfère dire « bêta » que « bête », parce que je trouve « bêta » plus affectueux, et j'aimais énormément oncle André. Il était assez mal à l'aise dans son trop grand corps, semblait se demander en permanence que faire de ses bras élastiques qui n'en finissaient pas, ou comment marcher droit avec les échasses et les pieds gigantesques dont il était doté. Son long visage, au crâne presque sans cheveux donc, hébergeait un nez bosselé qui avait tendance à regarder du côté gauche, des yeux tombants marron triste et deux grandes oreilles qui paraissaient vouloir s'échapper.

Mais le tout était sauvé par un formidable sourire !

Un vrai, beau sourire de gentil. Alors on oubliait tout le reste, car oncle André n'était que joie et bienveillance, et se trouver à ses côtés, c'était comme avoir toujours dix ans, ou être toujours en vacances.

⋆

Tante Zette ne voulut jamais quitter ses parents adorés. André accepta de bonne grâce, si bien que le jeune couple s'installa chez eux. Ils vécurent à quatre dans le joli appartement de la rue de Sèze.

André fut un merveilleux père de substitution. Je passais de nombreux week-ends et la moitié de mes vacances avec papy, mamy, André et Zette dans la maison au bord de l'Ain, en voyage ou dans le bungalow de Hyères. Mes parents avaient acheté un petit appartement en rez-de-jardin dans une résidence, sur une plage, près de Hyères, lorsque j'avais un an.

Avec André, je m'amusais beaucoup. Il était le copain idéal, toujours partant pour faire les quatre cents coups, sans jamais me sermonner ni m'interdire quoi que ce soit, un adulte enfant, qui rendait tout possible. On construisait des cabanes dans les arbres, on jouait à cache-cache, on ficelait entre elles des branches pour faire des radeaux qui coulaient immanquablement. On était Tintin et le capitaine Haddock, Zorro et le sergent Garcia, don Quichotte et Sancho Panza ! Et nos épopées fantastiques se terminaient souvent par cette phrase que me chuchotait André, un doigt sur la bouche, avant que l'on aille retrouver tante Zette :

– Bon, comme d'hab, hein, pas un mot à ta tante, et encore moins à ta grand-mère !

Il était tout ce que mon père n'était pas : disponible, léger, tendre, drôle…

Son métier, c'était chauffeur de taxi. C'était lui, donc, qui avait réussi à faire rentrer mon père dans la compagnie pour laquelle il travaillait : les Taxis G7.

Et il fut totalement désolé en apprenant que papa s'en était fait virer…

J'adorais quand il venait me chercher à l'école avec son beau taxi, une Ford Taunus gris métallisé, et que je montais devant à côté de lui. Je me sentais très privilégiée et fière, et je m'empressais de baisser la vitre pour passer la tête par la fenêtre en espérant être vue par les copines. Lorsque je fus plus âgée, dans les vingt ans, André venait me récupérer à la sortie des fêtes, car il était devenu taxi de nuit. Je montais toujours devant, je baissais toujours la vitre pour passer la tête par la fenêtre, mais en espérant n'être vue par personne, car là, c'était pour vomir. Alors il me raccompagnait chez mes parents en me disant que je ne devrais pas boire autant, et je lui répondais :

– Vous êtes mal placé pour me dire ça, capitaine Haddock !

Ma grand-mère Irma, qui était ambitieuse et savait très bien tenir les comptes, aida ma tante, qui travaillait comme vendeuse aux *Galeries Lafayette*, à ouvrir un commerce. Au début des années 1960, elles achetèrent un joli magasin dans le 6e arrondissement de Lyon, rue Duguesclin, pour y vendre des vêtements « grandes tailles ». Je revois encore la devanture avec les lettres dorées : « Marie-Thé, spécialiste grandes tailles ».

Marie-Thé était donc le diminutif de Marie-Thérèse, le vrai prénom de tante Zette. Ce qui allait mieux sur une devanture de magasin que : « Zette, spécialiste grandes tailles ».

On y trouvait donc des vêtements à partir de la taille 42, pouvant aller jusqu'au 60. Avec deux cabines d'essayage. Très spacieuses, évidemment...

*

Je retrouve plusieurs photos de ce lieu que j'adorais. Tante Zette devant la vitrine, dans une robe moulante aux motifs cubiques, tante Zette et mamy à l'intérieur du magasin, avec en arrière-plan le papier peint marron et orange, et les robes aux couleurs vives sur les portants, tante Zette et mamy posant fièrement avec leurs vendeuses et ouvrières, avec un teckel à leurs pieds.

Là encore, ce magasin était pour moi un paradis. Lorsque j'étais enfant, les vêtements étaient très colorés, avec toutes sortes de motifs. On osait tout, et la boutique de ma tante regorgeait de trésors acidulés et psychédéliques.

Les grosses clientes y trouvaient forcément leur bonheur, et tante Zette se révélait bonne vendeuse. Elle était toujours douce et souriante, et complimentait les clientes avec un tel engouement qu'elles devaient finir par se voir minces dans le miroir. Pourtant, tante Zette, enjouée et sincère, disait toujours la vérité. Et de sa bouche rose on pouvait tout entendre, car il était évident que jamais rien n'allait en sortir de méchant. Ainsi les clientes restaient fidèles et lui faisaient confiance, car elles savaient que si tante Zette leur disait : « Ça ne vous va pas du tout », c'était parce qu'effectivement, ça ne leur allait pas du tout.

Il y avait aussi, comme dans le magasin de maman, un atelier de retouches, en arrière-boutique, qui donnait sur une petite cour. J'adorais y aller, et là encore, je pouvais y rester des après-midis entiers à confectionner, avec l'aide des deux retoucheuses, des habits pour toutes les poupées que j'allais sauver en haut de leur tour, ou à récupérer des chutes de tissus pour m'en faire des robes, pour les jours où je n'étais pas « Le Sophie ». Parfois, on me donnait une vraie robe, qui était tachée, ou un peu déchirée, ou trop démodée, et cela faisait ma joie ! Car la robe était si grande qu'en cousant le col et les manches, je pouvais la transformer en un magnifique parachute ! Et je partais jouer des heures dans la cour, brandissant la robe au-dessus de ma tête en courant très vite pour que l'air s'y engouffre.

Tante Zette était très coquette, et se devait d'être toujours avenante pour sa clientèle. Elle allait donc tous les deux ou trois jours chez le coiffeur, et se faisait peindre les ongles en rose. Ses cheveux fraîchement laqués et crêpés pouvaient prendre jusqu'à quinze centimètres de hauteur, et pas un d'entre eux ne bougeait, même par grand vent.

Parfois, je m'aventurais à toucher cette étrange chose blonde et dure. Et tante Zette me chassait d'un rire en disant :

– Mais arrête donc, tu vas me décoiffer.

Mais il n'y avait aucun risque que cela se produise. Même un marteau-piqueur n'aurait pas réussi.

⋆

Tout comme son père, tante Zette adorait les chiens. Mais elle n'aurait su que faire d'un gros chien comme Le Dick dans un magasin déjà encombré par d'énormes femmes. Elle choisit donc de partager sa vie avec des chiens de petites tailles, ce qui faisait un parfait contraste avec ses clientes. Elle eut plusieurs teckels, mais pas tous en même temps. Dès que l'un d'entre eux trépassait, elle le remplaçait immédiatement par un autre identique, qu'elle appelait du même nom. Si bien que cela donnait l'impression d'un chien immortel, et que personne n'était capable, à part elle, de dire quand avaient débuté ou fini leurs petites vies. Ils s'appelaient Gerry. Un jour, je devais avoir dans les sept ans, je remarquai pour la première fois dans la chambre de tante Zette, où je n'allais quasiment jamais (papier peint avec des dessins de chevaux, grands rideaux de satin bleu, et coussins assortis posés de façon symétrique sur le couvre-lit en dentelle), des petites photos sur le plateau de marbre blanc de la table de nuit XIXe, dans de jolis cadres ronds et dorés, qui représentaient son petit chien.

– Oh, c'est Gerry ! m'exclamai-je.

– Oui, dit tante Zette, son œil bleu subitement embrumé et la voix encore plus de travers que d'habitude. Ce sont mes Gerry !

– Comment ça, « tes » Gerry ?

– Celui-là est mort écrasé il y a quinze ans, et celui-ci, étouffé par un os, il y a cinq ans.

– Ah bon !? Mais celui-là…, dis-je en montrant le Gerry bien vivant qui frétillait à nos pieds. Alors, c'est pas le premier Gerry ?

– Celui-là, c'est mon troisième Gerry. Et il ne lui arrivera rien de mal ! s'étrangla-t-elle en soulevant l'animal.

Et elle le serra très fort en l'embrassant de partout sur le museau. Le Gerry fut rapidement couvert de rose à lèvres fuchsia.

– Tu vas pas quitter maman toi, hein, jamais, jamais ! sanglota-t-elle, la tête dans le chien, sans que j'aie su quoi dire.

Dans la valise, il y a de nombreuses photos avec des Gerry. J'en trouve une avec un minuscule Gerry lové dans les bras de tante Zette, dans le jardin de Neuville, d'autres avec un Gerry plus âgé, posant sur ses genoux devant divers paysages de mer, de campagne ou de montagne, d'autres encore avec André, portant un Gerry à qui on a mis une casquette sur la tête, ou un petit manteau à carreaux…

Chapitre 3

Quelques semaines après le drame du tableau vendu, papa nous réserva une surprise. Maman, un matin, trouva sur la petite table du salon un nouveau tableau. Enfin, nouveau… Disons que nous savions maman et moi qu'il était nouveau, mais en fait, il était parfaitement identique au premier. Même vue, mêmes couleurs, même sensation d'ouvrir une fenêtre. C'était stupéfiant. Maman resta interdite un instant, puis partit dans un grand éclat de rire qui ne réveilla pas papa, toujours écroulé dans son canapé. Elle retourna chez Lascoux.

– Mais c'est incroyable ! Votre mari utilise une photocopieuse ou quoi ?

– Oui, j'ai été très surprise moi aussi…

– C'est génial ! Je vais le vendre encore !

– Ah non, surtout pas ! Mon mari est devenu fou quand je lui ai dit que vous lui aviez vendu son tableau. Il était vraiment fâché, il désirait le garder en fait, et c'est sans doute pour cela qu'il l'a reproduit à l'identique. Lui qui ne s'intéressait pas à la peinture il y a quelques semaines, voilà qu'il s'attache à ses œuvres.

– Mais ce n'est pas grave, il peut les reproduire à l'infini, il n'est pas à un tableau près. Par contre, les gens vont trouver ça bizarre que j'expose encore le même tableau. Ils vont croire que c'est vraiment le même et que je n'arrive pas à le vendre ! Ou alors il faudrait que j'en expose plusieurs semblables en même temps. Après tout, quand on va dans un magasin de vêtements, on trouve ça normal qu'il y ait plusieurs fois la même chemise !

Et ils rirent. Et Lascoux vendit le tableau deux jours plus tard. Deux cent cinquante francs. Et il dit à maman qu'il faisait grimper la cote de l'artiste. Et papa fut de nouveau furieux.

– Ma cote ! Mais je m'en fous de ma cote ! J'ai pas eu de cote pendant quarante-cinq ans et je m'en portais très bien ! Pourquoi il faut que maintenant j'aie une cote, j'ai pas besoin de cote, je peux très bien continuer à vivre tranquillement sans cote !

– Mais ne sois pas ridicule Max, plus ta cote grimpe, plus tu gagnes de l'argent !

– Mais je veux pas grimper de cote, moi, je veux qu'on me foute la paix !

– Écoute, réfléchis, c'est une chance énorme cette rencontre, beaucoup de peintres voudraient être à ta place.

– Ils auraient mal au cul, le canapé est défoncé !

Papa avait beau s'en défendre, cette histoire de vente de tableaux commençait à le faire réfléchir…

Et il me donna l'envie de peindre moi aussi. J'ai fait une petite gouache pour mon papy, qui le représentait dans un parc avec son Dick. Je suis allée dans la cuisine pour le montrer fièrement à ma mère, et lui dire que je voulais aller le donner à papy. Elle jeta un œil vague à mon chef-d'œuvre, me prit par les épaules, me regarda d'un air désolé et me dit :

– Ma chérie, papy est malade. Il est parti se reposer dans une grande maison à la campagne.

– Quoi ? Mais qu'est-ce qu'il a ?

– Il est vieux, il est fatigué… Il se repose.

– Mais je peux quand même aller le voir ?

– C'est difficile, tu sais, on ne peut pas lui rendre visite, ça le fatiguerait encore plus.

– Mais non, je suis sûre que ça lui ferait du bien de me voir. Je lui donnerai mon dessin.

– On va lui envoyer par la poste. Il t'écrira sûrement une lettre.

– Mais… Et Le Dick, il est avec lui ?

– Non, les chiens ne sont pas acceptés dans cette maison, il est resté avec mamy.

– Mais si c'est une grande maison, il doit y avoir un grand parc, et Le Dick il aime bien les parcs, il pourrait rester dans le parc, ça fatiguerait pas papy.

– Il ira peut-être plus tard… Tiens, écris-lui une lettre, je lui enverrai avec ton dessin.

C'était ma première lettre. Je n'avais jamais écrit de lettre. Je me figurais que c'était un truc de grand, qui commençait forcément par cher machin, sans rature, avec notre nom à la fin. Je me suis appliquée.

« Cher papy »

Après je suis allée à la ligne, ça faisait plus sérieux.

« Je suis triste de ne pas venir dans la grande maison. Je t'ai fait un dessin de toi et de ton Dick. »

Et puis après je ne savais plus trop quoi dire. J'ai réfléchi un moment.

« Je suis triste que Le Dick ne soit pas avec toi. Il y a sûrement un grand parc… »

Je suis allée voir ma mère pour lui dire que je ne savais plus trop quoi mettre dans la lettre. Elle m'a dit que les lettres, ça servait parfois à dire aux gens des choses qu'on n'avait pas dites avant, et qu'il fallait parler de soi. J'y suis retournée.

« À l'école, ça va, je suis pas mauvaise élève, mais je suis pas très bonne non plus. C'est parce qu'en fait on m'explique plein de trucs qui ne m'intéressent pas du tout. Moi ce qui m'intéresse à l'école, c'est les autres enfants. »

Là je pensais que j'en avais assez dit comme ça sur moi.

« Je t'embrasse très fort.

Le Sophie ».

Je suis allée donner ma lettre à ma mère en lui demandant de ne pas la lire. Elle est allée chercher une enveloppe et je l'ai mise dedans. Je l'ai bien fermée avec le plus de salive possible, et je suis allée dessiner un cœur dessus.

C'était le début de ma correspondance avec mon grand-père.

*

Une semaine plus tard, je recevais une lettre. Je n'en revenais pas. Je n'avais jamais reçu de lettre. Elle avait un vrai timbre ! Elle m'était bien adressée, avec mon nom dessus, et devant, un « Mademoiselle » qui m'a donné l'impression d'être une personne très importante.

« Mademoiselle Sophie Forte ».

Je l'ai ouverte avec précaution.

« Ma petite Sophie,

Je suis désolé d'être parti sans t'avoir dit au revoir. Mais il fallait que je me repose parce que je suis très fatigué. J'ai

77 ans. Même si j'ai encore l'air d'un jeune homme, je suis vieux…

Tu ne peux pas venir me voir. Ils disent que si toutes les familles viennent, ça va nous empêcher de nous reposer. Mais je pense beaucoup à toi.

Ton dessin du Dick et moi est très réussi, ça nous ressemble vraiment. Tu vas devenir peintre comme moi, tu es douée !

Tu sais, pour l'école, je crois que tu devrais faire des efforts pour t'intéresser à ce que raconte ta maîtresse.

Même si tu as envie de t'amuser tout le temps. Parce que, sur le moment, tu ne comprends peut-être pas à quoi ça sert de bien écrire les mots et de bien savoir compter, ou qu'on te dise combien il y a d'habitants dans un pays, mais plus tard, tu réaliseras que tout ce que tu as appris enfant te servira. Moi je ne suis pas allé bien longtemps à l'école, j'ai dû travailler très jeune. Et je le regrette. J'aurais préféré qu'on m'apprenne plus de choses.

Je t'aime très fort.

Ton papy ».

« Cher papy,

Merci pour ta lettre. Je te promets je vais mieux écouter la maîtresse. Mais des fois j'ai les yeux qui se ferment tout seuls quand elle parle… Maman m'a acheté un nouveau Tintin, “Tintin au Tibet”, l'histoire est très chouette et je l'ai lue d'un coup, je te le prêterai quand tu reviendras. Plus tard je ferai le tour du monde comme lui. Est-ce que tu as voyagé toi ?

Je t'embrasse

Le Sophie ».

« Ma petite Sophie,

Je vois que tu te prends pour un garçon en ce moment, alors je devrais peut-être écrire : Mon petit Sophie...

Je suis très heureux de recevoir tes lettres. Elles égaient vraiment mes journées. Et ton nouveau dessin de moi et mamy est formidable. Tu devrais en faire un de toi et moi à la pêche, avec nos chapeaux et nos bottes.

Moi je n'ai pas eu la chance de voyager. Je suis allé un peu en Italie, à Naples, parce que mes parents venaient de là-bas. C'est une ville très gaie et ensoleillée avec plein de petites boutiques, de gens qui courent partout, qui parlent fort, du linge qui pend aux fenêtres et des enfants qui jouent dans les rues. Tu aimerais beaucoup. J'espère que tu iras un jour. Moi, mon grand voyage, ça a été de venir de ma campagne pour être apprenti tailleur à Lyon. La grande ville. J'avais 14 ans. Et mon autre grand voyage, ça a été d'épouser ta grand-mère et de vivre avec elle. Tu vois, on peut voyager en restant toujours au même endroit.

Je t'aime très fort.

Ton papy ».

« Cher papy,

Aujourd'hui je m'ennuie. Il pleut dehors, je ne peux pas aller dans le jardin, c'est jeudi et je n'ai rien à faire. J'ai lu plein de fois tous les Tintin. Papa ne veut toujours pas que j'invite des copines, il dit que ça le dérange pour regarder la télé. Mais il met tout le temps la télé très fort et c'est moi que ça dérange. Et maman n'est pas là, comme toujours, elle travaille. J'ai changé les meubles de place dans ma chambre, ça a l'air plus grand. J'ai eu un deux en maths. La maîtresse a rien dit parce qu'elle a l'habitude que je comprenne rien en maths. Papa regarde jamais mes notes et maman a pas le temps. Et toi, tu te reposes bien ? Quand est-ce que tu seras assez reposé pour revenir ? Si je venais te voir, je te fatiguerais pas, je bougerais pas, je dirais rien.

Et oui, je suis un garçon en ce moment, mais samedi j'ai été une vraie fille toute la journée. Je suis allée au magasin de maman avec une copine, et on a essayé des dizaines de robes avec des chaussures à talons trop grandes, et on n'arrêtait pas de rigoler.

Je t'embrasse.

Le Sophie ».

« Ma petite Sophie,

Quand tu t'ennuies, tu peux écrire. Ça fait du bien d'écrire, et tu écris très bien pour une petite fille qui aura bientôt dix ans. Bon, il y a pas mal de fautes d'orthographe, mais je ne vais pas jouer au maître et les corriger. Tu apprendras tout ça à l'école. Tu sais, il ne faut pas en vouloir à tes parents, ils font ce qu'ils peuvent. Ton père a toujours été secret, renfermé, c'est son caractère, il faut faire avec. Et si ta maman travaille beaucoup, ce n'est pas toujours pour le plaisir, bien qu'elle aime son métier. Elle veut le meilleur pour vous, elle veut que tu ne manques de rien. Tes parents t'aiment très fort, j'en suis sûr, même s'ils oublient parfois de regarder ton bulletin. Moi mes parents, ils travaillaient à l'usine toute la journée et étaient trop fatigués le soir pour s'intéresser à moi. Mais ils m'aimaient, et à part pendant la guerre, j'avais tout ce qu'il me fallait. Continue d'écrire, à moi, ou pour toi, c'est une belle passion qui te sauvera toujours quand tu t'ennuieras ou que tu auras du chagrin. Ce sera ta liberté, tu n'auras besoin de personne pour le faire.

Ton papy qui t'aime ».

« Cher papy,

J'espère que tu vas bien. Oui j'écris, mais je ne sais pas toujours quoi écrire. Des fois je reste devant la feuille avec le stylo en l'air, j'écris rien, je cherche, mais même si j'écris rien, ça m'occupe de chercher quoi écrire, alors c'est bien. La maîtresse a dit que j'étais vraiment pas bonne en maths, mais qu'heureusement je me rattrapais avec mes rédactions. Je crois qu'elle aime bien ce que j'écris parce qu'elle me dit de continuer comme ça et ce sont les seuls moments où elle me sourit. Sinon on dirait toujours qu'elle a avalé sa craie. Hier j'ai vu mamy et Le Dick chez vous, c'était assez triste, Le Dick avait l'air encore plus vieux, il s'est même pas levé quand j'ai voulu le promener dans le couloir, et mamy a un peu caché sa tête quand je lui ai dit qu'on s'écrivait. Ça veut dire que tu vas pas revenir ? Et pourquoi tu te reposes pas chez toi ? C'est calme chez toi. Enfin, surtout depuis que t'es plus là.

Je t'embrasse fort.

Le Sophie ».

« Ma grande Sophie,

Oui, je te sens grandir à travers tes lettres. Tu es au début d'une vie extraordinaire. Elle sera extraordinaire parce que tu es sensible, et que tu vas vivre intensément toutes les émotions. Tu as une âme d'artiste, comme moi ! Tu vas voir, la vie t'offrira de beaux cadeaux. Moi, j'ai eu une belle vie, même si elle a été dure. Mais je l'ai vécue pleinement, en acceptant ce qui venait, en me réjouissant souvent. Profite de tout, même de la tristesse, les joies en seront encore plus fortes.

Ton papy qui t'aime ».

« Cher papy,

Je sais pas comment profiter de la varicelle, ça me gratte et je suis au lit, et je sais pas si ça rendra ma joie plus forte, parce qu'en attendant j'ai raté l'anniversaire d'Agnès et c'est pas gai. Et puis je m'ennuie encore. Je t'envoie un dessin de moi et mes boutons.

Je t'embrasse fort.

Ton grand Sophie ».

C'est ce jour-là que j'ai su.

J'étais donc malade, je suis sortie en pyjama de ma chambre pour aller aux toilettes, c'était l'après-midi, et mamy était venue me voir. Elle était dans le salon avec papa. Ils ne m'ont pas entendue passer. Elle a dit :

– C'est lamentable, ça fait quatre mois que ton père est mort et tu n'es toujours pas allé sur sa tombe !

Je suis restée figée. Son père ? Quel père ? Papa avait plusieurs pères ? De quel père parlait-elle ? Le seul père que je lui connaissais était papy.

Je suis entrée dans le salon et ils ont tous les deux eu l'air surpris. J'ai demandé :

– Qui est mort ? Quel père ?

Il y a eu un long silence. Mamy a regardé papa d'un air grave, elle lui a dit doucement :

– Max, allez, c'est le moment de lui dire, ça ne peut plus durer.

Mais papa est resté la bouche ouverte, comme tétanisé. Mamy s'est approchée de moi, elle m'a regardée droit dans les yeux.

– Écoute, ma chérie, je sais que ce n'est pas bien, c'est une idée absurde, mais parfois les adultes font des choses…

– Qui est mort ? j'ai demandé, des larmes toutes prêtes à jaillir.

– C'est ton papy, ton papy ma chérie. Il est mort il y a quatre mois.

Elle pleurait.

– Mais papy n'est pas mort, il m'écrit !

– C'est ta maman qui t'écrit. Papy est mort d'un cancer du poumon. Tes parents n'ont pas voulu te le dire tout de suite, et puis il y a eu ton dessin, et ta maman a fait la bêtise de te faire écrire, et puis après elle était prise au piège. Je lui disais de te dire la vérité, mais elle ne savait plus comment s'en sortir. Il ne faut pas lui en vouloir, elle voulait t'épargner, ne pas te faire de peine, elle ne savait plus quoi faire…

J'ai poussé un cri. Un cri aigu, comme un petit animal, je sens encore le cri dans ma gorge. Je suis partie en courant dans ma chambre, je me suis enfermée et j'ai pleuré sur mon lit, longtemps, une éternité, malgré les appels de l'autre côté de la porte, les excuses, les pardons, les pleurs.

J'ai déchiré toutes les lettres.

Mais j'ai gardé le goût d'écrire.

Et j'ai grandi, d'un coup…

★

Après ce terrible épisode des lettres, papa semblait avoir eu un déclic, une sorte de prise de conscience. Il s'était sans doute trouvé minable de ne pas m'avoir dit la vérité, et de laisser sa vie se consumer dans un canapé, sans qu'il ne fît rien pour sa famille.

Il se mit à peindre un nouveau tableau, alors que maman ne lui avait rien demandé. Mais cette fois-ci, pas une copie conforme des deux autres. Vraiment nouveau.

Il représentait un champ de blé sous le soleil, avec un petit chemin, des arbres au loin et des oiseaux dans le ciel bleu. C'était charmant, bucolique, et tellement vivant ! Le vent faisait danser les épis, les oiseaux volaient pour de vrai, ça sentait les vacances. Lorsqu'elle l'a découvert, une larme a coulé sur la joue de maman. Elle a regardé avec amour et admiration l'homme en pyjama qui ronflait. Elle a hésité un instant, puis l'a réveillé.

– Max, Max, c'est formidable ! Mais d'où sort ce paysage ?

– Hein… Heu… Je sais pas.

– Tu as utilisé un modèle. Une carte postale ?

– Ben… Non… Il vient de là.

Et il a mis sa main sur sa tête.

– Ah, tu crois ça ? a dit maman. Moi je crois plutôt qu'il vient de là.

Et elle a mis sa main sur le cœur de papa.

★

Le joli champ de blé fut encadré, et vendu aussi rapidement que les deux autres. S'ensuivirent des forêts magiques, des villages paisibles, des bords de mer calme, des océans déchaînés.

Il s'avérait donc que papa était capable d'inventer des paysages plus vrais que nature, des lieux qui donnaient une impression de déjà-vu, qui nous rassuraient, qui ravivaient des sensations d'enfance, d'innocence, de liberté. Ses tableaux touchaient, tout simplement, et provoquaient un apaisement immédiat lorsqu'on s'y laissait emmener en promenade. Papa était un grand artiste, parce qu'il peignait avec son âme, pourtant si bien cachée lorsqu'il ne peignait pas...

Lascoux vendait tous les tableaux très rapidement. Il était aux anges ! Il proposa, après quelques semaines, d'organiser un vernissage. Maman, ravie, se réjouit d'apprendre la bonne nouvelle à papa.

– Un vernissage !!! Ah non, pas question ! Un vernissage ! Tu veux dire un ramassis d'abrutis qui s'empiffreront en critiquant mon travail ?

– Non, un cocktail où des gens amateurs d'art admireront tes œuvres.

– Un vernissage ! Putain de bordel de merde ! Je suis pas verni !

– Ho si tu l'es ! Et tu dois saisir cette chance, Max, parce que ta cote va grimper.

– Ah, la cote ! Mais bien sûr, j'oubliais la cote ! La cotecotecote codeeec ! J'irai pas, voilà !

– Mais pas de problème, mon chéri, on n'a pas besoin de toi, mais de tes tableaux. Et puis je te comprends, ça te serait trop difficile d'y aller : il faudrait que tu te laves, que tu te rases, que tu t'habilles...

– Aucun de ces trucs ne m'inspire, alors tout d'un coup, tu imagines !

– Je ne voudrais en aucun cas t'infliger ce supplice... De toute façon on ne te demande pas de venir, mais de peindre vingt tableaux pour dans deux mois.

– Vingt tableaux ! Mais je dors quand moi ?

– Entre deux tableaux. Ah, j'oubliais, il faut arrêter de faire de la gouache, la gouache c'est pour les enfants. Il faut que tu fasses de l'aquarelle, c'est beaucoup plus coté.

– Tu me parles de cote encore une fois, je vais voir Gripesou et je lui fais bouffer mes pinceaux !

Et papa s'est mis à l'aquarelle. Ses paysages prenaient une transparence inattendue, une luminosité bouleversante, une légèreté magique, et ses peintures devenaient encore plus convaincantes. Nous nous demandions comment cet homme pouvait aussi bien maîtriser un art qu'il n'avait jamais appris, de façon désinvolte, par hasard, en regardant ailleurs.

Car papa ne se contentait pas de pondre des chefs-d'œuvre en un temps record, il les réalisait de surcroît en regardant la télé. Et il était très amusant de le voir parfois peindre un ravissant chemin de campagne parsemé de fleurs, tout en se passionnant pour un film gore d'où le sang aurait presque pu gicler sur sa toile.

*

Le vernissage a eu lieu un soir de mai 1974. J'avais dix ans.

La veille, maman avait demandé à papa de bien réfléchir, car elle pensait que c'était vraiment très important qu'il soit présent.

– Pourquoi ? demanda papa. Les gens viennent voir des tableaux, pas ma tronche.

– Mais ils aimeraient peut-être te parler.

– Ah parce qu'il faudra parler en plus ? Et de quoi ?

– Mais ne soit pas idiot ! De ton travail voyons !

– Mais nom de Dieu, putain de bordel de merde, c'est pas un travail ! Ça m'est tombé dessus d'un coup, j'avais rien demandé moi. J'étais tranquille, dans mon canapé, et crac, voilà qu'on m'oblige à fournir des tableaux, pire qu'à l'usine ! De toute façon, j'ai rien à dire à tous ces gens.

– Mais s'ils aiment tes tableaux, tu seras fier.

– Et s'ils aiment pas, j'aurai envie de leur casser la gueule.

– Ah, voilà, tu as peur de l'échec en fait, tu te défiles, c'est de la lâcheté !

– Pas du tout, c'est du mépris.

– C'est ça, méprise tes futurs clients, enroulé dans ton orgueil et dans ton plaid. N'empêche que quand tu gagneras enfin correctement ta vie, et il serait temps, à quarante-cinq ans, et que tu seras admiré, tu seras bien content. Tu es tellement doué !

– Doué ! Ah, voilà, doué ! Et alors ? C'est pas parce qu'on est doué pour quelque chose qu'on est obligé d'exploiter ce don ! Et puis il m'encombre ce don, il me fatigue, qu'on le donne à tous les peigne-culs bidon qui prétendent en avoir un, mais pas à moi ! Dieu a encore laissé tomber n'importe quoi sur n'importe qui, on dirait. « Tiens, toi, pauvre taxi déchu, je vais te filer un don, histoire de te faire bien culpabiliser de ne pas l'exploiter ! Ce sera ta punition pour avoir frappé un pauvre innocent asthmatique ! »

– Mais Max, tu vois toujours les choses de façon négative, ce n'est pas une punition ce don, c'est une chance ! Tu ne seras donc jamais heureux !

– Ah, parce qu'il faut être heureux en plus ! C'est nouveau ça ! C'est à la mode ou quoi ? Avant les gens étaient malheureux sans le savoir, et du coup ils étaient pas si malheureux. Alors que maintenant qu'on leur agite toute la journée des idées de bonheur sous le nez, ils pensent qu'ils ont une vie de merde et ils sont encore plus malheureux !

– Bravo, belle philosophie de vie !

– On ne peut pas être doué pour tout. Moi c'est la peinture, pas le bonheur !

– Eh bien moi c'était le bonheur, mais je t'ai épousé !

Et maman est sortie du salon, excédée, et ne lui a plus parlé de la journée.

*

Le lendemain soir, maman et moi nous sommes retrouvées dans la galerie de M. Lascoux.

À dix ans, je n'avais encore jamais assisté à ce genre d'évènement, et maman avait tenu à ce que je l'accompagne. C'était pour moi l'occasion de redevenir une fille, car je désirais porter une des robes à dentelles que maman vendait pour les cérémonies dans son magasin, mais elle m'avait précisé qu'un vernissage n'était pas un mariage, et que ma petite robe en velours bleue conviendrait parfaitement. Elle portait un tailleur beige avec des chaussures vernies noires, et une perruque courte et brune. Elle adorait les perruques, en possédait des dizaines, et ainsi changeait de tête à volonté. Plusieurs mamans en une, mais je les aimais toutes…

Elle paraissait très anxieuse et se frottait les mains en permanence, tandis que M. Lascoux lui faisait la liste de toutes les personnes importantes qui devaient venir : critiques d'art, galeristes, gros acheteurs… Il n'avait pas fait les choses à moitié. Sur une grande table trônaient des petits fours de toutes les couleurs, ornés de choses que je ne pouvais pas définir. Il y avait aussi du champagne et un tas de jolies coupes qui laissaient supposer que M. Lascoux avait en effet invité beaucoup de monde et qu'il prenait ce vernissage très au sérieux. Seule ombre au tableau, si je puis dire, c'est qu'il n'avait jamais rencontré papa. Il avait désiré à plusieurs reprises entrer en contact avec lui, mais maman prétextait tantôt une mauvaise grippe, tantôt un déplacement. Jusqu'au moment où elle ne pouvait plus rien prétexter du tout, et dut avouer que son mari était en fait un ours en hibernation permanente dans un canapé. Mais M. Lascoux connaissait les artistes, il les aimait, il les comprenait, et plus rien ne venant d'eux ne semblait l'étonner. Il ne fit donc aucun commentaire sur l'absence de papa, trouvant même que cela rajouterait sans doute un côté mystérieux, donc attractif, au personnage. « La cote en grimpera d'autant plus », disait-il.

À dix-neuf heures, il n'y avait toujours personne. M. Lascoux ne semblait pas s'en inquiéter, nous rassurant en disant que les gens sortaient de plus en plus tard pour les cocktails. À dix-neuf heures trente, une petite vieille entra. Elle ne regarda pas les tableaux, et demanda si elle pouvait prendre quelque chose sur le buffet. M. Lascoux lui répondit aimablement, mais fermement, que sa galerie n'était pas un self-service et qu'il avait organisé un cocktail privé. Elle déguerpit en haussant les épaules. Je commençais à avoir faim, mais n'osais pas toucher un seul de ces bijoux culinaires. M. Lascoux, qui avait une bonne âme, me voyant saliver, me proposa de prendre ce que je voulais.

J'avais envie de tout, et décidai d'en manger un de chaque, mélangeant les crevettes sur lit d'avocat, les escargots salsifis à la crème de marrons et les fondants au chocolat recouverts de coulis de framboises.

À vingt heures, un gros monsieur entra. Il nous salua à peine, se rua sur M. Lascoux et lui broya la main dans un cri de joie. Puis sans demander la permission, il enfourna dans sa grande bouche molle plusieurs petits fours d'un coup. Ensuite, il promena un regard dédaigneux sur les peintures de papa. Je me dis alors qu'il valait mieux en effet que papa ne soit pas venu, car ce gros impoli ne serait pas resté longtemps indemne dans cette galerie. Puis, subitement, tout un joyeux groupe entra. Une dizaine de personnes souriantes que M. Lascoux présenta à maman, et qui regardèrent les peintures avant de s'empiffrer, ce qui était déjà une nette amélioration. Ensuite, la galerie se remplit très rapidement. Maman, timide et réservée au départ, petite femme d'un milieu social modeste noyée au milieu du gratin de la peinture lyonnaise, ne resta pas longtemps muette et rougissante. Son instinct de super vendeuse reprit le dessus, et elle se lança dans des conversations animées pour vanter les talents de son mari.

Très vite, un petit groupe se forma autour d'elle et but ses paroles. C'est alors que le gros monsieur que nous avions complètement oublié annonça fièrement :

– J'en prends trois ! Ce travail est remarquable !

Maman resta sidérée, et M. Lascoux se précipita sur lui pour lui dire combien ses choix étaient judicieux.

La galerie n'était pas très grande et je commençais à étouffer au milieu de tous ces gens. Je suis sortie sur le trottoir pour prendre l'air. Au coin de la rue, juste en face, j'ai cru apercevoir une silhouette que je connaissais bien. Un pardessus beige. Une certaine nonchalance dans le corps, une façon particulière de tenir une cigarette…

Je me suis un peu rapprochée, pour voir. C'était bien lui. Il était adossé à un mur, et regardait, tapi dans le noir, la galerie.

– Papa ? Mais qu'est-ce que tu fais là ?

– J'ai obéi à ta mère, je suis venu au vernissage.

– Mais… Tu es là depuis longtemps ?

– Depuis que les premiers invités ont déboulé.

– Mais papa… C'est ridicule ! Ça ne sert à rien de rester dehors ! Tu ne profites de rien !

– Si si, je profite beaucoup mieux ici. Là-bas il y a trop de monde. Là je regarde les gens entrer, sortir, j'aperçois ta maman… Dis-moi, comment sont les gens ?

– Ben… Je sais pas… Comment ça comment ?

– Ils sont contents ?

– Mais oui, très, ils boivent tout le champagne et mangent tous les petits fours !

– Oui, d'accord, mais sinon ? Comment ils sont, leurs yeux, quand ils regardent les tableaux ?

– Leurs yeux ? Je sais pas… Ils sont bien, leurs yeux… Enfin, je veux dire, ils sont pleins d'admiration.

– Oui ?

– Oui, il y a même des gens qui font « Oooh ! », et « Aaah ! ».

– Ha, c'est très bien ça ! Et est-ce qu'ils achètent des tableaux ?

– Oui, il y a un monsieur qui en a pris trois.

– Trois !?

– Oui. Et tu peux faire confiance à maman, c'est la championne de la vente !

Papa, rassuré, m'a déposé un presque baiser sur le front, il m'a dit :

– C'est parfait ma Minette. Je vais me coucher. Ne dis rien à ta mère.

Et j'ai vu sa silhouette s'éloigner lentement dans la nuit.

Je ne savais pas si je devais effectivement ne rien dire à maman, mais je redoutais une violente réaction de mon père si je trahissais notre secret. Alors je suis retournée discrètement dans la galerie.

Une grande dame coiffée d'un chapeau bleu tomba en extase devant un paysage marin, un couple craqua pour une vue de la place Bellecour, et il y eut ensuite comme par magie un phénomène de masse : d'un coup, tout le monde voulait acheter les tableaux de papa !

– Je veux le grand tableau sur les Dombes, dit une femme très bourgeoise à maman. (En fait, papa avait inventé un paysage d'étangs et de roseaux au lever du jour qu'il avait intitulé *Les Dombes*.) C'est là que je passais mes vacances lorsque j'étais enfant, précisa la dame.

M. Lascoux intervint :

– Je suis vraiment désolé, madame, je viens de le vendre à ce monsieur.

En effet, un homme à l'air décidé se tenait près de lui avec un sourire conquérant.

– Mais, protesta la dame, il n'y a pas de petit point rouge dessus, il est donc encore à vendre !

– J'allais mettre la pastille, dit M. Lascoux.

– Oui, mais elle n'est pas encore collée, j'achète ce tableau !

– Veuillez m'excuser madame, dit l'homme, mais si ce tableau vous rappelle des souvenirs, il me parle aussi. J'ai une maison juste à côté de ce lieu.

Je regrettais que papa ne soit pas entré dans la galerie, il aurait bien rigolé en voyant des gens se battre pour un tableau censé représenter un endroit qui ravivait tant de souvenirs, alors qu'il était sorti tout droit de son imagination.

Bref, le monsieur a emporté le tableau, la dame a protesté vigoureusement, mais plus personne ne l'écoutait. M. Lascoux et maman étaient trop occupés à gérer les autres clients. En quelques heures, les vingt tableaux furent vendus. Tous !

C'était incroyable. M. Lascoux n'avait jamais vu ça. Il termina une bouteille de champagne avec maman qui jubilait, et nous rentrâmes à la maison dans une totale euphorie.

Papa dormait dans le canapé, serein, devant la télé encore allumée, et maman n'hésita pas à le réveiller.

– Max ! Max ! C'est fantastique ! Nous avons vendu tous tes tableaux !

Papa se frotta les yeux. Il regarda maman avec une expression que je ne lui connaissais pas, entre l'émerveillement et l'incrédulité. Il avait soudain un visage d'enfant. Il demanda d'une petite voix :

– C'est vrai ?

– Mais oui ! Mais oui ! On a tout vendu !

– Non ? Mais alors... Tu crois vraiment que... je suis peintre ?

– Tu es peintre, oui, un grand peintre !

– Moi... Un grand peintre ?

– Oui mon chéri, un grand peintre !

Et elle le serra dans ses bras. Pour la première fois depuis longtemps, ils avaient l'air heureux.

Et papa continua de peindre.

Chapitre 4

Nous allions souvent, maman et moi, rendre visite à Giovannina et Roméo. Papa refusait de les voir depuis quelques années. En fait, depuis que Roméo, à la fin d'un repas de famille, avait cassé sur la table une bouteille de vin (qu'il avait bue, ce qui expliquait sans doute son geste...), et poursuivi mon père, le tesson à la main, dans tout l'appartement, en l'agonissant d'injures et en hurlant qu'il allait le tuer. Enfin, je crois qu'il voulait à peu près dire ça, je ne comprenais pas très bien l'italien à cinq ans...

Il faut souligner que mes grands-parents, à la fin de leur vie, parlaient exclusivement italien, et pas seulement entre eux, même s'ils comprenaient et parlaient parfaitement le français après avoir passé plus de soixante années en France.

Ils avaient sans doute décidé tacitement de ne plus faire aucun effort, témoignage d'une sorte de rébellion, n'ayant choisi au début de leur vie ni l'un ni l'autre de venir dans ce pays, où ils n'avaient pas toujours été bien accueillis. Lorsqu'ils devinrent propriétaires de leur propre petit atelier de chapeaux, ils retrouvaient régulièrement des graffitis insultants sur la devanture : « Rentrez chez vous sales macaronis.

Dehors les ritals. » Et autres charmants messages du même ordre…

Je me souviens de cet atelier, j'y suis allée quelquefois avec maman pour rendre visite à son frère, car il avait pris la relève de ses parents. Il y a quelques photos de lui dans la valise.

Petit, costaud, visage rond décoré d'une fine moustache brune, l'œil enfoncé et noir, toujours l'air goguenard… J'ai eu assez peu de contact avec lui. Maman me disait qu'il était très colérique, comme son père, et je crois qu'elle préférait ne pas trop le voir. Il venait rarement à la maison et je n'allais jamais chez lui. Je rencontrais aussi très rarement ses enfants, un garçon et une fille d'une dizaine d'années de plus que moi.

L'atelier de chapeaux se situait rue Mercière, qui était à l'époque une des rues mal famées de Lyon, et qui devint par la suite un lieu très branché pour les sorties nocturnes.

On poussait une grosse porte en bois pour pénétrer dans un petit hall sombre, et on empruntait un vieil escalier étroit qui n'en finissait pas de tourner et dont chaque marche grinçait de fatigue. Une vieille porte de guingois au cinquième étage. Et derrière, la caverne d'Ali Baba ! Sur de hautes étagères vacillantes, des formes de chapeaux en bois se bousculaient. Certaines étaient abandonnées, de-ci de-là, à même le sol aux tomettes bordeaux craquelées, d'autres encore se retrouvaient entassées, mangées par la poussière, dans un recoin de l'atelier. Et les vedettes du moment, celles qui servaient à fabriquer les derniers chapeaux à la mode, encombraient la longue table de travail, disposée entre deux fenêtres à petits carreaux donnant sur la rue. Des rouleaux de feutres de toutes les couleurs, attendant sagement qu'on les découpe, étaient alignés sur des longues étagères tout au fond de l'atelier, là où le soleil ne pouvait jamais pénétrer, pour qu'il ne les décolore pas. Aux quatre coins de la pièce, des têtes de mannequins en cire arboraient fièrement de ravissants bibis, bérets, ou capelines aériennes. On trouvait aussi de grands pots en verre où s'amoncelaient toutes sortes de fleurs en tissu, et des multitudes de rubans soyeux qui brillaient dans la lumière. Et de longues tiges de paille, prêtes à être tressées.

Tout ça dans vingt-cinq mètres carrés ! Et moi, je n'en avais jamais fini de tout regarder, et je voulais tout toucher, et j'essayais devant le grand miroir à l'encadrement doré tous les chapeaux qui me tombaient sous la main, en prenant des poses.

– Elle a une tête à chapeaux, ta fille ! disait immanquablement mon oncle à maman.

Il y avait aussi cette odeur indescriptible, qui piquait un peu le nez et le fond de la gorge, un peu comme une odeur de chien mouillé. C'était l'odeur du feutre passé à la vapeur, afin qu'une fois ramolli il s'adaptât parfaitement à la forme de bois. J'avais observé à plusieurs reprises mon oncle « tirer le chapeau », c'est-à-dire tirer le feutre encore chaud sur la forme de bois, pour lui faire épouser chaque creux, puis le laisser sécher afin qu'il durcisse. Certaines formes possédaient en leur milieu un écarteur de fer, avec une grosse clé que l'on tournait plus ou moins, selon la taille que l'on voulait donner au chapeau. Ensuite, lorsqu'il était sec, on retirait le feutre de la forme, et on l'agrémentait de fleurs, de rubans, de plumes, de voilettes, selon la mode du moment. Je me souviens de mon oncle, qui semblait toujours en colère, montrant ses mains crevassées à ma mère. Il râlait :

– Tu as vu, tu as vu mes mains ! Quel métier de merde ! Mais on ne peut quand même pas tirer le feutre avec des gants !

Alors, en 1976, il a vendu le vieil atelier, et il est devenu représentant en café.

Giovannina et Roméo sont toujours restés dans le même appartement, qui a vu grandir leurs deux enfants, dans un immeuble ancien de l'avenue Berthelot.

« Ton grand-père est un peu fou », me disait maman en riant. Ce qui se confirmait souvent…

J'étais toujours anxieuse lorsque nous allions chez eux, et que nous arrivions au pied du grand escalier. Ce n'étaient pas les six étages à grimper qui me faisaient peur, mais plutôt les cris que nous entendions dès le rez-de-chaussée. Car mon grand-père, voix de ténor, hurlait des choses qui faisaient vibrer tous les murs du quartier. Au fur et à mesure que nous montions, les cris s'amplifiaient, évidemment, et les mots devenaient de plus en plus précis. C'est ainsi que j'appris et retins : « *Porca miseria, testa di cazzo, puta madonna, va fan culo…* »

Arrivée devant la porte, je serrais fort la main de maman, qui me remettait immanquablement une mèche de cheveux en place, me souriait, prenait une grande inspiration et sonnait, comme si tout ceci était normal et sans importance. Aussitôt, les cris cessaient. On entendait des bruits, comme si mes grands-parents poussaient des meubles ou déplaçaient des objets, puis des pas rapides dans le couloir, et ils nous ouvraient enfin. Tout sourire.

Alors c'était la fête ! On mangeait des spaghettis à la tomate, les meilleurs des meilleurs, même si c'était l'heure du goûter ou du petit déjeuner, et Roméo prenait sa mandoline. Il chantait merveilleusement, et lorsqu'il chantait, son visage se métamorphosait totalement. Ses traits devenaient plus harmonieux, ses yeux bleus, souvent envahis d'éclairs déments, brillaient d'amour, son nez ordinairement énorme se faisait plus discret, ses oreilles en chou-fleur lui allaient mieux, et sa grosse bouche réussissait à former un petit cœur d'où sortaient des sons divins. Plus ses grandes mains s'agitaient sur les cordes, plus il semblait heureux et apaisé.

Nous les quittions toujours à regret, on s'embrassait chaleureusement sur le pas de la porte, ils la refermaient. Et c'est alors qu'après nous avoir donné tant de douceur, mon grand-père se remettait à crier de plus belle, et que nous redescendions les escaliers maman et moi accompagnées de ses hurlements.

Et je pensais à chaque fois que Roméo aurait sûrement été moins fou s'il était devenu chanteur plutôt que chapelier…

*

Il y a aussi une autre photo de ma grand-mère dans la valise. C'est un petit photomaton en noir et blanc. Et en la regardant de plus près, je suis prise d'un grand trouble. C'est moi ! C'est moi quand je serai vieille. J'aurai les mêmes rides aux mêmes endroits, la même expression lasse, les lèvres devenues fines, les paupières affaissées. Mon visage prend le chemin du sien, je lui ressemble déjà beaucoup. Encore quelques années, et ce petit portrait sera le mien.

J'avais d'ailleurs vécu un épisode assez troublant à l'âge de quinze ans. Nous étions, maman et moi, allées rendre visite à la famille de San Piero a Ponti, près de Florence.

Lorsque nous étions entrées dans le salon de la vieille maison de famille où vivaient encore des cousins, la sœur de Giovannina, qui était âgée de quatre-vingt-quinze ans, s'était figée en me voyant. Elle s'était levée péniblement de son fauteuil et s'était approchée de moi en tendant ses maigres bras et en répétant : « *La mia sorella ! Giovannina e ritornata ! E la mia sorella !*[1] » Et elle m'avait longuement embrassé les mains de sa petite bouche sèche, tout en sanglotant. Elle avait certes perdu la tête depuis longtemps, mais les cousins m'ont confirmé que je ressemblais effectivement beaucoup à ma grand-mère, en blonde…

À la fin de sa vie, Giovannina était aveugle, à cause d'un glaucome mal soigné. Je sens encore ses mains osseuses et frêles sur mon visage, ses fragiles petites pattes d'oiseaux qui cherchaient à deviner mes traits. Elle répétait doucement : « *Come sei carina mia piccolina*[2] ». Et elle finissait par me passer fébrilement la main dans les cheveux. Elle portait des lunettes noires, je ne voyais pas couler de larmes, mais je crois bien qu'elle pleurait à chaque fois. Car sa voix finissait par se briser, mais Giovannina dissimulait toujours la fêlure sous un petit rire charmant.

Elle s'est éteinte comme une bougie, un soir d'avril. Je venais d'avoir onze ans. J'étais en vacances dans le bungalow de Hyères lorsque j'ai appris sa mort. C'est mamy Irma qui me l'a annoncée, maman étant restée au chevet de sa mère.

Ce soir-là, en m'endormant, il m'a semblé sentir une présence à mes côtés. Il faisait très noir dans la chambre. Je me

1. Ma sœur ! Giovannina est revenue ! C'est ma sœur !
2. Comme tu es jolie ma petite.

suis redressée sur mon lit, le cœur battant, et alors j'ai senti les mains de Giovannina sur mon visage, ses doigts menus ont effleuré mes joues, et se sont promenés une dernière fois dans mes cheveux. « *Come sei carina...* »

Peut-être était-ce un rêve... Mais je ne crois pas.

Son Roméo est mort de chagrin, quelques semaines plus tard...

*

Les choses se précipitèrent pour papa. Monsieur Lascoux vendait désormais ses tableaux à un rythme soutenu.

Il décida de le faire exposer à « La Maison de Lyon », grand pavillon et haut lieu d'expositions, devenu bien plus tard l'office du tourisme, situé sur la grandiose place Bellecour. Maman rentra, très joyeuse, pour annoncer la bonne nouvelle à papa.

– Tu rigoles ! dit-il. Cette maison est beaucoup trop grande pour moi !

– Tu ne vas pas y habiter, juste y accrocher tes peintures sur les murs.

– Mais je suis pas prêt, les gens vont se moquer de mes petits tableaux.

– Tu n'as qu'à en peindre de plus grands !

– Mais arrête d'avoir réponse à tout ! Je suis pas prêt, voilà !

– Et tu comptes être prêt quand ?

– Mais je sais pas, jamais peut-être. Je suis un débutant, je tâtonne, je tâtonne...

– Oui, mais tu tâtonnes très bien, tout le monde le dit !

– Mais c'est qui tout le monde ? Trois péquenots qui sont passés par hasard devant la vitrine des Rapetou, et qui n'avaient jamais vu une aquarelle avant !

– Mais c'est pas possible ! Si tu as si peu confiance en toi, aie au moins confiance en Lascoux et en moi ! Laisse-nous faire, ça ira bien.

– Ça ira bien, ça ira bien… Mais ça ira où ?

– À « La Maison de Lyon » ! Tu exposes dans trois mois !

– Trois mois ! Et combien il faut de tableaux ?

– Une trentaine, je crois…

– Bon… Va me faire du café, je crois que je vais pas beaucoup dormir, ces prochains trois mois…

Et maman embrassa papa sur le front en poussant un petit cri de joie.

Le vernissage eut lieu un vendredi soir de mai 1976. J'avais douze ans. Il faisait très doux ce soir-là, un petit vent chaud balayait les graviers rouges de la place Bellecour, les derniers rayons de soleil rendaient tout plus beau. Papa, maman et Lascoux étaient déjà affairés à l'intérieur de « La Maison de Lyon » depuis des heures, redressant un tableau, changeant un autre d'emplacement, vérifiant les prix, inspectant le buffet.

Papa ne voulait pas venir, évidemment. Il avait fallu maintes supplications de maman, et des coups de fil insistants de Lascoux, qu'il rencontra enfin chez nous quelques semaines avant l'exposition, pour le décider. La rencontre se passa extrêmement bien. Papa, qui redoutait d'avoir affaire à un snob et pompeux directeur de galerie, fut tout de suite séduit par le petit homme malicieux, et au bout d'une heure, ils se racontaient tous deux des blagues, autour d'une bouteille de Côtes-du-Rhône, en hurlant de rire…

Nous assistâmes ensuite à une totale transformation : papa alla chez le coiffeur, qui avait dû en baver sérieusement pour débroussailler sa longue et épaisse chevelure, et tailler sa barbe touffue en un bouc élégant. Il se rendit également chez le tailleur. Il l'avait été lui-même, donc était très exigeant en ce qui concernait les coupes et les choix de tissus. Il opta pour un costume bleu-gris en percale de coton à fines rayures, qui dissimulait un peu son nouvel embonpoint, car à force de rester inactif dans son canapé, il avait pris du poids. Une chemise de coton blanc. Et dessous, toujours ces éternels marcels à petits trous, et ses bretelles ! Sans oublier la cravate. Papa ne sortait jamais sans cravate. Celle-ci était en soie beige, avec des petits pois bleu marine.

– Comme Gilbert Bécaud ! s'était exclamée maman qui adorait ce chanteur.

Quant à elle, elle avait aussi pris du poids. Elle tenta d'ailleurs toute sa vie de se débarrasser de ses kilos superflus, en testant maints régimes inefficaces, qui la laissaient à chaque fois affamée et déprimée. Mais la nourriture était un de ses principaux réconforts. Il n'était pas rare que je l'entende se lever au beau milieu de la nuit, et que je la retrouve dans la cuisine, dévorant les restes de la veille, avec un petit air coupable. Elle s'était acheté une sorte de combinaison de cosmonaute en plastique qui lui recouvrait entièrement le corps, et dans laquelle elle faisait le ménage en suant à grosses gouttes. Mais tous ces efforts lui donnaient faim, et à près avoir pris une douche, elle se précipitait dans la cuisine !

Mais elle savait habilement s'apprêter, et faire en sorte que son embonpoint lui soit avantageux.

Pour ce vernissage à « La Maison de Lyon », elle était rayonnante dans une robe bleu nuit vaporeuse arrivant juste au-dessus des chevilles, manches papillon et décolleté plongeant, mais pas trop, les pieds mis en valeur par ses fameuses petites chaussures noires vernies à brides. Il me semblait avoir toujours connu maman avec ces chaussures.

– Je suis à l'aise dedans ! disait-elle. Et on ne fait rien de bien quand on a mal aux pieds !

Évidemment, elle avait sorti pour ce grand jour la perruque suprême, celle en vrais cheveux avec les bouclettes caramel qu'elle mettait des heures à coiffer. Beaucoup de bleu sur ses yeux marron. Un discret rose à lèvres et les ongles assortis. Elle était ravissante !

Moi, je redevenais toujours une fille lorsque j'avais l'occasion de porter une jolie robe, et j'avais enfin réussi à convaincre maman de me prêter une de celles qu'elle vendait dans son magasin, pour les demoiselles d'honneur, et qui me faisaient tant rêver. Pas celle avec les froufrous et les rubans roses partout. Ni celle avec les dentelles qui pendaient sur les côtés. Ni la beige claire avec le gros nœud qui faisait penser à une meringue. Non. Juste la délicieuse petite turquoise en velours de soie, avec la discrète ceinture de satin nouée derrière. Elle m'allait comme un gant.

Lascoux avait opté pour un costume gris perle et cravate verte à gros nœud, ce qui lui donnait un peu une allure de crapaud.

Nous étions fin prêts, tous les quatre, à accueillir le « Tout-Lyon » !

Je ne sais pas qui a pris la photo où on nous voit poser, un peu raides, avec des sourires figés, devant les tableaux. Elle a un peu viré au rose sur les côtés, comme si on avait photographié un rêve. Le rêve de maman.

Qui allait bientôt devenir aussi celui de papa…

Tante Zette, André, mamy et Le Gerry arrivèrent en premier, vers dix-neuf heures. Tante Zette dans une improbable robe longue à grosses fleurs orange et jaune, qui allait très bien avec ses cheveux blonds crêpés encore plus haut que d'habitude, des chaussures à semelles compensées qui la grandissaient d'au moins quinze centimètres, et de volumineuses boucles d'oreilles dorées qui pendaient jusqu'à son menton. Mamy portait un tailleur vert pomme, avec sur ses épaules un volumineux manteau de fourrure de vison. Il devait faire 25 °C, mais elle adorait exhiber ses manteaux de fourrure. Elle voulait toujours montrer qu'elle était aisée financièrement, et s'obstina toute sa vie à dissimuler qu'elle venait de la campagne et qu'elle était fille de paysans... Mais cette fois-ci, elle ne garda pas longtemps le manteau, car son maquillage commença rapidement à couler sous les gouttelettes de transpiration.

André, comme d'habitude, semblait avoir emprunté un costume trop petit à un copain. Le pantalon de flanelle beige « pattes d'éléphant » laissait voir ses pauvres chaussettes à carreaux marron, la veste assortie étriquée ne réussissait pas à atteindre ses poignets et le rendait encore plus mince qu'il ne l'était, sa chemise violette avec son grand col « pelle à tarte » mettait bien en valeur son cou de girafe, et ses longs pieds plats portaient leurs inlassables chaussures vernies et pointues des grands jours.

Quoi qu'il en fût, je les trouvais tous très beaux. On s'embrassa, se complimenta sur les tenues, et tante Zette alla voir les tableaux de près, avec son Gerry en laisse. M. Lascoux se précipita alors vers elle, paniqué.

– Excusez-moi madame. Je suis désolé, mais les chiens ne sont pas acceptés dans cette exposition.

Ma tante ouvrit tout rond ses grands yeux bleus et répondit :

– Comment ?

– Les chiens. Les chiens ne sont pas acceptés dans ce lieu.

– Les chiens ?

– Oui, les chiens. C'est bien un petit chien que vous tenez en laisse, là.

– C'est mon Gerry.

– Oui, sans doute. Mais il se trouve que c'est aussi un chien. Et ils ne sont pas acceptés ici.

– Mais où voulez-vous que je le mette ?

– Eh bien, dehors. Vous devez le mettre dehors.

– Mon Gerry ?

– Oui, votre Gerry. Vous pouvez l'attacher dehors, il y a quelque chose de prévu à cet effet.

– Mais, mon Gerry il va pas rester dehors tout seul !

– Alors sortez avec lui, mais il n'a pas le droit d'être là.

André, qui s'était éloigné pour engloutir des petits fours, arriva.

– Qu'est-ce qu'il se passe ?

Tante Zette a couiné :

– Le monsieur ne veut pas que je garde mon Gerry avec moi.

M. Lascoux avait l'air très embêté en voyant la tournure que prenait la situation. André a protesté :

– Et qu'est-ce qu'il vous a fait, notre Gerry ?

– À moi, rien, s'est défendu Lascoux. Mais il n'a pas le droit d'être ici, c'est interdit aux chiens.

– Je suis la sœur du peintre ! a protesté tante Zette.

Mais Lascoux fut inflexible, et comme tante Zette ne voulut pas laisser son Gerry tout seul dehors, elle s'est relayée avec André pour le garder devant la porte durant tout le temps du vernissage.

Mamy regardait chaque tableau qu'avait peint son fils avec attention, en fronçant les sourcils et en penchant la tête, comme si elle les examinait. Papa vint à sa rencontre et lui demanda, soudain fébrile :

– Ça te plaît ?

Je sentais bien qu'il cherchait l'approbation de sa mère, son attention, son admiration, dont il avait certainement cruellement manqué depuis toujours. Il était comme un enfant réclamant un câlin, une douceur. Mais mamy le regarda de son œil sombre, et elle dit, sans conviction :

– Oui, c'est bien…

Ils restèrent face à face un moment, sans rien ajouter. Et papa tourna les talons pour aller se réfugier dans un coin de l'immense pièce. Avant la tempête.

Car le monde commençait à affluer, et papa suait à grosses gouttes. Il ne connaissait évidemment personne. Il desserra un peu son nœud de cravate et but une petite coupe qu'il garda à la main pour se donner une contenance. Il fumait cigarette sur cigarette. Quant à maman, très à l'aise, elle papillonnait déjà, allant de convive en convive, donnant l'impression de reconnaître des gens qu'elle n'avait jamais vus, et d'être partout à la fois. Je restais près de papa, le voyant devenir de plus en plus blême, de peur qu'il ne s'échappât par la sortie de secours. J'avais le trac pour lui. Je me disais que si cette exposition tournait mal, si les gens n'appréciaient pas son travail, il se pouvait parfaitement que papa s'arrêtât tout net de peindre. Tout pouvait se décider ce soir-là. Son avenir, et le nôtre…

M. Lascoux arriva très vite avec plein de nouvelles personnes, pour leur présenter mon père. Je comprenais que papa puisse se sentir mal à l'aise. Ça devait lui faire bizarre de voir tant de gens d'un seul coup, lui qui avait vécu si longtemps, presque en ermite, dans un canapé. Le pauvre avait réussi à coller un semblant de sourire sur ses lèvres crispées, et répétait inlassablement « Enchanté. Et oui, c'est moi le peintre... » en regardant ses pieds. On le félicitait, on lui demandait s'il avait fait une école d'art, et il répondait naïvement :

– Non non, je fais ça tout seul, dans mon salon...

De temps en temps, maman passait, légère, aérienne, et levait discrètement le pouce en direction de papa, ou de Lascoux, ce qui signifiait que tout se déroulait pour le mieux. En effet, peu de temps après l'ouverture des portes, M. Lascoux collait déjà des petits points rouges sur quelques œuvres, ce qui voulait dire qu'elles venaient d'être vendues. Tout à coup, il y eut vraiment beaucoup de monde. Comme si, le temps de tourner la tête, la salle s'était remplie par magie. Des journalistes venaient photographier papa, on s'extasiait devant les tableaux dans un joyeux brouhaha, tout le monde fumait (surtout papa), les petits canapés disparurent totalement, et toutes les deux secondes, on entendait sauter un bouchon de champagne.

Et Lascoux collait de plus en plus de points rouges !

Lorsque la grande salle se vida, il devait être plus de vingt-trois heures, tous les tableaux avaient été vendus. Tous. Papa s'approcha de maman, et lui dit, doucement, comme s'il avait été drogué :

– Tu te rends compte Juju, il y a des gens qui m'ont appelé « maître » !

Puis il se mit à faire le tour de la salle pour contempler ses œuvres, en marchant lentement, comme s'il avait basculé dans une autre dimension, dans un monde irréel.

Moi, j'étais un peu pompette, car j'avais sifflé en douce la première coupe de champagne de ma vie. Et maman discutait avec Lascoux, et envisageait déjà le futur. Qui s'annonçait radieux…

Les premiers effets de cette exposition se firent rapidement sentir. Peu de temps après, les articles commencèrent à paraître.

J'en trouve quelques photocopies dans la valise :

« Max Forte : Son exposition à la maison de Lyon est un grand succès »

« Max Forte : On s'arrache ses aquarelles »

« Max Forte : Un nouveau grand peintre lyonnais »

« Max Forte : Des aquarelles plus vraies que nature »

Papa ne semblait pas s'en émouvoir. Il lisait ses éloges d'un œil distrait, et empilait les journaux près du canapé. En revanche, maman s'extasiait à chaque nouvel article, et le lisait haut et fort dans le salon, en y mettant le ton, comme une comédienne dramatique (qu'elle était évidemment). Papa levait les yeux au ciel en remuant la tête et faisait « Tss tss » du coin de la bouche, comme s'il ne croyait pas un mot de ses lectures, mais ne pouvait tout de même dissimuler un petit sourire ravi dans l'autre coin. Il était trop orgueilleux pour avouer que tous ces articles le touchaient profondément. Ce détachement trop affiché traduisait sa peur de ne pas être à la hauteur, et son étonnement qui persistait malgré l'engouement général. Il était trop pudique pour en profiter, et cachait sa joie sous d'épaisses couches d'ironie et de dédain.

Parfois, il donnait des interviews téléphoniques, et c'était toujours un grand moment jubilatoire de le voir répondre à des journalistes qui écrivaient pour des revues d'art très sérieuses, écroulé dans son canapé dans son pyjama élimé à rayures, la cigarette aux lèvres et une bière à la main. Il en rotait d'aise dès le téléphone raccroché (et parfois avant...).

Mais quelque chose en lui avait changé. Il sifflotait en peignant, se rasait, et se risquait même à aller jusqu'à la boulangerie au bout de la rue pour acheter ses petits pains au lait préférés.

Lascoux annonça à papa que le prestigieux café *Le Bar Américain*, ayant eu vent de son succès, voulait lui commander cinq grands tableaux pour décorer le lieu. C'était une brasserie très renommée construite au milieu des années 1800, donnant sur une des plus grandes rues de Lyon, la rue de la République. Papa se mit au travail sans rechigner. Il n'avait jamais peint de grandes œuvres, mais livra rapidement à Lascoux cinq magnifiques paysages, sur des feuilles de plus d'un mètre de long sur une soixantaine de large. Les gérants de la brasserie furent ravis, et les tableaux de papa trouvèrent instantanément leur place dans ce haut lieu de la vie lyonnaise.

J'étais très fière de voir les aquarelles de mon père exposées dans cette belle et chic brasserie. Je faisais toujours en sorte de passer devant avec des copines lors de nos balades de week-end, dans les rues fraîchement piétonnes de Lyon, et lorsque nous arrivions à hauteur du café, je lançais, de façon faussement désinvolte :

– Tiens, y a des tableaux de mon papa là-dedans !

Effet garanti !

★

Les rapports entre papa et moi évoluaient. Il n'avait jamais su comment se comporter avec un enfant. Mais petit à petit, nous nous apprivoisions, grâce à la peinture. Lui qui jetait au début ses tableaux à terre sitôt terminés, comme pour s'en débarrasser, réclamait à présent mon avis. Dès qu'il en finissait un, il m'appelait :

– Sophie, viens voir !

J'attendais ce moment et le redoutais tout à la fois. J'étais la première personne qui découvrait ses œuvres, et alors retombait sur mes frêles épaules la responsabilité d'exprimer un ressenti. Les premières fois, je lui disais :

– Oui, c'est très bien !

Mais papa ne se contenta pas longtemps de ces fades commentaires.

– Regarde bien, me disait-il. Qu'est-ce que tu vois exactement ? Qu'est-ce que tu ressens ?

Je devais alors aiguiser mon œil, me projeter dans le tableau, et laisser parler mes émotions. Je devenais de plus en plus forte à ce petit jeu. Papa buvait mes paroles, et je me sentais enfin importante pour lui. Bien sûr, au début, je ne m'autorisais aucune critique :

– J'aime beaucoup la lumière sur le lac. J'ai l'impression de sentir l'odeur de la pluie qui vient de s'arrêter. Il est beau ton arbre, c'est l'arbre que j'aimerais avoir pour me construire une cabane. Je sens le vent sur la mer. J'aimerais tant être dans ce bateau. On a l'impression de voir toutes les feuilles dans cette forêt alors que tu n'en as dessiné aucune. Je sens le soleil derrière tes nuages. Je veux aller sur ce chemin. Est-ce que tu m'emmèneras là-bas ?

– On peut pas, ma petite Sophie, cet endroit n'existe pas.

– Si, je suis sûre qu'il existe !

Puis un jour, en regardant un paysage de montagne, j'ai dit :

– Il manque de vie celui-là.

– Comment ?

– Je sais pas… Je rentre pas dedans, il a l'air mort.

– Et… Tu sais pourquoi ?

– Ben… Non… Si… J'arrive pas à imaginer ce qu'il y a derrière les montagnes…

– C'est parce que ça manque de relief ?

– Ben… Je sais pas… Peut-être… Et puis je sens pas la chaleur du soleil. Le soleil est éteint.

Papa m'a regardée un moment sans rien dire. Il a regardé le tableau. Et d'un coup, il l'a déchiré.

– Arrête, papa ! Qu'est-ce que tu fais ?

– C'est pas grave, il était déjà mort !

Et il m'a embrassée du bout des lèvres sur les cheveux, comme il faisait toujours quand il avait envie de m'embrasser, mais qu'il n'osait pas vraiment.

Dès lors, ma responsabilité est devenue de la plus haute importance. Moi, enfant de douze ans, j'avais le pouvoir de vie ou de mort sur les tableaux magiques de mon père. Cela m'angoissait et en même temps me rendait fière. Je n'en ai pas mâché mes mots pour autant, car je savais que le seul moyen de me rapprocher de lui était d'être sincère. Il n'aurait pas voulu pour critique une fille peureuse n'osant pas dire ce qu'elle ressentait vraiment. De toute façon, il était rare que je fasse des remarques négatives sur son travail. La plupart du temps, j'étais extasiée, et je voyais dans chaque nouvelle peinture la confirmation de son talent.

Et puis un jour, je me suis dit que j'allais peindre moi aussi, pour qu'il me donne à son tour un avis. Je cherchais toujours l'échange. Je me suis enfermée dans ma chambre, ai retrouvé les vieilles gouaches qui ne servaient plus à papa, et j'ai peint mon premier tableau. Mais je n'avais pas l'imagination de mon père, il me fallait un modèle, que j'ai trouvé dans un vieux livre de contes. Un sous-bois avec un ruisseau, ce qui était particulièrement difficile pour une première œuvre. Il fallait faire passer la lumière à travers les branchages, rendre l'eau limpide, donner l'impression que l'on pouvait voir chaque détail sans en dessiner aucun. Et surtout pas de trait visible de crayon. Papa, lui, ne traçait jamais au crayon avant de peindre, il avait tout en tête, il attaquait sans hésitation, comme si son pinceau se mettait soudain à vibrer, et se dirigeait par lui-même.

Après quelques heures de travail acharné, je contemplai mon œuvre en prenant du recul. Parce que papa me disait toujours, quand je regardais un tableau :

– Prends du recul, mets pas le nez dessus. Si tu le regardes de trop près, tu verras que la technique, si tu le regardes de plus loin, tu te baladeras dedans. Il faut toujours prendre du recul pour voir vraiment les choses !

Mais même en me plaçant à l'autre bout de la chambre, j'avais du mal à entrer dans mon sous-bois. J'avais l'impression d'avoir peint un ramassis de taches. Hésitante devant ma porte close, je restai là un bon bout de temps, me demandant si je devais oui ou non montrer ce pitoyable exercice à mon père… J'optai finalement pour la négative, et posai mon tableau sur mon bureau, en me disant que j'en ferais un autre le lendemain, et je partis jouer chez mon copain, le voisin du dessus. Le soir, alors que je rentrais, mon père m'appela.

– Sophie, viens voir !

C'était le rituel, je m'apprêtais donc à prendre mon rôle de critique d'art. Comme d'habitude, papa tenait dans sa main un tableau. Il s'éloigna de moi et le leva à hauteur de son visage.

C'était mon sous-bois ! La panique me prit. Papa souriait. Il me dit :

– Tiens, prends-le, lève-le comme ça, je vais le regarder.

Et nous échangeâmes nos places. Je tenais mon tableau en l'air, en me jurant de ne plus jamais peindre pour n'avoir pas à subir de nouveau une telle humiliation. Papa s'assit dans le canapé, se gratta la tête et dit :

– Tu as pris un modèle ?

– Heu... Oui...

– Ça se voit... Mais c'est très bien...

Et sans réfléchir, j'ai répondu :

– Mais non, dis-moi ce que tu vois, ce que tu ressens !

Papa a éclaté de rire. J'avais l'impression que c'était la première fois que je le faisais rire, et c'était formidable, cette connivence, comme si je découvrais une autre personne, comme si on venait de se rapprocher d'un coup. Et papa était encore plus beau lorsqu'il riait. Et le son de son rire était très beau aussi. Alors je me suis mise à rire avec lui, ça faisait un bien fou, et on a ri ensemble comme ça un bon moment. Et puis, en s'essuyant les yeux, il m'a dit que mon tableau était très joli, parfaitement réussi pour une petite fille de douze ans, et il a commencé à me donner tout un tas de conseils sur des détails, la façon de mouiller le pinceau, la transparence, et je n'ai plus eu qu'une envie : peindre ! Peindre pour épater mon père ! Dès lors, ce fut ma principale occupation. Je restais des heures à plat ventre dans ma chambre, me promenant dans les champs, naviguant sur les océans, gravissant des montagnes. Je n'avais plus faim, je n'avais plus sommeil. Je découvrais la passion.

Et tandis que je m'escrimais à devenir un génie, mon père allait de succès en succès. Et M. Lascoux commença à envoyer des tableaux dans des galeries d'art à l'étranger.

Chapitre 5

Je tombe sur une photo polaroïd d'Octave, prise dans le jardin de la Croix-Rousse. Il pose fièrement, le bec en l'air, devant un massif de roses.

Nous avons eu un canard, l'année de mes douze ans. Encore sur un marché, j'avais craqué pour un caneton sublime, et maman, qui n'avait pas été très difficile à convaincre, me l'avait acheté. Il était adorable, tout blanc avec un chic bec jaune.

Même réaction de papa que pour les poussins teints à notre arrivée à la maison, les « Bordel de merde », « Putain fait chier » et tout ça, et puis il est parti bouder dans le salon.

J'ai pensé mettre le canard dans la cabane du jardin, comme les poussins, mais j'avais trop peur qu'il s'en échappe, et finalement il passa plus de temps à l'intérieur qu'à l'extérieur. Je l'avais baptisé Octave. Il était très curieux et pas du tout craintif. Mais lorsque, soudain téméraire, il s'aventurait dans le salon et s'approchait d'un peu trop près du canapé sacré de papa, il se faisait chasser à coups d'insultes, et parfois, de pied. On entendait papa vociférer, traiter Octave de stupide animal, de canard boiteux, d'immonde bête et de bien d'autres noms d'oiseau. Il fermait violemment la porte du salon, et Octave, hébété, restait devant sans bouger, attendant que le déluge se calme pour faire une nouvelle tentative. Ce qui produisait le même effet.

Une fin d'après-midi, en rentrant de l'école, je vis Octave au pied du canapé, qui regardait papa peindre.

– Tiens, m'étonnai-je, tu as laissé entrer Octave !?

– Oui, heu… Il tapait avec son bec contre la porte, ça m'énervait et ça me déconcentrait pour travailler, alors je l'ai finalement laissé entrer…

Cette phrase me parut suspecte, car il me semblait que mon père n'avait jamais eu besoin de se concentrer pour peindre…

Le lendemain, Octave était carrément sur la table de travail de papa.

– Ha, dis-je, il a encore tapé à la porte…

– Heu, oui… C'est vraiment pénible cette manie qu'il a de me déranger. Et puis… Bon… ça me fait de la compagnie… Tant qu'il ne chie pas sur mes peintures…

Finalement, Octave passa le plus clair de son temps avec papa. Ils étaient devenus très copains. Si bien qu'on ne voyait plus jamais papa se déplacer dans la maison sans son canard, qui le suivait de très près en poussant des coin-coin de joie. Lorsque je rentrais de l'école, papa était tout heureux de me raconter les nouvelles prouesses d'Octave. Un jour il me dit :

– Tu sais, je crois qu'Octave apprécie mon travail.

– Ah bon… Mais comment ?

– Je sais pas, je le sens, à cette façon qu'il a de regarder les tableaux. Il ouvre grand les yeux et puis il penche sa petite tête, comme ça. (Il imita Octave en penchant sa tête sur le côté.) Je sais pas, c'est quelque chose entre nous…

J'étais inquiète pour papa, mais heureuse que cet animal devienne un sujet de conversation entre lui et moi, ce qui était toujours bon à prendre.

Papa et Octave étaient donc devenus inséparables, un véritable couple. L'amour que papa éprouvait pour lui n'allait pas jusqu'à l'inviter dans le lit conjugal, mais je les surpris à plusieurs reprises, au petit matin, endormis l'un contre l'autre dans le canapé.

Et puis un matin, papa frappa à la porte de ma chambre, et avant que je n'eusse le temps de dire quoi que ce soit, il y pénétra, en pyjama, hirsute, la tête à l'envers.

– Octave est avec toi ?

– Heu... Non. Je ne crois pas...

Aussitôt papa alluma la lumière et se mit à fouiller dans ma chambre en faisant valdinguer des coussins, se mettant à quatre pattes pour regarder sous mon lit et ouvrant frénétiquement tous les placards.

– Bon Dieu, il est nulle part ! gémit-il après avoir retourné toute la chambre. Ta mère est partie au travail, Octave et moi, on a fini notre petit déjeuner tous les deux comme tous les matins, et puis je suis allé prendre ma douche. D'habitude, il me regarde me laver, mais là il a préféré rester dans la cuisine, et quand je suis ressorti il avait disparu ! Je suis trop con, j'avais laissé la porte-fenêtre ouverte, il a dû filer dans notre jardin ! Ou peut-être même dans celui de l'immeuble.

– Tu es allé voir ? demandai-je, inquiète.

– Mais évidemment ! J'ai fouillé chaque bosquet, j'ai regardé sous les haies. Je suis même allé dans le garage et j'ai croisé quelques voisins qui partaient au boulot.

– Comme ça, en pyjama ?

– Ben oui, tu ne crois pas que j'ai enfilé un costume trois-pièces pour aller dans le garage et que j'ai remis ensuite mon pyjama !

J'imaginais la scène, papa en pyjama devant tous nos voisins en costumes cravate, leur demandant s'ils n'avaient pas vu un canard ! Mais papa ne fit même pas cas de cette absurde situation.

– Personne ne l'avait vu ! pleurnicha-t-il. Il est peut-être parti dans la rue. Je m'habille vite et je vais voir !

J'ai enfilé ce qui me tombait sous la main, et j'ai suivi papa. On a ratissé tout le quartier, on hurlait son nom, papa était en sueur, le visage de plus en plus blême et décomposé. En l'observant, impuissant et affolé, je songeais que nous ne nous promenions jamais ensemble tous les deux. Il avait fallu un canard pour que ce miracle se produise…

Une vieille dame a demandé :

– Vous avez perdu votre chien ?

– Non, a répondu papa, désespéré. Mon canard !

Après cette scène, je me suis dit que plus rien concernant mon père ne pourrait m'étonner.

Nous sommes rentrés bredouilles. Nous avons renouvelé l'expédition plusieurs fois dans la journée, sans succès. J'eus l'idée de mettre des affichettes dans le quartier. J'en ai confectionné une très élaborée, avec un dessin d'Octave peint à la gouache, avec son beau bec jaune, et ce petit mot en dessous : « Nous avons perdu notre canard Octave. Nous y tenons beaucoup. S'il vous plaît, si vous le voyez, appelez-nous au… »

Nous sommes allés photocopier l'affichette pour en coller un peu partout autour de chez nous. On en a même laissé chez les commerçants. Certains croyaient à une blague. Le charcutier a demandé :

– Il est bien dodu votre canard ? Parce que si je le trouve, j'en fais un bon pâté.

Papa ne mit plus jamais les pieds chez lui.

Au fur et à mesure que les jours s'écoulaient, papa devenait de plus en plus triste. Je le consolais en lui disant qu'on allait le retrouver, qu'il était peu probable que quelqu'un ait enlevé un canard, comme ça, sans préméditation. Et dans quel but ? Mais au bout d'une semaine, il fallut se rendre à l'évidence : Octave ne reviendrait pas. Je l'imaginais laqué par des chinois, rôti à la broche, couvert de tranches d'oranges, ou peut-être envolé avec des copains oiseaux migrateurs...

Nous ne le sûmes jamais.

Papa, déjà pas très causant de nature, ne disait plus un mot. Maman, qui avait suivi toute l'affaire d'assez loin tant elle était occupée par son magasin, essayait de le réconforter. Mais chacune de ses paroles sonnait faux. Elles parvenaient vaguement aux oreilles de papa, mais retombaient immanquablement sur la toile cirée de la table de la cuisine, et papa les chassait de la main en soupirant de plus belle. Un soir, il finit par dire :

– Bon, allez, c'est pas si grave, on est tous les trois, c'est le principal. C'est qu'un canard après tout, et je suis ridicule de me mettre dans cet état. Voilà les bêtes, il faut jamais en avoir. On s'y attache, et puis un beau jour ça disparaît ou ça meurt, et on se retrouve comme des cons. Plus jamais d'animal !

Et il se leva vaillamment de sa chaise pour aller s'écrouler dans son canapé. J'étais heureuse de voir que papa avait un peu repris du poil de la bête, si je puis dire.

Mais cette nuit-là, je fus réveillée par des bruits venant du salon. Comme des petits gémissements. J'ai ouvert tout doucement la porte de ma chambre, et je me suis approchée. Papa, dans son canapé, sanglotait comme un enfant. La vie venait de lui ravir le seul ami qu'il avait peut-être jamais eu.

*

Quelques semaines plus tard, alors que je jouais dans ma chambre, j'eus la visite d'un magnifique chat siamois.

Il entra par ma baie vitrée entrouverte, se planta devant moi, et me regarda fixement de ses yeux bleus inquiétants. Je ne sus que faire. Je me méfiais des chats, n'en ayant jamais connu intimement. Je savais qu'ils pouvaient avoir des réactions imprévisibles, qu'ils attaquaient parfois sans raison pour vous arracher un œil ou vous défigurer à vie. C'est pourquoi je restai sans bouger devant la bête. Mais elle se rapprocha, et vint se coller à moi en ronronnant. Alors je me mis à la caresser avec délectation. Elle n'avait pas de collier, ni d'attributs masculins, ce qui me fit en déduire qu'elle était une femelle sans maître. Elle passa une bonne partie de la journée à mes côtés, et lorsque maman rentra le soir, elle était encore là, lovée dans mon lit à présent, parfaitement à l'aise.

– D'où sort ce chat ? demanda maman sitôt entrée dans ma chambre.

– Je ne sais pas. Il est venu à moi. C'est une fille.

Aussitôt, papa arriva.

– J'ai bien entendu le mot chat !?

– Oui, j'ai dit timidement, cette chatte est venue dans l'après-midi. Regarde comme elle est jolie !

Et je la pris dans mes bras pour la lui montrer.

– Ah non ! hurla papa. Pas de ça ici ! Ça suffit les animaux, j'ai dit ! On va encore s'empoisonner la vie, on va s'en occuper, lui faire des câlins, s'y attacher, et puis pffuit !!! Vous avez vu ce qui s'est passé avec Octave, hein, alors non, plus de drame à la maison, c'est fini ! Pas de chat ! Putain de bordel de merde !

Maman m'a demandé de mettre la chatte dans le jardin, ce que je fis sans conviction. Puis elle ferma la baie vitrée pour s'assurer qu'elle n'entrerait pas de nouveau.

Durant tout le dîner, je ne pensais qu'à ma nouvelle amie, si jolie, toute petite, affamée peut-être... Et bien entendu, lorsque les parents furent couchés, j'ouvris les volets pour voir si elle était encore là. Elle se trouvait à l'endroit exact où je l'avais laissée. Elle m'attendait sagement, sans pleurer ni rien réclamer. Je la pris dans mes bras et fus envahie d'une grande bouffée d'amour. Je lui donnai à manger, un peu de viande qui restait du repas du soir, mais elle y toucha à peine et vint se blottir contre moi dans mon lit. Alors nous passâmes une nuit exquise remplie de ronronnements, de baisers et de caresses.

Bien entendu, maman, qui était venue me réveiller, découvrit la bête avec stupeur. Elle me somma fermement de la remettre dehors, ajoutant cette phrase qui faisait souvent mouche :

– Ton père va nous tuer !

Mon père était évidemment incapable de nous faire du mal, mais maman se servait de cet argument pour se faire obéir, n'ayant elle-même aucune autorité. Elle transformait papa, dès qu'elle en avait besoin et se trouvait à court d'argument, en une sorte de monstre terrifiant, qu'elle brandissait pour que j'obtempère. Or, si ce stratagème avait pu fonctionner lorsque j'étais plus jeune, il se révélait de moins en moins efficace, car mon père ne me faisait plus vraiment peur. À présent, je trouvais juste très désagréable de l'entendre hurler ou nous agonir d'injures.

Néanmoins, je jugeais plus prudent de mettre de nouveau dehors la petite chatte, et je partis pour l'école, le cœur en berne.

Ce jour-là, par un grand hasard (qui n'en était peut-être finalement pas vraiment un), Mlle Carrier, notre professeur de français, nous demanda si nous avions des animaux, et si oui, de passer au tableau pour venir les décrire. Je levais la main, avec la volonté de présenter Octave, mais à la seule évocation de son souvenir, ma gorge se noua et je sus que je ne pourrais jamais en parler devant ma classe sans éclater en sanglots. J'avais autant de peine de l'avoir perdu que d'avoir vu mon père si malheureux. Comme je comptais rester digne, j'optais plutôt pour la description de la petite siamoise. Après tout, j'avais eu le temps de l'observer de près, et je pouvais dépeindre avec passion chaque trait de cet animal sublime.

Lorsque ce fut à mon tour de prendre la parole, je mis tant d'enthousiasme dans mon récit que tout le monde écouta sans broncher. Et je terminai par cette phrase que je trouvais très bien sentie :

– Avec les animaux, c'est comme avec les humains, il y a des vrais coups de foudre !

Mlle Carrier m'avait elle aussi écoutée très attentivement. À la fin du cours, elle me prit à part.

– Dites-moi Sophie, la petite chatte dont vous avez parlé en cours…

– Oui…

– C'est la mienne.

– Comment ?

– C'est la mienne. Je l'ai cherchée toute la soirée, elle est venue chez vous. Mon jardin est mitoyen du vôtre, vous le saviez ?

– Heu... oui...

– J'habite la maison derrière le mur de votre jardin. Et c'est ma chatte. Elle a dû escalader le mur et n'aura pas su comment revenir.

– Mais, bredouillai-je, elle n'avait pas de collier et...

– Oui, c'est vrai, c'est une erreur de ma part. Elle déteste les colliers, et comme elle ne s'était jamais enfuie avant...

– Oh, je suis désolée. Je... Je vais vous la ramener si je la trouve encore dans mon jardin.

– Très bien. Je vous attendrai ce soir après l'école.

La journée passa très lentement. Je n'avais qu'une hâte : retrouver la petite chatte, même si je savais qu'il allait me falloir la rendre à sa maîtresse.

Elle était dans mon jardin, toujours aussi calme, et s'étirait mollement dans les derniers rayons de soleil de ce bel après-midi de printemps. Je la pris dans mes bras, elle se laissa faire et s'abandonna à mes baisers. Je dus malheureusement passer devant le salon pour la ramener chez elle. Et, évidemment, papa me vit avec la bête dans les bras. Il poussa un grognement féroce.

– Ahhhh ! Non !!! Pas cette saloperie de chat ! On a dit non, non, et non !!!

– Mais papa, je la ramène chez sa maîtresse. Je sais à qui elle est, elle est à ma prof de français !

– Ah bon ? Enfin, peu importe à qui elle est, ce qui est sûr, c'est qu'elle sera jamais à nous, alors ouste !

Je me suis retrouvée devant le grand portail de la maison de Mlle Carrier, avec la chatte, docile, dans les bras. J'étais assez impressionnée. C'était une femme que l'on devinait gentille, mais qui dégageait une évidente froideur. Par timidité sans doute. Et c'était mon professeur. Je n'étais jamais allée chez aucun de mes professeurs. Le cœur battant, je sonnai. J'entendis des pas rapides faire crisser les graviers, et Mlle Carrier vint m'ouvrir. Elle me regarda à peine et s'empara aussitôt de la petite chatte qui se laissa faire.

– Oh, merci Sophie ! me dit-elle. Revoici ma Sibelle ! Vous voulez entrer ?

Je bredouillai quelque chose qui voulait dire oui, et pénétrai dans la cour de la jolie maison début XIXe. On se serait vraiment cru à la campagne. Mlle Carrier me précéda, serrant toujours la chatte dans ses bras, de peur sans doute de la perdre une nouvelle fois. Nous entrâmes dans l'imposante maison qui sentait l'encaustique, et Mlle Carrier appela sa mère. Aussitôt, une minuscule et délicieuse vieille dame apparut, très souriante.

– Maman, je te présente Sophie. Elle a retrouvé notre chatte.

« Notre chatte »... Ce petit animal était donc aimé par deux autres personnes que moi. Très aimé... Car la vieille dame se précipita sur lui à son tour et l'embrassa comme si c'était un membre de sa famille revenu de la guerre. Après une tasse de thé et quelques échanges polis, je m'éclipsai, la mort dans l'âme, abandonnant ma précieuse amie aux deux femmes. Je devais désormais l'oublier.

Mais la nuit venue, alors que je commençais à m'endormir, j'entendis de frêles miaulements venus du jardin. Non ? Est-ce que c'était... Mais oui ! C'était elle ! Elle se tenait là, sur le balcon, devant ma baie vitrée, et elle enroula son corps gracile autour de mes jambes dès que j'ouvris (discrètement) les volets. Je la fis entrer, évidemment, et m'endormis avec elle, en prenant soin cette fois-ci de programmer un réveil assez tôt pour avoir le temps de la mettre dehors avant que mes parents n'arrivent.

Toute la journée, je me dis que je devais retourner chez Mlle Carrier pour la lui rendre après l'école, et cela me fendait par avance le cœur. C'est pourtant ce que je fis, et ainsi de suite durant plusieurs jours. Mlle Carrier, qui était charmante au début de l'aventure, devenait de plus en plus agacée par la situation. Et moi de plus en plus attachée à l'animal. La dernière fois que je la rendis à ses propriétaires, après une quinzaine de jours de ce petit manège, j'éclatai en sanglots dans la rue sitôt la grande grille refermée.

Je devais avoir une conversation sérieuse avec mes parents.

– Voilà, dis-je à la fin du repas, de toute évidence, cet animal m'a choisie !

Mes parents ne dirent rien dans un premier temps. Je m'attendais à ce que papa hurlât comme à l'accoutumée, mais non. Et maman guettait sa réaction. Papa finit par essuyer sa grosse moustache et son bouc (c'était malheureusement la mode à l'époque), avec sa serviette à carreaux, et me demanda :

– Tu aimes vraiment cette bête ?

– Oh oui, je l'adore, je l'adore !

– Tu sais qu'elle est pas à toi. Elle est aimée par d'autres gens à qui tu vas faire beaucoup de peine.

– Mais je n'y suis pour rien ! Elle m'a choisie, je te dis ! Et ça doit leur faire encore plus de peine, à ces deux dames, de voir partir leur chatte tous les soirs pour venir me retrouver !

– Bon, a dit mon père en se levant. Tu dois alors assumer et prendre tes responsabilités. Va parler à ces deux femmes.

Et il disparut dans le salon. Je n'en revenais pas ! Maman me rassura à son tour. Elle me caressa les cheveux.

– On va aller leur parler ensemble. Ce sera plus facile si je viens avec toi.

Alors maman, la chatte et moi sommes allées voir les Carrier mère et fille pour leur expliquer que nous voulions garder l'animal. Et là encore, surprise !

La vieille dame, qui avait certainement toujours le dernier mot, dit, l'œil pétillant, qui rendait subitement à son joli visage un éclat de jeune fille :

– Vous pouvez garder la chatte, mademoiselle. Avec les animaux, c'est comme avec les humains, il y a de vrais coups de foudre…

*

Papa peignait sans relâche. Il pouvait produire jusqu'à trois tableaux par jour ! Il avait à présent son rituel : tout son matériel était installé en permanence sur la grande table du salon, placée de façon à ce qu'il pût voir la télé en travaillant. Nous ne mangions plus que sur la table de la cuisine, qui n'était pas très large, mais qui nous convenait parfaitement puisque nous ne recevions jamais personne. Maman achetait les aquarelles, les pinceaux, les feuilles, et elle devait se montrer vigilante, car papa était devenu très exigeant : des pinceaux avec des poils comme ci et pas comme ça, des tubes de telle marque, des papiers avec ce grain-là…

Il se levait aux aurores, alors que maman dormait encore, et il allait dans la cuisine où il faisait couler son café. La petite chatte, qui dormait toujours avec moi, et que j'avais baptisée « La Toche », je ne me souviens plus du tout pourquoi, l'entendait et sautait immédiatement de mon lit pour aller le retrouver.

Il faut dire qu'ils tissaient des liens de plus en plus étroits. Tout comme papa s'était attaché à son canard, il ne pouvait plus se séparer de la petite siamoise, qui lui vouait désormais un amour sans limites. On pouvait les voir tous deux enlacés tendrement sur le canapé, déjeuner et dîner ensemble, lui à table, elle en dessous, jouer des heures avec une boulette de papier, s'embrasser sans cesse. Il allait aussi de soi que La Toche était très admirative du travail de papa, car elle participait à la création de chaque tableau, en miaulant de plaisir au milieu des aquarelles. Il tolérait même qu'elle s'allonge sur sa table de travail, qu'elle donne des petits coups de patte dans ses précieux pinceaux, et même qu'elle prenne place au beau milieu de sa feuille alors qu'il était en train de peindre, sans la chasser.

Il y a dans la valise de nombreuses photos de La Toche, seule ou dans nos bras, dont une où elle regarde papa. Dans ses beaux yeux bleus, on peut voir tout l'amour du monde.

Le matin très tôt, donc, papa avalait plusieurs tasses de café bien noir, et se mettait au travail.

– À la fraîche ! disait-il.

Car il détestait la chaleur, et recherchait la fraîcheur matinale, même l'hiver, lorsque les températures restaient en dessous de zéro degré toute la journée…

Ainsi, il peignait souvent les fenêtres grandes ouvertes, ce qui frigorifiait tout l'appartement, car il ne prenait évidemment pas soin de fermer la porte du salon. Il allumait la télé, une cigarette, et se mettait à peindre. Maman avait fini par lui acheter des tas de cartes postales, pour stimuler son imagination. Mais il ne les recopiait jamais tout à fait. Il s'inspirait d'un ciel, d'un arbre, d'une maison, et créait son propre paysage. Bien entendu, il arrivait tout de même qu'il collât à la réalité, surtout lorsqu'il s'agissait de peindre des vues de Lyon. Les Lyonnais adoraient d'ailleurs acheter des œuvres représentant leur ville. Mais, par rapport aux cartes postales, papa ajoutait toujours sa touche personnelle, des personnages, un ciel plus tourmenté, une lumière différente. Et il sifflait. Toujours. Il peignait en sifflant, n'importe quoi, des airs inventés. Parfois, on croyait reconnaître un air familier, mais deux secondes plus tard, il s'était transformé en libre interprétation, où des semblants de jazz se mélangeaient avec des sons d'oiseaux, pour finir en comptine. Parfois aussi papa soufflait, comme s'il était en train de fournir un effort surhumain, et, en nage malgré les fenêtres ouvertes, il terminait son tableau un peu sonné, comme s'il venait de disputer un match de boxe, et qu'il avait gagné…

Une fois le tableau terminé et sec, maman le glissait dans le grand carton vert à élastiques, et elle le déposait chez Lascoux en allant travailler dans sa boutique. Lascoux l'encadrait sans avoir à demander à papa, qui lui faisait confiance, son avis sur le cadre, et il l'exposait dans sa vitrine, ou l'envoyait dans d'autres galeries. Il continuait d'organiser des expositions dans des villes de province, et renouvela son expérience à « La Maison de Lyon », ce qui fut, un an après que papa y fut venu pour la première fois, de nouveau un grand succès. Cette fois-ci, le maire, Francisque Collomb, vint en personne pour féliciter mon père. Papa se montra toujours timide et mal à l'aise, mais il réussit toutefois à aligner quelques phrases sensées devant monsieur le maire, qui fut très chaleureux, et réellement touché par son travail.

Lascoux décida qu'il était grand temps d'envoyer les tableaux de papa à des concours plus ou moins prestigieux, et aussi à l'étranger. Trois œuvres furent acceptées dans une galerie de Greenwich Village, à New York.

Il en envoya aussi dans des galeries du sud de la France, et papa obtint à Toulon son premier prix, le « Premier prix de peinture du Var ».

Lascoux semblait emballé ! Mes parents aussi, même s'ils ne voyaient pas du tout à quoi correspondait ce prix. Évidemment, papa refusa d'aller le chercher malgré les supplications de Lascoux, et celui-ci finit par y aller seul avec maman, pour en revenir avec une magnifique et énorme coupe en argent, que je vis des années durant trôner sur tout ce qui pouvait servir de supports, dans nos différents salons.

Chapitre 6

Mes jours s'écoulaient tranquillement, avec quelques bonnes copines d'école (je n'avais pas vraiment de copains, à part mon petit voisin du dessus et ceux que je m'étais faits dans le Midi, car au Sacré-Cœur des Chartreux les classes n'étaient pas encore mixtes...), chez qui je passais beaucoup de temps, mon père n'appréciant toujours pas que je les invite à la maison.

J'étais de plus en plus passionnée par la peinture, et pour l'anniversaire de mes treize ans, mes parents m'offrirent un magnifique coffret d'aquarelles, avec de nouveaux pinceaux et des feuilles de papier Canson identiques à celles qu'utilisait papa. Je jubilais. Cela signifiait qu'ils m'estimaient désormais digne de jouer dans la cour des grands, et ma passion redoubla !

J'écrivais aussi énormément. Depuis le tragique épisode des lettres écrites par maman à la place de papy, j'avais pris goût à poser sur le papier, le soir, ce que j'avais vécu dans la journée. Puis je me mis à prolonger cet exercice dès que j'avais un moment de libre, entre deux copines, entre deux peintures, et je me rendis compte que cela me faisait un bien fou. Ces petits bilans quotidiens me structuraient, me permettaient d'y voir plus clair dans cette vie entourée d'adultes qui ne l'étaient pas toujours (clairs, et adultes…). Personne ne me lisait, mais je m'évertuais tout de même à donner un ton humoristique à mes récits, ce qui fut un excellent exercice vu le chemin que je suivis par la suite. Puis je suis passée du journal à de courtes nouvelles, possédant chacune un titre, relatant des faits m'étant arrivés, ou inventés. J'avais tellement hâte de retrouver mes précieux cahiers que j'en écourtais parfois mes jeux avec mes amies, prétextant que ma mère m'avait demandé de rentrer tôt, ce qui n'arrivait évidemment jamais. Car mes parents se fichaient royalement de savoir si je rentrais tôt, ou tard, ou même pas du tout, du moment que je les prévenais, et que je ne perturbais en rien le travail de mon père.

Et je pouvais aller vivre quand ça me chantait chez ma grand-mère, mon oncle et ma tante, qui d'ailleurs réclamaient sans cesse ma présence.

Après la mort de papy, ils s'étaient retrouvés à trois dans le grand appartement de la rue de Sèze, avec Le Dick, qui ne survécut pas très longtemps à son maître bien-aimé.

Je trouve une photo du Dick, je devais avoir dans les cinq ans. Je suis minuscule à ses côtés, dans ma robe rouge, mes petits bras autour de son gros cou, et maman, André et Zette, assis sur un canapé, nous regardent avec amusement et bienveillance…

Libérée de l'autorité de son mari, ma grand-mère Irma s'était proclamée « chef ». Elle se mit à exercer son pouvoir sur le pauvre André qui se pliait sans protester à tous ses caprices. Elle le critiquait à la moindre occasion, et les regards qu'elle lui lançait auraient pu donner à n'importe qui l'envie de se cacher sous les meubles imitation Louis XVI. Mais André, toujours bienveillant, ne se plaignait jamais. Amoureux de sa jolie femme, serviable, amusant et gai, il faisait mine d'ignorer les persifflages de ma grand-mère, dont les regards assassins passaient par-dessus son crâne quasi chauve.

Presque tous les week-ends, j'allais avec eux dans la maison de Neuville-sur-Ain. Je l'avais connue assez vétuste les premières années de ma vie, mais petit à petit elle devenait plutôt confortable. J'adorais construire toutes sortes de choses avec André, des cabanes, des radeaux, et même un bar sous la maison, qui donnait dans le jardin. André était allé acheter d'énormes parpaings, nous avons fait du ciment, j'en mettais de partout en hurlant de joie !

On avait déjà réussi à monter un petit mur d'une cinquantaine de centimètres de haut, quand André a soulevé un parpaing pour le poser dessus. Il a alors poussé un hurlement, et l'a lâché, mais il lui est tombé sur le pied. André a de nouveau hurlé, et il s'est roulé par terre, en se tenant le pied. Il s'était fait un tour de reins en soulevant le parpaing, et s'était explosé un petit doigt de pied en le lâchant. Je ne pus refréner un terrible fou rire, tandis que tante Zette et Gerry arrivaient, lui en aboyant, Zette en essayant de crier, ce qui ressemblait aux gémissements d'une vieille porte grinçante qu'on ouvre et referme. André resta une semaine au lit, et il eut longtemps du mal à marcher normalement. Mais dès qu'il put se remettre debout, en abominable petit tyran que j'étais, je le suppliai de m'aider à construire un radeau, pour que nous partions en croisière sur la rivière.

André est allé chercher des bidons vides qu'il avait repérés dans une décharge, on a attaché des branches que l'on a fixées aux bidons, et on a fait un mât avec notre manche à balai. La voile était un vieux drap blanc qu'on avait volé dans l'armoire de tante Zette, qui, lorsqu'elle s'en aperçut, tenta encore de hurler, en vain.

Et on avait récupéré deux vraies rames dans le garage à bateau du voisin.

Par un bel après-midi d'un dimanche de juin, nous avons baptisé notre œuvre avant de la mettre à l'eau. Le radeau se nommait *L'Anphisodré*, mélange de nos deux prénoms (on avait hésité avec *L'Ansodréphie*). J'avais écrit le nom à la peinture bleue sur une souche de bois, et nous l'avions clouée au radeau. Tante Zette, Gerry et mamy furent conviés à venir au bord de la rivière, là où il y avait une petite plage, non loin de la maison, pour le baptême. André a essayé de casser une bouteille de coca, en l'accrochant à une ficelle en haut du mât pour qu'elle vienne se briser sur le radeau, mais il dut s'y reprendre à plusieurs fois, car la bouteille était incassable. Il finit par la briser lui-même en la tenant par le goulot, et le coca, qui avait été bien secoué, explosa sur son short à carreaux. Couinements de Zette, aboiements de Gerry, reproches de mamy.

– On voit bien que c'est pas toi qui fais les lessives !

On est montés à bord, André a crié :

– Allez Tintin, on largue les amarres !

J'ai répondu :

– À vos ordres, capitaine Haddock !

On a poussé notre navire loin de la berge, et nous sommes partis. Au début, tout se passa pour le mieux. On s'éloignait tranquillement de la plage, où l'on voyait Zette et mamy qui nous faisaient des coucous, on maîtrisait la trajectoire avec nos rames. Et puis on a avancé de plus en plus vite.

Il y avait beaucoup plus de courant que prévu. Nous nous tenions en équilibre, essayant de freiner à l'aide des rames, mais la mienne est partie assez vite à l'eau. André s'est penché pour l'attraper, en essayant de la rapprocher du radeau avec la sienne, mais il y eut soudain un à-coup. Nous avions été freinés par de grosses pierres dépassant de la surface. J'ai entendu un « Meeerde ! » désespéré, et André est tombé à l'eau, avec sa rame.

Quant à moi, me sentant partir en arrière, j'ai fait l'erreur de m'accrocher au mât, le manche à balai s'est détaché, et le drap m'est tombé sur la tête. Le temps que je ressorte de dessous le drap, André était déjà loin. Je le voyais agiter ses longs bras hors de l'eau en hurlant mon nom. Et puis la rivière a fait un coude et je l'ai perdu de vue. Je n'en menais pas large. J'étais une aventurière, certes, mais je n'avais que treize ans et pas beaucoup de force dans les bras. Je m'accrochais comme je pouvais à mon rafiot, mais il allait vite. Trop vite. Et la rivière s'élargissait. Il y eut, bien plus loin, une sorte de dénivelé, comme une petite cascade, avec des remous, le radeau est parti en avant, et il s'est retourné. J'ai été projetée dans l'eau glacée ; je me suis retrouvée un instant sous le radeau, j'ai réussi à sortir la tête hors de l'eau, et je l'ai vu partir sans moi. J'étais triste, dépitée, gelée, mais je n'avais pas le temps de laisser mes émotions m'envahir, il fallait que je me dépêche de gagner une rive à la nage, car le courant m'emportait sans se soucier de mes états d'âme. Heureusement, j'étais bonne nageuse, grâce à mes étés passés dans l'eau à Hyères. Je me suis approchée d'une rive comme j'ai pu, tantôt en me laissant dériver, tantôt en luttant à contre-courant, et je me suis accrochée à des branches, des lianes, des herbes. J'ai pataugé dans la vase et la boue, réussi à grimper au milieu des hautes herbes et des orties, pour enfin arriver sur la terre ferme. J'étais congelée, couverte de boue, mon tee-shirt et mon short collaient à ma peau, mon front saignait, et mon genou était sacrément écorché. Je devais encore trouver une route pour regagner la maison, et je n'avais aucune idée de l'endroit où je me trouvais. J'ai marché tout droit, au milieu des arbres et des ronces qui me griffaient les jambes, et j'ai entendu au loin des bruits de voitures. Ça m'a encouragée à presser le pas, et je courais presque lorsque je suis arrivée sur une petite départementale. Je devais faire peur à voir. Une enfant des bois ! Heureusement, très vite, une petite voiture s'arrêta. C'était une femme seule, assez âgée, qui se trouvait au volant. Elle m'a demandé si j'avais besoin d'aide, je lui ai répondu que je devais rentrer à Neuville-sur-Ain.

Elle m'a ouvert la portière côté passager et m'a laissée m'asseoir à côté d'elle, malgré la boue et les vêtements trempés. Je lui ai raconté mon histoire, elle ne faisait que répéter : « Quelle inconscience ! », et elle m'a ramenée devant la porte de la maison. Mamy et tante Zette se trouvaient à l'intérieur, et la femme a attendu qu'elles viennent m'ouvrir. Le Gerry a aboyé en remuant la queue, tante Zette s'est jetée sur moi et m'a serrée contre sa grosse poitrine (même si elle portait une jolie robe blanche et que j'étais absolument repoussante), en éclatant en sanglots, mamy s'est mise à me crier dessus, et la femme acquiesçait en répétant :

– Ah oui ! Quelle inconscience !

André était parti à ma recherche avec sa voiture. Il devait être totalement paniqué, et avait dû se faire copieusement engueuler par les deux femmes quand elles l'ont vu revenir à la maison, trempé, et sans moi… Lorsqu'il est rentré, après plusieurs heures d'errance, et qu'il m'a vue en pyjama dans le salon devant un feu de bois, il s'est mis à pleurer lui aussi. Mamy lui fit encore mille reproches, mais je crois qu'il n'entendait plus rien, il souriait en essuyant ses larmes d'un revers de manche, penaud, mais soulagé.

Bien entendu, on me fit promettre de ne surtout pas raconter cette déplorable histoire à mes parents, qui n'en surent jamais rien. Et Zette et mamy n'y firent plus allusion, car les rares fois où je l'évoquais, Zette se mettait à pleurnicher en répétant de sa voix fébrile :

– Oh là là, dire qu'on a failli perdre notre petite Sophie !

Mais nous, André et moi, nous en gardions un souvenir incroyable, dont nous reparlions souvent en cachette, avec moult détails, ce qui nous provoquait immanquablement un fou rire.

Je garde en mémoire de multiples souvenirs de vacances avec André, Zette et mamy, dans des petits hôtels demi-pension qui s'appelaient *Hôtel du parc*, ou *Hôtel de la plage*, évidemment, ou *Hôtel des bains*. Ils m'emmenaient, été comme hiver, découvrir une nouvelle région. Nous partions dans le taxi d'André, au petit matin, nous traversions la France par des nationales, et nous pique-niquions en route. Nous étions très équipés, avec table en formica pliante, chaises en tissus rayés, couverts en plastique, nappe à carreaux et thermos. Durant nos périples, nous écoutions beaucoup la radio. Tante Zette adorait Michel Delpech, et lorsqu'on commençait à entendre une de ses chansons, elle poussait des cris de joie et chantait avec lui de sa voix éraillée et imprévisible. « Pour un flirt, avec toi, je ferais n'importe quoiaaaaa… » Elle était aussi totalement amoureuse de Sacha Distel, qu'elle trouvait sublime, merveilleux, fantastique, ce qui rendait

André jaloux. Il levait les yeux au ciel en soufflant chaque fois que son rival passait à la radio, et tante Zette chantait de plus belle. « Toute la pluie tombe sur moiaaaaa… » Ou encore : « Tu es le soleil de ma viiiie, tu es le soleil de mes jou-ours !!! » Et Le Gerry se mettait à aboyer.

André a gardé longtemps une DS Citroën couleur caramel. Elle était spacieuse à l'intérieur, et tante Zette et mamy s'en trouvaient ravies, car elles pouvaient étendre un peu leurs jambes. Mais à l'arrière, on avait l'impression d'être sur des montagnes russes, à cause des suspensions, ou je ne sais quoi, qui nous faisaient monter et descendre à la moindre bosse. C'est pourquoi j'avais souvent mal au cœur, et alors André devait s'arrêter pour me laisser aller vomir en bord de route. Quand on s'y prenait à temps… Sinon c'était sur le tapis de sol, et tout le monde poussait des cris d'horreur. On s'arrêtait, André nettoyait, on repartait. Tante Zette ouvrait grand sa fenêtre à cause de l'odeur, mais la refermait aussitôt en rouspétant :

– Ça me décoiffe !

J'adorais arriver dans les hôtels, observer la façon dont le hall était décoré, pénétrer pour la première fois dans les petites chambres aux papiers peints fleuris, aux lambris de bois clair, aux épais matelas mous. Dans les salles de restaurants, je me régalais d'épaisses tartines pain-beurre-confiture faites maison, de céleris rémoulade, d'œufs mimosas et de fromages frais de la ferme. Souvent, il y avait des salons de télévision, et tout l'hôtel se retrouvait le soir, les enfants déjà en pyjama, pour regarder le film. On s'endormait à moitié sur les genoux des adultes, la tête sur des coussins de patchwork tricotés main, mais on luttait vaillamment pour tenir jusqu'à ce que les mots « Fin » ou « *The end* » s'inscrivent sur l'écran.

★

Toujours l'année de mes treize ans, nous étions tous les cinq (je compte Le Gerry), dans un de ces petits bijoux d'hôtels à Salon-de-Provence pour les vacances de la Toussaint. Il pleuvait très fort dehors, et tous les clients étaient agglutinés autour de la télévision. Soudain, plus d'image ni de son. Il y eut un « Ooooh » général de mécontentement. Il faut dire que nous étions en pleine action : le shérif tenait enfin au bout de son revolver le méchant bandit qui avait dévalisé la banque, et ça promettait d'être sanglant.

Alors je me suis dit (c'est curieux, je me souviens exactement de ce que je me suis dit), je me suis dit : *Le Sophie, ne laisse pas tous ces pauvres gens comme ça, fais quelque chose !* Je me suis donc levée, je me suis plantée devant la télé, et j'ai continué le film toute seule. J'ai imité le shérif et le bandit, le shérif a tiré, le bandit est tombé, et il eut une mort lente et atroce. Je me suis roulée sous la table basse, ai ressurgi en me tenant le ventre tout en poussant des râles, rampé devant le canapé en m'agrippant aux mollets de mon public, et, surprise finale, me suis relevée dans un dernier soubresaut pour tirer sur le shérif, m'écroulant enfin sur les genoux d'une vieille dame.

Tout le monde a applaudi en criant « Bravo ! », Le Gerry a aboyé, ma famille était stupéfaite, la télé a remarché, et j'ai dit à André :

– Ça y est, je sais ce que je veux faire plus tard ! Je veux faire rire les gens !

Et je ne manquai plus jamais une occasion.

★

Je retrouve une photo de moi, Zette et un Gerry au bord d'une piscine. Zette a un sublime maillot de bain à grosses fleurs vertes et orange, et une large capeline qui tente de tenir en équilibre sur son épaisse chevelure. Je souris jusqu'aux oreilles, dans un maillot de bain à rayures deux-pièces, alors que je n'avais pas le moindre sein…

Cet été-là, en 1977, André, Zette et mamy m'avaient emmenée pour le mois de juillet dans un petit hôtel du sud de la France. Un après-midi de grande chaleur, je jouais dans la piscine, lorsque je vis mon oncle, le visage plein de sang, agiter Le Gerry au balcon de sa chambre. Il hurlait :

– Connard de chien, je vais te balancer, saloperie ! Tu vas crever !

Puis ma tante est apparue en hurlant elle aussi, elle a tenté d'attraper le chien sans y parvenir car André le tenait en l'air par la peau du cou au bout de son long bras. C'était la première fois que je voyais André s'énerver, et surtout faire du mal à un animal.

J'ai su le fin mot de l'histoire en déboulant dans la chambre : André avait voulu faire un câlin à sa femme, il s'était jeté sur elle dans le lit, le chien avait cru qu'il lui voulait du mal et, en bon gardien de sa maîtresse, il avait mordu l'agresseur au visage. André avait la lèvre inférieure ouverte sur deux centimètres.

Il alla à l'hôpital pour se la faire recoudre, et il garda après cette aventure une sorte de bec-de-lièvre qui ajouta une disgrâce supplémentaire à son pauvre visage, qui n'en avait décidément pas besoin.

⋆

Je passais généralement le mois d'août dans le bungalow de Hyères, avec mes parents et La Toche. Nous y allions en voiture par la nationale 7, et chaque départ était une véritable expédition. Papa ne dormait pas de la nuit à l'idée de faire autant de kilomètres d'un coup, et maman se relevait toutes les deux secondes pour vérifier qu'elle n'avait rien oublié de mettre dans les valises. Puis c'étaient d'interminables engueulades dès six heures du matin, car papa voulait partir « à la fraîche ». Mais j'avais toujours du mal à me lever, et maman avait encore plein de choses à faire, et on n'arrivait pas à mettre La Toche dans son panier parce qu'elle était allée se cacher sous un meuble. Finalement, nous partions à huit heures, papa était déjà en nage, on montait dans la voiture, et maman disait immanquablement : « Le gaz ! Je ne me souviens plus si j'ai éteint le gaz ! » Et elle remontait dans l'appartement, et papa répétait en boucle : « Putain de bordel de merde ! »

Le bungalow était comme une petite maison avec terrasse et balcon, sorte de cube blanc de deux étages, collé à d'autres appartements semblables, dans un jardin commun qui donnait sur une plage privée. Nous y venions donc depuis que j'avais un an, et j'adorais cet endroit. Les enfants y vagabondaient en toute liberté, car la résidence « Simone Berriau Plage » était privée et entièrement fermée. Elle avait été imaginée par Simone Berriau, comédienne et directrice du théâtre Antoine, au début des années 1960. Cette grande dame, qui possédait une magnifique demeure non loin du village des Salins d'Hyères, le domaine de « Mauvannes », décida d'acheter des marais alentour, et de les assécher pour créer une résidence de vacances. Une grande tour, très moderne pour l'époque, des immeubles de six étages avec terrasses et stores colorés, vue sur mer, des bungalows dans des jardins, un magnifique bar-piscine donnant sur la plage, et un petit port sur la rivière « Le Gapeau » qui se jetait dans la mer. Simone Berriau vendit la plupart des appartements à des amis comédiens, et mes parents, qui n'avaient évidemment rien à voir avec ce milieu, passèrent devant la résidence par hasard, alors qu'ils allaient rendre visite à des cousins habitants sur la presqu'île de Giens. Il restait un seul bungalow à vendre.

Et ce fut le coup de foudre pour cet endroit enchanteur.

On pouvait donc croiser sur la plage Louis de Funès, Roger Pierre et Jean-Marc Thibault, Hélénas Bossis, la fille de Simone Berriau, et son mari Daniel Darès, Amarande, Jacques Legras, Jacques Dynam, et bien d'autres célébrités de l'époque. Michel Serrault y passa également la plupart de ses vacances, jusqu'à sa mort.

Ce lieu m'était en quelque sorte prédestiné, puisque j'allais devenir comédienne bien plus tard…

Je revois maman partir à la plage, dans sa tenue « bain de soleil », c'est-à-dire une sorte de robe en éponge rose délavé, son maillot de bain « une pièce à grosses fleurs et seins qui pointent » en dessous, la peau luisante d'ambre solaire, ses claquettes en bois aux pieds, serviette rayée et natte en raphia sous le bras. Elle adorait aussi faire du vélo, elle m'embarquait sur le siège arrière (même lorsque j'étais adolescente, car je ne pesais pas très lourd…), et on partait à l'aventure découvrir la région.

Papa jouait aux boules sur le terrain prévu à cet effet, à l'ombre des grands palmiers, sans interruption. À part pour faire sa sieste aux heures chaudes, ce qui était sacré. Je le revois, avec son short à carreaux et son maillot de corps à petits trous, concentré sur ses lancers de boules comme s'il jouait sa vie à chaque partie. Il prenait le jeu de boules très au sérieux, se montrait extrêmement doué, et très mauvais perdant. Nous pouvions savoir s'il avait perdu ou gagné rien qu'à sa façon de claquer la porte de la cuisine, lorsqu'il rentrait déjeuner ou dîner. Et lorsqu'il avait perdu, on ne disait plus un mot à table.

Quant à moi, je me faisais des amis pour la vie, et je passais mon temps dans l'eau avec eux, dans une totale insouciance, même en ce qui concernait les rayons néfastes du soleil…

Je découvre dans la valise de nombreuses photos du bungalow, bien sûr, à différentes époques, mais surtout de celle où nous y allions tous ensemble, mes parents, papy et mamy, André et Zette. Et aussi des photos de tableaux que j'avais peints de la résidence. Car je passais aussi beaucoup de temps, l'été, dans le jardin, à faire des aquarelles de ce lieu magique.

En ce très chaud milieu de mois d'août 1977, M. et Mme Brousse, qui possédaient le bungalow à côté du nôtre, invitèrent mes parents à les accompagner chez un ami dans une grande villa à Carqueiranne. Il s'agissait d'un riche directeur de laboratoire pharmaceutique, et M. Brousse pensait qu'il pourrait être intéressé par le travail de papa, qui ne peignait d'ailleurs jamais pendant les vacances, mais qui apportait toujours quelques tableaux avec lui, non encadrés. Au cas où. Car les gens de la résidence commençaient à savoir que papa faisait de jolies choses, et il leur vendait des tableaux de plus en plus fréquemment.

Mes parents se firent donc tout beaux pour cette occasion, petite robe liberty vaporeuse et sandales dorées pour maman, chemise en coton bleu clair et pantalon souple blanc pour papa, et ils partirent en début d'après-midi, avec le fameux carton qui contenait une petite sélection de feuilles peintes.

Quelques heures plus tard, alors que j'étais sur la terrasse avec une amie, quelle ne fut pas ma surprise de voir papa, seul, en nage et hirsute, son carton à dessins sous le bras, faire irruption dans le salon.

– Mais qu'est-ce qui t'arrive ? j'ai demandé, inquiète.

– J'ai tout vendu, et il veut m'en acheter d'autres, plein d'autres, je viens rechercher des tableaux ! hurla-t-il, extrêmement heureux, en grimpant quatre à quatre les escaliers pour aller récupérer les précieux trésors dans sa chambre.

Il repartit aussi vite qu'il était arrivé, et j'entendis crisser les pneus de sa CX Citroën bleue.

Lorsqu'il revint avec maman, à la tombée de la nuit, il semblait marcher à plusieurs centimètres au-dessus du sol. Il affichait un sourire béat, et finit par s'écrouler sur le canapé en velours fleuri, son trône de villégiature…

Maman, qui sautillait sur place, sortit de son sac une énorme liasse de billets qu'elle déposa sur la table.

– On a tout vendu ! me cria-t-elle, radieuse. Tout ! Les vingt-cinq tableaux !

– Vingt-cinq ?! j'ai dit, vraiment étonnée. Tant que ça ?

– Il veut les faire encadrer, en mettre partout dans sa maison et à Paris, et en offrir à des membres de son équipe de travail pour Noël ! Et c'est pas tout, il lui en a commandé d'autres !

Et s'adressant à mon père, elle ajouta :

– Va vite te coucher, Max, il va falloir que tu te remettes à peindre dès demain !

Pour fêter ça, et malgré le travail qui attendait papa, nous sommes partis quelques jours plus tard dans la CX pour

Monaco, car maman rêvait de s'y rendre depuis longtemps, et papa avait envie d'aller au casino. Sous une chaleur écrasante, nous avons fait une rapide promenade autour du palais, puis papa a pressé le pas pour avoir le temps d'aller jouer avant notre retour à la résidence.

J'eus le droit d'entrer dans le casino avec mes parents, et mon père s'assit devant une machine à sous. À peine eut-il mis un peu d'argent dans la fente que la machine cracha une tonne de pièces avec un bruit interminable de sons de cloches.

Les pièces n'arrêtaient pas de tomber, papa essayait de mettre son petit gobelet dessous, mais elles s'échappaient de toutes parts, en pétaradant de joie, après avoir sans doute été enfermées depuis longtemps. Car papa venait de toucher le jackpot ! Il tentait d'attraper des pièces en disant : « Non, mais c'est pas possible ! C'est pas possible ! » Aussitôt, une foule de gens s'agglutina autour de lui pour assister à ce miracle, tout en regrettant amèrement de ne pas être à sa place. C'était complètement fou !

Mais pas si étonnant, en fait. Car mon père avait toujours eu beaucoup de chance dans sa vie. Surtout celle d'avoir rencontré ma mère, son ange gardien. Et aussi celle d'avoir un don, et de se trouver souvent au bon endroit, au bon moment.

Ainsi, grâce à cette rencontre avec l'ami de nos voisins les Brousse, et à cette victoire à Monaco, mes parents payèrent leurs vacances, et bien plus encore, car je vis maman apparaître peu de temps après avec un magnifique cœur de diamants autour du cou, et papa une superbe gourmette en or au poignet, accompagnée d'une grosse chevalière au doigt.

Chapitre 7

Il y avait dans la résidence ce fameux bar piscine, où, tous les soirs, les vacanciers se retrouvaient pour danser ou boire un verre. Cet établissement avait connu ses heures de gloire du début des années 1960 à la fin des années 1980, puis il a malheureusement fermé, nous laissant désolés, avec nos souvenirs…

Ce soir-là, on y donnait une grosse fête, et à minuit, on entendait toujours la musique disco monter jusqu'à nos chambres. Plus j'entendais le groupe Abba s'époumoner, plus je trépignais dans mon lit, enrageant de ne pas avoir quelques années de plus pour pouvoir aller danser moi aussi. Mais je n'étais pas la seule à enrager. Car tout à coup, j'entendis à travers la fine cloison qui séparait ma chambre de celle de mes parents le cri de guerre de papa : « Nom de Dieu ! Putain de bordel de merde !!! » Il sortit dans le couloir suivi de maman qui implorait :

– Calme-toi, Max, calme-toi.

Je les ai rejoints.

– Me calmer, alors que ces zazous me cassent les oreilles avec leur musique débile ! Ça commence à bien faire, c'est presque tous les soirs ! Il est minuit ! Minuit ! Et tu entends ce boucan !

– Mais Max, c'est les vacances, les gens s'amusent...

– Justement, c'est les vacances, et il y a des gens qui se reposent aussi. Et moi je peux pas me reposer ! Putain de bordel de merde ! Je m'en fous, j'y vais !

– Mais Max, arrête, c'est ridicule voyons ! Qu'est-ce que tu vas faire ?

– Je vais leur casser la gueule !

Et il s'engouffra dans les escaliers. J'ai attrapé à la hâte un short, enfilé un tee-shirt et glissé mes pieds dans des claquettes. Nous l'avons suivi maman et moi, mais à peine avons-nous eu le temps de descendre que déjà il avait ouvert la porte vitrée qui donnait sur la terrasse et emprunté l'allée menant à la plage. Même La Toche, qui se baladait souvent à ses côtés, n'avait pas eu le temps de lui emboîter le pas.

– Max, reviens ! hurla maman.

Mais il avait disparu dans la nuit. On l'entendait, de loin, proférer quelques jurons, et maman, paniquée, me somma d'aller le chercher. Je me mis à courir derrière lui, mais il marchait très vite, la rage décuplant son énergie. Lorsque je fus à sa hauteur, je tentai de le raisonner à mon tour.

– Papa, tu sais que tu es en chaussons et en pyjama...

Il me répondit sans me regarder, le pas assuré et le souffle court.

– Parfaitement. Et alors ?

– Alors, heu... Ce n'est pas la bonne tenue pour aller dans une soirée.

– Mais je ne vais pas dans une soirée, je vais faire arrêter la soirée !

– Oui, mais... Toute la résidence va te voir en pyjama.

– Et alors ? Il est très beau ce pyjama !

Il m'était décidément impossible de trouver un argument pour calmer mon père. Et d'ailleurs, nous étions déjà devant le bar. Papa poussa la porte et fit irruption au milieu des clients. On passait le tube de cet été, *El Bimbo*, et la fête battait son plein. Les femmes étaient toutes en robes longues perchées sur des sandales à talons compensés, elles agitaient leurs perruques frisées au rythme du disco, les hommes se dandinaient dans des chemises à fleurs, ça draguait partout autour de la piscine, on servait des cocktails de toutes les couleurs, tout le monde fumait. J'aurais tellement aimé appartenir à cette foule joyeuse, sublimée moi aussi par une de ces robes aux couleurs acidulées, riant aux bêtises d'un beau garçon désinvolte. Mais j'étais en train de rater mon entrée dans le monde qui chante et qui danse, affublée d'un fou qui n'avait pas fini de me faire honte. Car, sitôt arrivé, il se mit à hurler :

– Où il est le patron de cet établissement de merde !

Tous les gens, absolument tous les gens présents ce soir-là à l'intérieur du bar, se sont retournés vers nous, malgré la musique et la chaude ambiance. Papa poussa son cri : « Putain de bordel de merde ! », on entendit quelques rires, et un homme en smoking blanc apparut.

– Monsieur, vous n'avez pas le droit de...

Mais il ne put terminer sa phrase car papa enchaîna :

– C'est vous qui n'avez pas le droit de faire chier les gens qui veulent dormir. J'en peux plus moi ! Tous les soirs, tous les soirs vos musiques pourries me cassent les oreilles !

– Mais monsieur, ce soir c'est particulier, c'est l'anniversaire du maître-nageur, et...

– Il est où ce con, que je lui casse la gueule ! a hurlé papa, et il a foncé en direction de la piscine.

Le maître-nageur, que je connaissais bien pour avoir pris des cours avec lui durant plusieurs étés, dansait en smoking noir et nœud papillon blanc avec une charmante blonde à la robe mauve légère, en faisant des moulinets avec les bras comme Claude François. Il ne nous avait pas vu entrer, se trouvant assez loin du bar, et il fut très surpris lorsque papa, qu'il connaissait aussi, lui tapa sur l'épaule, les cheveux hirsutes et le visage rouge de colère.

– Monsieur Forte ! s'exclama-t-il.

Puis il découvrit la tenue de papa et ne put contrôler un début de fou rire. Mais ça ne dura pas longtemps. Papa l'attrapa par le col et approcha son visage tout près du sien, s'adressant à lui les mâchoires serrées comme s'il se préparait à le mordre.

– Tu vas faire arrêter cette putain de musique de merde maintenant, lui dit-il en plantant son méchant regard noir dans ses yeux effarés, et en détachant bien chaque syllabe. Maintenant ! Tu entends ?

Le pauvre maître-nageur, à moitié étranglé, couina :

– Mais monsieur Forte, c'est mon anniversaire. J'ai trente ans.

Ce à quoi mon père répliqua :

– Et moi j'en ai cinquante, je suis fatigué et je veux dormir !

Et il le souleva d'une seule main dans les airs et le jeta dans la piscine. Je poussai un cri, comme pas mal de gens qui assistaient à la scène. Tous s'étaient arrêtés de danser. Le maître-nageur, hébété, refit surface et regagna le bord en barbotant (il nageait moins bien que d'habitude, forcément, à cause du smoking et des chaussures...). Le directeur des lieux empoigna papa par un bras, assisté d'un grand gars qui lui attrapa l'autre. J'étais paniquée. Je regardais autour de moi pour voir si je connaissais des visages, et oui, effectivement, je les connaissais tous ! Il y avait une bande de jeunes gens d'une vingtaine d'années à qui j'aurais aimé ressembler car ils avaient l'air toujours à l'aise et désinhibés. Je croisai le regard méprisant de Mme Delaruse, vieille femme trop bronzée toujours couverte de faux bijoux, la langue de vipère de la résidence. Les parents de ma meilleure amie. Des voisins qui avaient un fils tellement beau dont j'étais secrètement amoureuse. Honte, honte, honte ! On traîna papa, que son petit scandale avait calmé, vers la sortie, et je suivis le pathétique cortège, tête basse, croisant encore sur ma route quelques sourires ironiques. Nous avons regagné le bungalow sans un mot. Maman, folle d'inquiétude, nous attendait dans le salon. Dès qu'elle nous vit arriver, elle demanda :

– Mais qu'est-ce qui s'est passé ?

Et papa répondit :

– C'étaient les trente ans du maître-nageur. Je lui ai offert un petit bain de minuit.

Je suis montée dans ma chambre pour me cacher sous mes draps.

La musique avait cessé...

⋆

C'est au retour de ces vacances que Lascoux nous apprit la bonne nouvelle : papa venait de décrocher son premier prix prestigieux !

Il s'agissait du 9e concours international de 1977 de l'académie internationale de Lutèce. Et papa avait obtenu la médaille d'or !

Maman poussa des cris de joie, et papa se mit à arpenter le salon en répétant : « Je le crois pas, je le crois pas, je le crois pas ! » Il finit par attraper maman par les épaules, et la secoua.

– Tu te rends compte ma Juju, moi, médaille d'or, avec mes petits tableaux de rien du tout, avec du rien, de l'eau, que de l'eau !

Là où il fut moins emballé, c'est lorsque Lascoux lui annonça qu'il devait se rendre à Paris pour que son prix lui soit remis par les académiciens (gens de lettres, artistes, scientifiques, philanthropes…), et qu'il devait absolument faire un discours devant eux. À cette nouvelle, papa se liquéfia, alla s'écrouler sur son canapé, et y resta prostré durant plusieurs heures. Pourtant, selon Lascoux, il n'était pas question qu'il échappât à ce supplice, et il insista pour que nous partions tous, moi y compris, le mois suivant, pour Paris.

C'est maman, évidemment, qui écrivit le discours. Tout comme papa, elle avait arrêté l'école après le certificat d'études, mais, bien qu'elle fît de nombreuses fautes d'orthographe, elle savait habilement manier la plume, et comment amuser, toucher et attendrir un auditoire. Elle écrivit donc un magnifique discours où il était question de chance, de don, de destinée, de belles rencontres, et qui finissait par moult remerciements. Elle nous le lut dans le salon, en y mettant tout son cœur, j'applaudis à tout rompre lorsqu'elle eut terminé, mais papa resta sans rien dire.

– Ça ne te plaît pas ? lui demanda-t-elle, étonnée, car il n'avait montré aucune réaction.

– Bien sûr que ça me plaît ! Mais ma pauvre Juju, je suis bien incapable de lire une seule ligne de ce discours !

– Ah bon ? Et pourquoi donc ?

– Mais parce que, je saurai pas... D'abord je vais avoir peur, je vais trembler, et je pourrai plus voir ce qui est écrit, parce que la feuille, elle va bouger.

– Mais, ne sois pas stupide, il y aura un pupitre et elle sera posée dessus !

– Mais... même... ça va être difficile pour moi de lire tous ces mots d'un coup...

– Eh bien, tu n'as qu'à les apprendre par cœur !

Et elle fila dans la cuisine pour préparer les pâtes.

Papa se mit au travail. Il apprenait le texte phrase après phrase, je le lui faisais répéter, mais il piquait une colère à chaque fois qu'il se trompait, et l'exercice s'éternisait immanquablement.

Je lui proposai de garder avec lui une antisèche à portée de regard, le texte avec les phrases clés soulignées en rouge, ce qui le paniquait encore davantage. Finalement, nous sommes arrivés, au bout de quelques semaines, à un résultat assez probant, et nous avons pu nous préparer, mes parents, Lascoux et moi, pour le grand voyage à Paris !

Il n'y avait pas encore de TGV entre Lyon et Paris, nous avons donc voyagé durant des heures. Maman était surexcitée, Lascoux lisait tranquillement un gros bouquin, je tentais de faire mes devoirs, et papa était au bar et buvait café sur café. Il faut dire qu'il n'avait pas du tout l'habitude de voyager en train (ni en autre chose d'ailleurs), tandis que maman et moi nous échappions souvent en Italie, surtout à Florence, pour visiter des cousins.

Nous devions passer une nuit à l'hôtel avant la remise du prix, puis rentrer le jour suivant.

Je n'étais jamais allée à Paris, et me retrouver dans cette si grande ville me faisait un peu peur.

Dès que je suis arrivée, j'ai su que je voulais y vivre.

Tout me subjuguait. Dans le taxi qui nous amenait de la gare de Lyon à notre hôtel du 6e arrondissement, je voyais défiler les rues, et j'étais extasiée par tant de merveilles, de monuments, de cafés, de voitures, de vie ! Nous avons longé les quais de Seine. Les ponts historiques, la Conciergerie, la gare d'Orsay, la place de la Concorde, et au loin, la tour Eiffel ! Grandiose !

Je n'en revenais pas ! Ce n'était pas une légende, la tour Eiffel existait donc vraiment !

Je poussais des cris de joie, alors que maman, qui connaissait bien Paris pour y être venue souvent acheter des robes de mariées, nous faisait une visite guidée, et que papa devenait de plus en plus blême…

Nous avons dîné dans une grande et magnifique brasserie style Art Nouveau, bar en bois brun et marbre blanc, hauts plafonds décorés de peintures, énormes lustres, banquettes en cuir, brouhaha assourdissant, serveurs affairés qui couraient de table en table dans leurs tabliers blancs. C'était grisant, fantastique, et je ratais ma bouche presque à chaque fois que je voulais y enfourner la nourriture qui se trouvait au bout de ma fourchette, tant j'étais passionnée par le spectacle.

De retour à l'hôtel, où je partageais une grande chambre avec mes parents, papa, dans son éternel pyjama, s'assit sur le lit et dit à maman :

– Mais qu'est-ce que je fais là ma Juju, hein, qu'est-ce que je fais là ?

– Tu viens recevoir une médaille d'or bien méritée.

– Mais non, c'est des conneries tout ça, j'ai rien à leur dire, moi, à tous ces gens. Tu te rends compte, il y aura des gens de lettres, de science, ils vont me trouver complètement idiot !

– Mais enfin, pourquoi dis-tu ça ?

– Mais parce que, tu sais bien, j'ai pas d'éducation, je saurai pas quoi leur dire, moi.

– Mais tu as appris ton discours, ça va aller.

– Oui, mais après ? Je vais pas juste faire le discours et me tirer ! Il va y avoir un pince-fesses et tout ça, et ces gens vont me poser plein de questions.

– Mais tu sais parler français, il me semble. Raconte-leur ton histoire, ils vont adorer.

– Quoi ? Que je me suis fait virer de ma compagnie de taxis parce que j'ai cassé la gueule à un client, et que tu m'as obligé à peindre parce que tu ne supportais plus de me voir avachi dans un canapé à fumer et boire du Côtes-du-Rhône ?

– Mais non, pas ça ! Parle-leur, je sais pas moi, de ton exposition à La Maison de Lyon, de ta rencontre avec Lascoux, de ton inspiration…

– Mais je sais pas quoi dire sur mon inspiration, je sais pas d'où ça vient l'inspiration, ça vient comme ça, c'est tout, je réfléchis pas, ça vient tout seul.

– Eh ben, voilà, c'est exactement ça, l'inspiration ! Dis-leur ça. Et puis je serai là, et Lascoux aussi.

– Et moi aussi ! j'ai dit.

Alors ils ont rigolé, et on a éteint la lumière. Mon père a ronflé. Et j'ai regardé le plafond toute la nuit.

Lorsque nous nous sommes réveillées maman et moi (j'avais dû tout de même dormir un petit peu…), papa n'était plus dans la chambre. Nous avons toutes les deux pensé à la même chose : il s'était enfui et avait pris le premier train pour Lyon ! Paniquées, nous nous sommes habillées en toute hâte, et nous sommes descendues dans le salon du petit déjeuner. Papa était à table, un café fumant devant lui, une cigarette aux lèvres, lisant un journal. Il était fin prêt, dans son magnifique costume trois-pièces bleu nuit, chemise blanche et nœud papillon noir, cheveux gominés, bretelles pimpantes, rasé de près et... sans bouc ! Il ne lui restait qu'une moustache parfaitement taillée.

– Max !? s'exclama maman.

– Oui, bravo Juju, bonne mémoire ! répondit papa en la regardant par-dessus son journal.

– Mais, tu es tout prêt, il est huit heures, et nous ne devons être là-bas qu'à midi...

– Exact. Je me prépare dans ma tête maintenant.

– Et ton bouc ?!

– Fini. Ça faisait vieux. C'était ringard. Vous avez un nouvel homme sous les yeux !

– En effet, tu es très beau, et tu as l'air en forme !

– Je suis prêt à affronter tous les académiciens de Lutèce, de France et d'ailleurs.

– Mais qu'est-ce qui t'est arrivé dans la nuit ?

– Rien. Ou plutôt si, j'ai dormi.

J'ai failli ajouter : « Toi, au moins », mais papa avait l'air bien, ce n'était pas le moment de le perturber.

– J'ai dormi, et je me suis réveillé tout content. La médaille d'or de l'académie internationale de Lutèce !!! Je vais pas me dégonfler quand même !!!

– Ah, tant mieux ! a dit maman. Tu nous as fait peur hier soir. Il faut qu'on vienne plus souvent à Paris, ça te réussit !

Et à midi pile, nous étions, avec Lascoux, qui avait toujours l'air d'un petit crapaud, bien qu'il n'eût pas mis sa cravate verte, mais un gros nœud papillon lui aussi, devant le bel immeuble haussmannien où on nous attendait. Un grand salon aux longues fenêtres, une table avec du champagne et des petits-fours, une estrade avec un micro sur pied, nous étions dans la place, et quelques personnes très bien habillées nous ont accueillis chaleureusement. Tous les hommes étaient en costumes, et la plupart des femmes portaient de vaporeuses robes longues, avec de gros bijoux. Nous attendions les autres convives, et papa commençait à avoir très chaud. Je voyais des gouttes de sueur perler sur son front, et dégouliner le long de ses joues désormais glabres. Il sortit un de ses mouchoirs blancs (il gardait dans toutes ses poches de grands mouchoirs blancs avec des petits liserés bleus autour, car il avait toujours trop chaud), et il s'en tamponna le visage. Maman le guettait du coin de l'œil tout en faisant des mondanités.

Elle portait une robe violette et rose avec des motifs carrés, une perruque courte et blonde, et ses fameuses chaussures vernies à brides (parce qu'on ne fait rien de bien quand on a mal aux pieds…).

Quant à moi, je m'étais habillée en fille, j'avais mis une de mes robes préférées, la bleue à petits pois avec col blanc, que j'ai eu la chance de porter longtemps parce que je ne grandissais plus depuis mes douze ans, et que j'étais toujours aussi menue. « Une crevette », comme me disait mon oncle André…

La salle s'est remplie, et je suis allée parler à papa.

– Ça va ? j'ai demandé. Tu es prêt ?

– Je veux partir, m'a glissé papa à l'oreille.

Mais il n'en a pas eu le temps. Un monsieur jovial est venu lui prendre le bras, pour l'entraîner jusqu'à la scène. Il a vérifié que le micro fonctionnait en tapant un peu dessus, il a dit « un deux, un deux », accompagné d'un terrible larsen qui nous vrilla les tympans, puis on a fini par entendre sa voix amplifiée.

– Mesdames et messieurs, bonjour, et bienvenue à l'académie internationale de Lutèce. Je suis extrêmement heureux que nous soyons tous réunis aujourd'hui pour accueillir un immense artiste. Lorsque nous avons reçu ses aquarelles, cinq magnifiques tableaux représentant des paysages et des vues de sa ville, Lyon, nous avons immédiatement été séduits, touchés même... Nous avons ensuite découvert d'autres œuvres. Nous allions de surprise en surprise, émerveillés par tant de délicatesse, de douceur, d'harmonie. Quand on entre dans un de ses tableaux, on se sent apaisé, serein, et on trouve la vie plus belle. C'est un travail magnifique, pour un jeune peintre... (Rires.) Si, si, c'est un jeune peintre, car il a commencé à peindre pour la première fois il y a à peine cinq ans, sans avoir jamais rien appris, sans avoir fait d'école. (Frémissements et regards entre les convives avec quelques « Ohhh ».) Nous nous sommes donc mis d'accord, unanimement, pour que notre plus grand prix revienne à cet aquarelliste hors du temps, qui sait si bien nous emmener en voyage et nous faire ressentir tant d'émotions. Nous avons le grand honneur de décerner aujourd'hui la médaille d'or de l'académie internationale de Lutèce au grand peintre Max Forte !

Tonnerre d'applaudissements.

Maman, Lascoux et moi nous sommes regardés en souriant copieusement. Papa, lui, ne souriait pas. Il se tenait tout raide, et suait à présent à grosses gouttes sans oser s'éponger, à côté du monsieur. Surtout lorsque celui-ci enchaîna : « Je vais à présent lui laisser la parole ! » Et il lui passa le micro. Papa le saisit d'une main tremblante. Maman, Lascoux et moi nous sommes regardés de nouveau, mais cette fois-ci avec angoisse. Nous avions tous tellement peur pour lui ! Il porta le micro devant sa bouche ouverte, et il resta comme ça, sans rien dire. Un long moment. Il y avait un silence de mort dans la salle. Papa regardait au loin, sans expression aucune, comme s'il y avait un arrêt sur image. C'était terrible. Maman m'a pris la main. De l'autre, je croisais les doigts.

Et puis au bout d'une minute peut-être, ce qui est extrêmement long quand on est censé faire un discours et qu'on ne dit rien, papa a parlé. Mais il n'a pas dit un mot de ce que maman avait écrit et que nous avions longuement répété.

– Bonjour... Ben voilà, c'est moi le peintre ! (Rires.) Alors j'avais préparé un discours, enfin, c'est plutôt ma femme qui me l'avait écrit. (Rires.) Et comme j'avais peur de pas pouvoir bien le lire, c'est ma fille qui me l'a fait apprendre par cœur. (Rires.) Mais là, d'un coup, je sais plus rien, parce que... J'ai pas l'habitude de parler comme ça devant tant de gens, des gens comme vous en plus, tellement chics ! (Rires et applaudissements.) Alors tant pis pour le discours, tout ce que je peux vous dire, c'est que j'en reviens pas d'être là. (Rires.) Parce qu'il y a encore cinq ans, j'étais chauffeur de taxi, mais ça s'est pas très bien terminé parce que je supportais pas les clients pénibles. (Énormes rires.) Et puis comme j'allais pas bien, je suis resté des mois dans mon canapé à ne rien faire, ce qui énervait ma femme (Rires.), et c'est elle qui m'a poussé à peindre. Je savais pas, moi, que j'avais ce don, je sais pas d'où il me vient, c'est... comme un cadeau. Comme si c'était tous les jours ma fête ! (Rires.) Et puis après j'ai rencontré M. Lascoux, qui m'aide beaucoup, et sans lui je serais pas là. C'est lui qui a encadré mon premier tableau et qui l'a vendu, même si moi j'étais pas d'accord ! (Rires.) Et il est là.

Papa a montré Lascoux du doigt, et tout le monde l'a regardé. Il souriait en hochant la tête. (Applaudissements.) Et puis après, j'ai rien compris, les gens se sont mis à aimer mes petites peintures. (Rires.) C'est fou quand même ! Alors oui, on peut dire que c'est le don, la chance, le travail qui font que je suis là aujourd'hui. Mais tout ce que j'ai, tout ce que je vis, je le dois surtout à ma Juju. Sans ma Juju, je serais rien du tout, je serais toujours dans mon canapé à regarder n'importe quoi à la télé. (Rires.) C'est elle qui m'a poussé à peindre, qui se démène pour moi, qui m'encourage, et qui me supporte quand je crie. (Rires.) Et bien sûr, elle est là ma Juju !

Tout le monde s'est retourné vers maman qui avait les larmes aux yeux. Applaudissements.

– Et aussi, je dois pas oublier ma Sophie, ma fille. Parce que c'est elle qui voit les tableaux en premier, et si ça lui plaît pas, je peux vous dire que le tableau, il fait pas long feu ! (Rires et applaudissements.)

Je regardais mes pieds en rougissant.

– Alors voilà, vous savez tout. Et moi je suis bien content, et je suis très fier d'être là avec vous aujourd'hui. Alors merci, merci bien !

Et là, les gens ont applaudi comme des fous, en criant des « Bravo, bravo ! ». Il y eut des flashs venant de partout, et quand papa est descendu de scène, tout le monde lui a sauté dessus.

Et le même engouement pour sa peinture se produisit en Italie ! Lascoux avait envoyé quatre de ses tableaux à Rome, pour le grand prix international. Comme souvent, il n'en disait rien à papa, le sachant fragile et peu sûr de lui. Il ne voulait pas qu'il soit déçu s'il n'était pas primé. Mais là, ce fut une explosion de joie de la part de Lascoux lorsqu'il appela papa : il venait de décrocher le diplôme d'honneur du grand prix international de Rome !

J'étais seule avec lui lorsqu'il apprit la nouvelle. Il resta quasi muet au téléphone, raccrocha en remerciant poliment, et appela aussitôt maman au magasin. Et là, il se laissa aller à sa joie !

– Tu te rends compte ma Juju, le grand prix de Rome !!! Mais je le crois pas, je le crois pas ! Tout ça avec mes petits tableaux de rien du tout. Lascoux a dit que j'étais en concurrence avec des types qui exposent des toiles de trois mètres de long, et moi, avec mes petits paysages de rien, je suis le diplômé d'honneur ! C'est ton Max le diplômé d'honneur !!!

On but le champagne, maman était euphorique, on trinqua à Rome, papa refusa d'y aller, en disant que le discours en français avait déjà été assez dur, alors en italien ! Et maman fit le voyage avec Lascoux…

Chapitre 8

Je viens d'avoir quatorze ans, et je fais ma première communion. Sur la photo en couleurs sortie de la valise, on est toutes là, les filles de ma classe, devant l'église de l'école du Sacré-Cœur des Chartreux (où nous devions aller à la messe deux fois par semaine...), avec nos aubes blanches et nos airs empotés. Sur cette autre photo, on me voit, à genoux, les mains jointes, les yeux au ciel, avec un sourire angélique, et on a l'impression que je suis la Sainte Vierge en personne tant j'ai l'air inspiré. Je fais mes débuts de comédienne sans le savoir...

Les parents nous regardaient avec fierté et bienveillance, et se congratulaient. Ça sentait l'encens et la bienséance, tout semblait parfaitement se dérouler, même le ciel avait mis son beau bleu du mois de mai. Quelle jolie journée de printemps pour une communion ! Mes copines, béates, semblaient toutes avoir été touchées par la grâce, le curé affichait son sourire maximal, les bonnes sœurs tournicotaient autour de lui en piaillant comme des moineaux, et moi, toujours minuscule et maigrichonne, empêtrée dans mon aube définitivement trop grande, je regardais la scène comme si je n'étais pas dedans, comme s'il s'agissait d'un film. Je voulais imiter mes copines, ce qui me donnait un air parfaitement cruche. Je tentais de me faire le plus discrète possible, ce qui n'était pas facile, avec tante Zette et son Gerry qui ne me lâchait pas d'un mètre, lui en laisse dorée et collier de faux diamants, elle vêtue d'une tenue hallucinante, mélangeant différentes couleurs et motifs, et qui poussait des cris de joie avec sa drôle de voix cabossée.

Il faut dire que la religion et moi, ça a toujours été « Je t'aime, moi non plus ». Je n'ai jamais su si j'étais croyante ou non, mais puisque je me le demandais tout le temps, j'en déduisais que je devais l'être quand même un petit peu, sinon la question aurait été réglée depuis longtemps. Puis j'en déduisais aussitôt que non, puisque je me le demandais, ça voulait dire que je ne croyais pas, car les vrais croyants croient de toute évidence. Je me demandais aussi si les athées avaient toujours été certains de l'être, ou s'ils avaient eux aussi eu une période de doute avant de se décréter « athées ». Enfin, mon pauvre cerveau était sans cesse occupé à effectuer des grands huit religieux qui auraient même donné des haut-le-cœur au Père, au Fils et au Saint-Esprit.

Le pire, c'est que j'étais enfant de chœur à la messe du jeudi et aussi à celle du dimanche dans l'église de l'école. Et évidemment, j'en profitais pour tester mon pouvoir comique sur mes petites camarades en faisant le pitre. Je faisais des grimaces dans le dos du prêtre, ou semblant de tomber en me prenant les pieds dans mon aube qui traînait par terre, ou bien je me courbais en avant, lorsque je tenais le grand livre, avec une expression de souffrance comme s'il était extrêmement lourd. Tout ce cirque provoquait l'hilarité de mes copines, mais évidemment aussi la colère de la directrice de l'école, sœur Marie-Dominique.

Peu de temps avant ma communion, elle me convoqua dans son bureau, au dernier étage de l'établissement. Quand on grimpait le grand escalier en pierres grises qui menait dans son antre, on n'en menait généralement pas très large, et le mal de ventre s'accentuait à chaque marche. Il faut dire que sœur Marie-Dominique en imposait ! Elle était petite et assez forte, avec un visage carré et peu avenant qu'enlaidissaient davantage d'austères lunettes et une fine moustache brune, et son regard inquisiteur, lorsqu'il se posait sur vous, vous donnait envie d'appeler Dieu au secours.

Je frappai à la lourde porte, le cœur battant. J'entendis un « Entrez » très sec, et je m'exécutai.

– Bonjour Sophie, dit-elle, de derrière son bureau. Asseyez-vous.

– Bonjour ma sœur.

– Bien. Je n'irai pas par quatre chemins. Vous perturbez les messes.

– Je suis désolée ma sœur.

– Moi aussi, croyez-le bien. Votre conduite est intolérable. Vous profanez ! Votre foi n'est sans doute pas assez forte.

– C'est possible ma sœur.

– Il faut donc que nous la renforcions, c'est notre rôle. Vous êtes croyante tout de même ?

– Heu… Oui, ma sœur.

– Vous hésitez ! Vous ne croyez pas en Notre Seigneur ?

– Si, si. Enfin… J'essaie…

– Mais vos parents sont croyants n'est-ce pas !?

– Oui… Surtout ma mère…

– Et votre mère sait-elle que vous êtes dans le doute ?

– Heu... Elle... On parle assez peu de ça en fait.

– Ah ! Et pourquoi cela ?

– Elle a pas tellement le temps...

– Je vois... Bon, il faudra que je m'entretienne avec elle. On m'a aussi rapporté que vous chantiez *La Bonne du curé* dans la cour pendant les récréations !

– Heu... Oui... J'aime bien Annie Cordy.

– C'est intolérable ! Et vous êtes aussi à l'initiative d'un trou creusé dans une haie pour aller chaparder des fruits dans notre verger !

– Oui, ma sœur. Pardon ma sœur.

Je baissai la tête et triturai un pan de ma blouse.

– On m'a aussi rapporté que vous affubliez sœur Marie-Louise d'un affreux sobriquet. Sœur Marie-Lapin ! Et qu'à présent tout le collège la surnomme ainsi ! (Sœur Marie-Lapin avait d'immenses dents de devant qui sortaient en permanence de sa minuscule bouche, ce qui m'avait inspiré ce petit nom charmant...) Mais que va-t-on faire de vous, je vous le demande !

– Je ne sais pas, ma sœur.

– Vous vous souvenez tout de même que vous allez faire votre première communion dans un mois ! D'ici là, je veux que votre conduite soit irréprochable ! Irréprochable, vous m'entendez !

– Oui, ma sœur.

– Dieu vous voit, vous savez, il vous voit !

– Oui, ma sœur, je sais.

Je n'aurais pas voulu que quiconque me vît en cet instant, car j'étais vraiment piteuse.

– Sortez ! Et que je n'entende plus parler de vous !

Et je suis sortie, désolée, en ayant tout de même un peu la trouille de voir la colère de Dieu s'abattre sur moi, et de mourir foudroyée en rentrant à la maison...

En fait, je croyais un peu quand ça m'arrangeait. Quand j'étais dans des situations critiques où j'implorais de l'aide, par exemple.

Comme le jour où j'avais assommé un idiot de garçon dans le terrain vague derrière chez moi avec une planche parce qu'il m'avait traitée de sale fille (c'était un jour où j'étais « Le Sophie »), et que, après être partie en courant, je redoutais de l'avoir tué.

J'avais passé une nuit blanche à prier pour qu'il ne fût pas mort, et comme je l'avais recroisé le lendemain avec juste une grosse bosse violette sur le front, je me suis demandé si Dieu m'avait vraiment exaucée, ou si je n'avais pas frappé assez fort...

Mais sinon, quand tout allait bien, j'estimais me passer parfaitement de ces balivernes.

La plupart de mes amies, en revanche, étaient vraiment croyantes. Enfin, je pense qu'elles ne se posaient même pas la question. Elles avaient une éducation religieuse, allaient à la messe, se confessaient quand on le leur demandait, et c'était très bien comme ça. C'était pratique. Je les enviais en secret, j'aurais tant voulu moi aussi suivre le chemin du Seigneur sans que cela me causât le moindre tourment. Mais j'avais hélas, en plus du doute, la culpabilité du doute, car j'avais l'impression de commettre un grave péché en ne croyant pas, ce qui m'amenait à cette perturbante constatation : si j'avais l'impression de pécher en ne croyant pas, c'était donc que je croyais !

Et c'était reparti !

Mon père se fichait pas mal de la religion, comme de beaucoup d'autres choses d'ailleurs, mais ma mère, en revanche, était très croyante. Enfin, disons qu'elle avait la foi sélective : elle croyait surtout en la Sainte Vierge, et la priait à tout bout de champs. Elle n'entrait dans les églises que pour la voir, et s'adressait à elle comme à une vieille copine à qui l'on fait des confidences. Elle avait des médailles à son effigie dans tous ses sacs à main, ou dans ses poches, persuadée qu'en les tripotant souvent elle se plaçait sous sa haute protection.

⋆

Toutes les semaines, les élèves du Sacré-Cœur des Chartreux devaient aller se confesser à l'église de l'école devant un vieux curé assoiffé de péchés. Or moi, je ne voyais pas pourquoi je devais raconter des trucs intimes qui ne regardaient que moi à un bonhomme inconnu. Alors je mentais. J'inventais de faux péchés pour ne pas être obligée de dire les vrais. Et la plupart du temps, les faux étaient bien pires que les vrais ! Le curé ne disait rien derrière son grillage de bois, mais je sentais bien qu'il n'arrêtait pas de ravaler sa salive. Et je me retrouvais immanquablement avec des tas de « Je vous salue, Marie » et de « Notre Père » à faire, ce dont je me passais évidemment.

Inutile de dire que je n'étais pas tranquille avec cette situation, et je me demandais avant chaque confession si je n'allais pas enfin avouer que j'inventais des péchés. Ce qui eût été finalement le péché suprême !

Ou si la Sainte Vierge, qui me voyait peut-être, n'allait pas tout raconter à maman, puisqu'elles étaient si copines…

Mais bref, revenons à notre belle journée ensoleillée de communion.

Tout fut donc parfait, il y eut une longue messe, plein de bonheur et de bisous, et nous partîmes pour un déjeuner à Villard-de-Lans, dans un joli hôtel que nous connaissions bien : l'*Éterlou*. André, Zette et mamy m'y emmenaient souvent, surtout en hiver, et je pouvais, sur les pistes de la « Côte 2000 », faire mes premières descentes à skis, passion qui ne me quitta jamais.

Et aussi du patinage artistique sur la grande patinoire découverte de Villard, où un vieux monsieur, qui n'avait plus d'âge depuis longtemps, m'apprenait à faire « la cigogne », le « saut de lapin », ou « la boucle piquée ».

À l'hôtel *Éterlou* donc, la grosse patronne, tellement joviale, et que toute ma famille adorait, nous accueillit à bras ouverts avec moult cris de joie en me voyant apparaître en communiante. Elle me colla sur les joues des traces de rouge à lèvres, et me serra longuement contre sa lourde poitrine. Les effluves de son indescriptible parfum sirupeux me soulevèrent le cœur. Et j'avais une terrible envie de faire pipi.

Des membres de la famille arrivèrent à leur tour, sœur de mamy, cousins germains de papa et leurs enfants, Honoré, le frère de maman, sa femme et ses enfants, enfin plein de gens que nous ne voyions qu'aux grandes occasions. Ils se mirent à m'entourer comme si j'étais la nouvelle merveille du monde alors que je n'avais rien fait, que j'avais toujours très envie de faire pipi, que j'aurais tellement voulu être Le Sophie, et que je mourais de chaud dans mon aube. J'avais l'impression d'une affreuse usurpation, et toute cette mascarade renforçait ma sensation de mal-être. Puis ce fut le moment de prendre des photos. J'eus à peine le temps d'aller aux toilettes, que déjà on me faisait poser au bord de la piscine, entourée de nombreux cadeaux aux papiers bariolés, que je n'avais pas mérités. J'étais là, toute raide, tentant différents sourires, sous le regard émerveillé de ma famille au complet. Tout cela était si sérieux, si convenu. Alors que je n'étais même pas certaine de croire en Dieu ! J'avais l'impression d'un énorme mensonge, d'une ridicule pantomime, et je cherchais à sortir de cette situation d'une façon ou d'une autre. C'est alors que me vint une idée. Une idée terrible. Une idée débile, et pas du tout catholique.

On commençait à se lasser des photos, on rangeait les polaroïds, il fallait que je me décide vite avant de rater mon effet.

J'ai poussé discrètement du pied un des cadeaux dans la piscine, je me suis penchée un peu trop près de l'eau pour le rattraper, et je suis tombée tête la première.

Plouf.

Un moment de paix, seule, sous l'eau, sans bruit, sans rien.

J'ai presque touché le fond.

Mais lorsque je voulus remonter, je ne parvins pas à respirer. Mon aube s'était rabattue sur ma tête et collait à mon visage. Je me suis débattue quelques instants, juste le temps d'entendre des cris, puis j'ai coulé de nouveau. Cette fois-ci je me sentais moins en paix. J'étouffais, en fait. Mon petit corps malingre se débattait dans le lourd tissu de coton qui me semblait peser des tonnes, je parvins encore une fois à remonter sans pour autant pouvoir prendre de l'air et me mis à couler de plus belle. J'eus le temps de me dire qu'il était probable que Dieu me punissait pour mon effronterie, ce qui m'amenait à penser que donc il existait. C'était dommage de devenir enfin croyante le jour de sa première communion et aussi de sa mort... Une mort absurde. Noyée sous les yeux de toute la famille.

Et en même temps, quelle mort originale !

Mais il n'en fut rien. Une main solide m'agrippa par je ne sais où, me remonta à la surface puis ôta le tissu meurtrier de mon visage. C'était celle de mon oncle André, qui avait sauté avec son beau costume de percale bleu, cravate assortie à la chemise beige col pelle à tarte, et chaussures noires vernies qui avaient brillé plus que jamais ce jour-là (c'étaient celles qu'il mettait toujours quand il voulait avoir l'air chic).

Tout le monde hurlait et s'agitait autour de la piscine, des cousins, ou mon oncle Honoré, je ne sais plus, me hissèrent hors de l'eau, et je suis restée là, hébétée, dégoulinante, assise sur le bord ; je vis flotter quelques cadeaux emportés avec moi dans ma chute. Et, en relevant la tête, mon père, l'air dépité, qui me regardait sévèrement sans bouger. Ce n'était pas lui qui était venu me sauver. Tel que je le connaissais, il avait dû avoir bien trop peur de décoiffer sa toison suprême domptée par le gel rigide, ce qui au moins n'effleura pas l'esprit de mon oncle, puisqu'il était chauve.

On me releva, on m'ôta difficilement mon aube qui collait à mon corps gelé, on me frictionna le dos, on m'emmena dans une chambre de l'hôtel pour prendre une douche, on n'avait pas prévu de vêtements de rechange, on me prêta une robe immense appartenant à la patronne de l'hôtel, on emmena « André le héros » dans une autre chambre, maman répétait sans cesse « Mais enfin, qu'est-ce qui s'est passé ? » et mamy « Oh, mon Dieu, oh, mon Dieu ! ».

Les convives avaient faim. « Ça commence à bien faire tout ce cirque, c'est pas le tout, mais nous on a la dalle, en plus on s'en est tapé des kilomètres pour venir manger dans ce bled, et puis tant pis, on commence sans elle, elle nous rattrapera au plat principal. »

Je suis arrivée à table dans une grande robe à fleurs, et un vieux chandail informe de maman qui restait toujours dans la voiture « au cas où ». Puis j'ai vu apparaître mon oncle André. Il était affublé d'un peignoir trop petit, qui dévoilait ses longues jambes osseuses, avec ses grands pieds dans des chaussettes blanches dénichées je ne sais où. On s'est observé un instant.

Et puis on a éclaté de rire. Un rire interminable, et terriblement communicatif. Alors toute la table s'est mise à rire de concert, c'était magnifique. La fête pouvait commencer !

Un jour, bien plus tard, André m'a demandé, au détour d'un moment privilégié de confidences :

– La piscine, tu l'as fait exprès ?

– À ton avis ?

Il a souri comme un enfant.

– Bravo. On ne pouvait pas imaginer meilleure communion !

*

J'ai quinze ans. Le polaroïd a dû être pris dans le salon de l'appartement de la Croix-Rousse. Je suis assise sur le vieux canapé. Je me féminise un peu. Je suis devenue baba cool ! J'ai les cheveux mi-longs et frisés (je m'étais payé une permanente avec mes économies, mais, très vite, elle avait viré façon caniche), une longue écharpe violette et un jean avec une fleur cousue sur un genou. Il faut dire que je reviens de Londres, où il s'en est passé des choses !

Mes parents m'avaient envoyée pour le mois d'août, par le biais d'un organisme, dans une famille anglaise, afin que je me perfectionne dans cette langue. C'était la première fois que je prenais l'avion, et toute seule de surcroît ! Je n'étais pas peu fière ! Extasiée, je prenais des photos des nuages.

Je me suis retrouvée en banlieue de Londres, dans une famille modeste et très sympathique. Il y avait deux filles d'à peu près mon âge, et je me suis tout de suite très bien entendue avec elles. Le week-end, les parents nous emmenaient dans leur caravane, dans un camping au bord de la mer, il pleuvait des cordes, on était gelés, mais c'était chouette quand même. C'est là que j'ai rencontré Andy.

Il n'avait absolument rien à voir avec les garçons que j'avais déjà côtoyés. Long jeune homme au visage émacié, il arborait une crête blond platine qui dansait au sommet de son crâne rasé sur les côtés, portait des jeans troués de partout, de grosses chaussures noires à lacets rouges, des tee-shirts bariolés, et ses grandes oreilles étaient ornées de plusieurs piercings. Et, comble de la bizarrerie, il avait un anneau dans le nez ! C'était un punk, et moi, sortie tout droit de mon Sacré-Cœur des Chartreux, je n'en avais jamais vu de près ! Mais j'ai comblé mes lacunes cet été-là, car j'ai vu Andy de très près…

J'étais autant horrifiée qu'attirée par ce garçon. Mais surtout ravie de plaire pour la première fois à quelqu'un, punk ou pas !

Collé contre moi dans la caravane de ses parents, une bière à la main, il me fixait de ses yeux bleu délavé, et finit par me dire, en plaquant une main pleine de bagues à têtes de morts sur une de mes cuisses :

– *Give me a French kiss !*

– *What ?*

– *A French kiss. You are French, you can give me a French kiss !*

A French kiss ? Fallait-il parler français en embrassant, rentrer les dents, les sortir, mordre peut-être ? Fallait-il cligner des yeux, les fermer, gémir, hurler ? Et la langue ? Que faire avec cette langue ? Fallait-il la tirer le plus loin possible hors de la bouche, et attendre qu'une autre langue vienne la toucher ? Ou bien n'en sortir que la pointe, la faire tournoyer lentement, ou bien très vite, de haut en bas, de gauche à droite, ou tout en même temps ? Et n'allais-je pas baver comme un pitbull ? Comment ferais-je pour inspirer, expirer ? Est-ce que ça faisait mal ?

Et si Andy mettait sa langue jusqu'au fond de mon gosier, n'allais-je pas étouffer, ou vomir ?

Et si un anneau traversait aussi sa langue, n'allais-je pas m'évanouir d'effroi ?

– *A French kiss, please,* il a insisté.

Puis je n'ai plus eu le temps de réfléchir, car une énorme langue blanche s'est échappée de sa bouche pour entrer dans la mienne. Je suis restée figée. Il me semblait qu'un pack de bière venait de s'y introduire par la même occasion. Je voyais au-dessus de mon nez s'agiter la crête jaune d'Andy. Il poussait à présent des gémissements (en anglais, ce qui était d'autant plus surprenant…). Ma langue, effrayée, s'était réfugiée contre mon palais, et je priais pour qu'elle ressorte intacte de l'assaut.

Puis la bouche de mon prince charmant s'est enfin séparée de la mienne avec un bruit de ventouse, Andy m'a regardée, suspicieux, et a dit :

– *Was it a French kiss ?*

– *Yes yes !* j'ai répondu. *Absolutely ! It was a French kiss !* et je me suis levée d'un bond. *It is late, I have to go !*

Je me suis enfuie de la caravane, pour me précipiter dans celle de ma famille anglaise. J'ai évidemment raconté durant une bonne partie de la nuit à mes deux amies ce que je venais de vivre, en enjolivant un peu… Elles pouffaient d'aise sous leurs duvets, et se sont endormies en rêvant qu'un jour, elles aussi connaîtraient l'extase d'un merveilleux premier baiser…

Chapitre 9

Papa rencontrait un énorme succès. Il était parfois fatigué de peindre, et disait à maman qu'il n'avait plus d'inspiration. De plus, quelques méchantes critiques avaient commencé à apparaître dans des journaux d'art. Lascoux avait eu le malheur de lui en faire part à plusieurs reprises, et papa était si effondré à chaque fois que Lascoux finit par ne plus lui en parler.

Il en informait tout de même maman, que cela rendait triste aussi, alors elle me les lisait en cachette dans ma chambre, le soir, pour se soulager, pendant que papa regardait sa télé. En général, je ne les trouvais pas justifiées. Elles paraissaient dans certaines revues snobs, écrites par des journalistes prétentieux, qui trouvaient la réussite de papa un peu trop rapide, d'autant plus qu'il n'avait fait aucune école. Il n'entrait pas dans les cases. Son succès populaire dérangeait. Mais je pouvais aussi comprendre que l'on ne soit pas sensible à sa peinture. Son style était très figuratif, il n'avait rien inventé, et il n'allait pas créer un nouveau mouvement ni révolutionner la peinture en France !

Ce qu'on lui reprochait le plus souvent, en fait, c'était d'être autodidacte, d'avoir commencé très tard, et de réussir sans avoir fait les Beaux-Arts, alors que tout un tas de diplômés ne vendaient jamais une toile.

Un jour, Lascoux appela à la maison, je décrochai, et j'entendis à son « Allô » joyeux qu'il avait une bonne nouvelle à nous annoncer. En effet, elle était de taille : papa venait d'être nommé membre titulaire *honoris causa* de l'académie européenne des Beaux-Arts ! C'était incroyable ! Quelle formidable revanche pour papa ! Je l'appelai et lui passai Lascoux. Papa jubila. Il explosa littéralement de joie au téléphone ! Lorsqu'il eut raccroché, lui et son ego ont fait des bonds dans tout l'appartement. Il était tellement fier !

Cette fois-ci, il fut d'accord pour aller chercher son prix.

Et aussi le suivant, qui ne tarda pas à arriver : il fut nommé sociétaire à vie de l'art contemporain français à Paris.

Je commençais à m'y perdre, avec tous ces titres pompeux. Mais je voyais mes parents heureux à chaque fois, et je savais que c'était important pour eux. D'autant plus que Lascoux disait toujours : « Ça fait grimper la cote !!! »

*

L'année de mes quinze ans fut aussi marquée par un drame atroce : nous avons déménagé !

Papa exposait à présent dans des galeries de plus en plus prestigieuses, à Lyon, Paris, en province et à l'étranger. Et ses tableaux se vendaient de plus en plus cher. Lascoux avait raison lorsqu'il parlait de cote !

Le magasin de maman ne désemplissait pas, et mes parents, voyant leur pécule augmenter ostensiblement, décidèrent de déménager dans un appartement plus grand, au centre de Lyon, rue de l'Abbaye-d'Ainay. Sans me demander mon avis, évidemment.

J'étais totalement déprimée à l'idée de quitter ma chère Croix-Rousse. Je devais pourtant m'en éloigner quasi chaque jour depuis le début de l'année scolaire, car on m'avait inscrite en seconde à Saint-Marc, une école tenue par des jésuites, qui se trouvait déjà dans le centre de Lyon. Mais tous les soirs, je reprenais le bus 13 et je retrouvais mon jardin, mes amies, et mon quartier que j'adorais. J'implorais mes parents de rester, mais notre appartement était déjà vendu, et le nouveau acheté !

J'ai demandé à maman si je pouvais inviter mes deux meilleures amies à dormir à la maison avant notre départ, faveur qu'elle m'accorda sans discuter, se sentant sans doute coupable de me faire tant de peine. C'était le mois de juin, et j'eus l'idée d'installer une tente dans le jardin pour passer la nuit à l'extérieur. Et j'avais choisi un soir où les parents étaient sortis, ce qui arrivait très rarement. J'avais également une autre idée en tête : je voulais quitter les lieux de façon grandiose, et quoi de plus grandiose qu'un feu d'artifice ! J'allais en tirer un dans le jardin, qui marquerait la fin d'une époque.

La fin de l'enfance, en fait, mais ça je ne le savais pas encore…

J'avais réussi à me procurer tout le matériel par le frère d'une de mes deux amies, qui était majeur et sans doute totalement inconscient…

Dès que les parents furent partis, vers dix-neuf heures, j'ai sorti les pétards et les fusées que j'avais cachés sous mon lit, et j'ai accueilli mes amies, surexcitées. Après avoir pique-niqué dans le jardin, comme la nuit était tombée, nous avons mis le dispositif en place.

Nous avons planté les longues tiges des fusées dans l'herbe, installé un petit compact qui devait produire des flammes jusqu'à trois mètres de haut, et quelques pétards. Mes copines, qui avaient sacrément la trouille, étaient ensuite parties se réfugier dans un coin du jardin en s'accrochant l'une à l'autre. Je n'en menais pas large non plus, mais je ne voulais pas me dégonfler. J'ai gratté la première allumette, j'ai allumé la mèche d'un pétard, et je suis partie retrouver mes amies en courant et hurlant : « Ça va péter !!! » Le bruit fut incroyable, beaucoup plus violent que je ne l'aurais cru, et nous avons toutes les trois sursauté, même si nous nous étions bouché les oreilles. Aussitôt, quelques fenêtres de mon immeuble se sont allumées. Mais je n'allais pas m'arrêter en si bon chemin. J'ai mis le feu à un autre pétard, et au petit compact. Et là, ce fut terrible ! Le pétard explosa dans un bruit assourdissant, tandis que le compact projetait des étincelles à plusieurs mètres du sol, qui crépitaient joyeusement, et brûlaient la pelouse en retombant. La fumée nous piquait les yeux et montait jusqu'au toit de l'immeuble. Cette fois-ci, des fenêtres se sont ouvertes à presque tous les étages, et des visages sont apparus. J'ai lancé quatre fusées d'un coup. Dans un nouveau nuage de fumée, elles se sont envolées à toute vitesse, laissant derrière elles des traînées or et argenté, émettant de sublimes sifflements, avant d'aller exploser dans le ciel en un riche bouquet d'étoiles de couleurs bleues, vertes et rouges.

J'étais prise d'une frénésie que plus rien ne pouvait arrêter. Je poussais des hurlements à chaque fois qu'une nouvelle fusée éclatait, je hurlais d'effroi, de tristesse, de peine, de désespoir de devoir abandonner tout ce que j'aimais, je hurlais de peur en pensant à la nouvelle vie qui m'attendait, je hurlais de déchirement, et mes larmes se mêlaient à mes cris.

Les voisins eux aussi criaient. Très fort. Surtout celui du troisième étage, quand une des fusées, que j'avais dû planter de travers, est venue briser un carreau de sa fenêtre pour atterrir dans sa cuisine.

C'était « Gros Nez », que j'avais surnommé ainsi parce qu'il était doté d'un affreux gros nez rouge et dilaté, le voisin qui ne m'aimait pas parce que ça le dérangeait de m'entendre m'amuser dans le jardin, et que j'exécrais en retour. J'étais bien contente que la fusée eût atterri chez lui, plutôt que chez mes voisins sympas de l'étage du dessus, dont le fils était mon copain.

Les vociférations de Gros Nez ne m'ont pas empêchée de lancer le bouquet final, et le ciel a explosé de mille pépites éblouissantes de toutes les couleurs, dans un bruit fracassant. Mes copines, au comble de l'émerveillement, ont applaudi à tout rompre en sautant de joie sur place.

Cette euphorie ne dura pas longtemps. J'entendais, venant des étages supérieurs, les voisins communiquer entre eux par les fenêtres, et dire des phrases comme : « Il faut appeler la police. » « Mais où sont les parents ? » « J'ai failli brûler dans ma cuisine ! »

Nous nous sommes cachées toutes les trois dans la tente, pétries soudain d'angoisse à l'idée de la tempête qui allait s'abattre bientôt sur nous. Et qui ne tarda pas à déferler.

Mes parents sont rentrés vers minuit, et ont écouté le répondeur téléphonique. Des dizaines de message, décrivant la scène du feu d'artifice comme apocalyptique, et même un message du commissariat du 4ᵉ arrondissement, les ont rapidement mis au courant de ce qui venait de se passer. Ils ont déboulé dans le jardin, furieux tous les deux pour une fois, et nous ont sorties de force de notre terrier. Les « Nom de Dieu », « Putain de bordel de merde » n'avaient jamais retenti aussi fort dans mes oreilles, et maman répétait, consternée, en regardant la pelouse endommagée et recouverte de cadavres de fusées : « Mais qu'est-ce qui t'a pris, mais qu'est-ce qui t'a pris !!! »

Il était trop tard pour renvoyer mes amies chez elles, papa nous a sommées d'aller dormir dans ma chambre, et a dit que nous verrions le lendemain en ce qui concernait ma punition.

Que je ne reçus pas, car en fin de compte mes parents ne m'en donnaient jamais.

Mais aucune punition ne pouvait être plus grande que celle qu'ils m'avaient déjà infligée, la punition suprême : m'arracher à mon paradis.

Il me fallut pourtant lui dire adieu. J'ai serré dans mes bras le sapin rescapé que nous avions planté après notre premier Noël à la Croix-Rousse, douze ans plus tôt, et qui avait bien grandi. Un dernier regard à mon jardinet et à ma chambre, où j'avais vécu tant d'aventures, avec mes amies, mes peintures, mes bandes dessinées et mes écrits. Adieu au salon vide, sans le canapé de velours bleu de papa, qui était parti aux encombrants tant il était élimé. Adieu à la cuisine au papier peint à gros motifs orange et marron, aux meubles verts, restés là pour les nouveaux propriétaires.

Je ne gardai que mes souvenirs, et le merveilleux goût du bonheur de toutes ces années d'enfance.

Et nous nous sommes retrouvés dans l'appartement de la rue de l'Abbaye-d'Ainay. C'était un lieu magnifique datant du XVIIIe siècle, avec un grand salon doté de fenêtres hautes qui donnaient sur la place de l'abbaye, un long couloir menant à trois chambres spacieuses, et une large cuisine dans laquelle on pouvait mettre une table. Plafonds à moulures, parquet d'époque, lambris de bois brun, somptueuses cheminées. Pompeux. Austère. De toute façon, je n'étais pas prête à aimer quoi que ce fût tant j'étais triste.

Certes, j'avais une plus grande chambre. Mais au lieu de s'ouvrir sur mon adorable jardinet, la fenêtre donnait sur le mur glauque d'une cour sombre, où le soleil ne pouvait jamais se faufiler.

Je ne savais pas où mettre mes meubles, car quelle que fût la configuration, il me semblait qu'il y aurait toujours dans cette chambre un grand espace vide impossible à combler...

Vu le nombre de pièces, maman voulut installer un atelier pour papa. Mais il s'y opposa formellement, en disant que peindre dans le salon lui avait jusque-là très bien réussi, et qu'il comptait y rester. On installa donc son matériel sur une table devant son nouveau canapé en cuir marron, et devant la table, la télé ! Ils en avaient acheté deux supplémentaires, une pour leur chambre et une pour la cuisine, elles étaient souvent allumées toutes les trois en même temps et en permanence, mais pas sur les mêmes chaînes, si bien que l'appartement devenait un lieu épuisant, où l'on avait la tête remplie d'un indescriptible brouhaha.

Nous prîmes aussi pour la première fois une femme de ménage. C'était une dame assez âgée très sympathique, que je découvris un jour, en rentrant de l'école pour le déjeuner, alors qu'elle se trouvait à quatre pattes dans ma chambre. Je restai médusée devant ma porte, posai au sol mon lourd sac US kaki qui me servait de cartable, et vint à sa rencontre.

– Madame, madame ! dis-je. Mais qu'est-ce que vous faites !??

– Ah, bonjour, mademoiselle. Eh bien, je cire le parquet.

– Mais pourquoi vous faites ça ?

– Eh bien, parce qu'il a besoin d'être ciré !

– Mais vous n'avez pas besoin de frotter comme ça à quatre pattes voyons. Venez, je vais vous aider à vous relever.

– Mais non voyons ! Votre maman ne sera pas contente si je ne cire pas tous les parquets.

Je compris alors ma méprise, et m'excusai, confuse. J'étais extrêmement mal à l'aise de voir cette femme qui aurait pu être ma grand-mère travailler ainsi dans ma chambre.

– Je veux vous aider ! dis-je, très enjouée.

– Ah, mais non, mademoiselle, je dois faire mon travail, et je...

– Bon, d'accord, je vais faire autre chose alors. La poussière ! Laissez-moi faire la poussière !

Et je me suis précipitée dans la cuisine pour aller chercher un chiffon et du pschitt pour les meubles. Et nous avons nettoyé ma chambre ensemble, ce qui stupéfia ma mère à son retour, car elle n'avait vraiment pas l'habitude de me voir nettoyer quoi que ce fût... Elle se félicita donc d'avoir engagé une femme de ménage !

*

Sur la photo, on voit mon père de dos, au volant de sa BMW noire. C'est moi qui l'ai prise, je m'en souviens bien. Et sur cet autre photo, il pose fièrement devant la voiture, dans un complet bleu, sans sourire, avec son bouc. C'est moi aussi qui l'ai prise avec mon polaroïd. Nous avions fait une pause sur la route qui nous emmenait dans le Midi, rien que lui et moi, car maman avait encore du travail à Lyon. Elle nous avait rejoints plus tard.

Nous avions échangé très peu de paroles durant tout le trajet.

Mon père avait donc acheté une nouvelle voiture, une magnifique BMW noire qui faisait sa fierté. Mon oncle André la regardait avec envie, le suppliant souvent de la lui faire conduire, ce qui n'arriva que rarement. Papa était fou de cette voiture, et il s'en occupait comme d'un enfant. Ou comme d'une femme, pour aller plus dans les clichés. Dès qu'il cessait de peindre, il se précipitait au garage pour la briquer, au-dehors comme au-dedans. Bien entendu, il fallait faire très attention lorsque nous prenions place à l'intérieur, pas question de rentrer avec des chaussures trop sales, ou de grignoter un biscuit, et encore moins de vomir. Heureusement, le mal de cœur en voiture m'était passé avec l'âge. Mais il faillit plusieurs fois me revenir dans la BMW, à cause de l'odeur de cuir neuf qui m'insupportait…

Bref, avec la réussite de papa, tout avait changé, et j'avais du mal à trouver mes nouveaux repères, car notre vie d'avant me manquait. Tout me manquait. Tellement.

Et moi aussi, je changeais.

Je me réfugiais dans mes peintures et dans mes écrits. Et j'étais moins gaie.

Maman, n'ayant pas l'habitude de me voir si mélancolique et désabusée, s'inquiétait. Elle se mit à me gâter énormément. Elle compensait ses absences par des cadeaux, et aussi de l'argent.

Elle avait d'ailleurs un curieux rapport avec l'argent. C'était elle qui tenait les comptes du foyer, papa n'ayant jamais su comment gérer un budget, à part en achetant tout ce qui lui faisait plaisir. Dès que je fus en âge de savoir à peu près compter, maman me donna de l'argent de poche. Elle m'en donnait trop, et je ne savais qu'en faire. Étant peu économe, j'en faisais profiter mes amis, ce qui n'était pas toujours une bonne chose, car certains le devenaient par intérêt…

Et puis parfois, tout à coup, elle ne me donnait plus un sou. Je lui demandais alors ce qui se passait. Elle me répondait immanquablement d'un air grave, comme si la fin du monde était arrivée, que son chiffre d'affaires avait été moins bon ce mois-ci. Ce mot « chiffre d'affaires », que j'ai mis beaucoup de temps à comprendre, a vraiment marqué mon enfance. C'était de lui que dépendait notre bien-être. Lorsque le chiffre d'affaires était mauvais, maman se mettait à faire des économies sur tout. Je n'avais donc plus d'argent de poche, on ne mangeait plus que des pâtes, et on s'essuyait les fesses avec du papier toilette bon marché qui grattait. Comme si nous allions devenir pauvres d'un coup et le rester toute notre vie.

Mais quand le chiffre d'affaires était bon, alors c'était la fête. Papa s'achetait une nouvelle voiture, on mangeait des steaks à tous les repas, nos fesses sentaient la lavande, et je pouvais acheter des bonbons pour toute l'école ! Comme si le chiffre d'affaires était redevenu une sorte de corne d'abondance inépuisable.

L'été qui suivit notre déménagement, je partis sans les parents, avec des amis dans le bungalow de Hyères pour le mois d'août. Nous faisions la fête en permanence, et je crois bien que j'ai vécu (presque…) toutes mes premières fois cet été-là… Première cuite en mélangeant tous les alcools qui se trouvaient dans le bar des parents, premier vomi à côté de la cuvette des W-C sans avoir eu le temps de l'atteindre, première cigarette sur la plage la nuit avec mon amie de toujours, Valérie, premier pétard d'herbe dans ma chambre avec des copains, premier vrai baiser pas *french*, mais très sensuel, avec un joli garçon brun...

Nous avions fait une soirée mousse à l'intérieur même du bungalow ! J'avais vu ça à la télé quelques jours auparavant avec Valérie, et ne pouvant pas encore entrer en boîte de nuit, nous avions eu l'idée absurde d'en organiser une chez moi...

Nous avons invité tous les copains de la résidence, et déversé des barils de lessive dans l'évier, la baignoire, les lavabos, et même le bidet. Nous faisions mousser l'eau avec le jet d'arrosage, et il y eut tant de mousse qu'elle finit par envahir le jardin commun pour arriver jusque devant les allées fleuries des voisins. Et dans la mousse, des dizaines de jeunes gens hurlant et se démenant sur de la musique fraîchement arrivée des États-Unis : la techno ! Nous étions en 1980 !

Le lendemain matin, maman me réveilla par un coup de fil. Je sentis tout de suite à sa voix que quelque chose n'allait pas. Soudain paniquée, je crus qu'elle avait eu vent de notre soirée délirante par des voisins. Surtout lorsqu'elle me dit, d'une voix étranglée :

– Ma Minette, va vite voir sous la baignoire !

– Comment ça, sous la baignoire ?

– Oui, il y a une petite trappe, ouvre-la et dis-moi ce que tu trouves dedans.

J'étais à présent persuadée qu'elle savait pour la mousse. Elle craignait sûrement que l'eau ne se soit infiltrée sous la baignoire ! Le sol était collant à certains endroits, et très glissant à d'autres. Çà et là, on pouvait encore voir des petites montagnes de mousse qui résistaient. Pieds nus, j'avançais doucement en me tenant aux meubles, en m'agrippant à la rampe pour monter les escaliers. La salle de bains était toute gluante, je me suis mise à genoux pour ouvrir la trappe sous la baignoire, et j'ai découvert à l'intérieur un sac plastique recouvert de gouttelettes. Il contenait des liasses de billets ! Un peu ramollis par la condensation, mais intacts. J'ai remis fébrilement le sac à sa place, refermé la trappe, et suis retournée à petits pas parler à maman qui devait s'impatienter au téléphone. Elle couina :

– Tu en as mis un temps ma Minette ! La maison n'est pas si grande !

– Maman ! Il y a de l'argent, plein d'argent !

– Ah, ouf ! Je ne me rappelais plus où je l'avais mis. C'est en me réveillant ce matin que je me suis dit : Mais oui, la baignoire bien sûr !

– Mais qu'est-ce que je vais faire avec tout cet argent ?

– Oh, rien. Je suis juste rassurée de savoir où il est. Tu peux en prendre un peu pour tes vacances si tu veux.

– Un peu ? Mais combien ?

– Je ne sais pas, ce dont tu as besoin. Le chiffre d'affaires est très bon en ce moment. Ah, au fait, va aussi voir dans la cuisine, il y a une petite trappe sous le four…

Je courus dans la cuisine, manquai glisser et me fracasser le crâne contre l'évier, totalement déboussolée par cette chasse au trésor incongrue. À part de la mousse, il n'y avait rien sous le four. Je le dis à maman, qui me répondit, désinvolte :

– Ah, c'est curieux, j'aurais juré que j'y avais laissé mes bijoux…

Un jour, toujours l'année de mes quinze ans, je lui demandai un peu d'argent pour sortir. Elle me dit d'aller voir dans son portefeuille qui se trouvait dans son sac, et de prendre ce que je voulais. J'ai ouvert le portefeuille, et en cherchant l'argent, je suis tombée sur une petite photo en noir et blanc d'un beau jeune homme élancé. Ses cheveux semblaient clairs. Je ne savais pas si je devais en parler à maman, car je fus soudain gênée. Mais la curiosité était trop forte. J'ai pris la photo et me suis rendue dans la cuisine, où maman s'affairait.

– Maman… J'ai trouvé cette photo dans ton portefeuille. Pardon, je ne voulais pas fouiller mais… Qui est-ce ?

Maman ouvrit des yeux presque aussi grands que ses lunettes rondes, et alla fermer la porte de la cuisine.

– Tu ne sais pas qui c'est ? chuchota-t-elle.

– Mais non…

– Eh bien… C'est mon Bob…

– Ton Bob ? Qui c'est celui-là ?

Je regardai la photo de plus près. Cet homme était le contraire de papa, si brun, petit et costaud. Ce long jeune homme au visage fin regardait l'objectif avec tendresse, et il se dégageait de lui une grande douceur.

C'est alors que maman me raconta toute l'histoire. Dès le début du récit, des larmes se mirent à couler le long de ses joues, sans qu'elle s'en souciât, de façon naturelle, comme s'il était normal qu'elles s'échappent à chaque fois qu'elle évoquait cet homme. Elle conclut son récit par : « C'est mon plus grand amour… »

– Mais… Et papa ? m'étranglais-je.

– Oh, ton père… C'est pas pareil… Avec lui, j'ai trouvé quelqu'un qui avait besoin de moi…

Cette petite discussion me valut bien plus tard quelques années de psychanalyse. Avec des pauses, néanmoins, pour essayer l'hypnose, la kinésiologie, l'EFT, l'EMDR, le yoga et les constellations familiales… Sans oublier le *rebirth*. Et le chamanisme, évidemment…

Maman garda toute sa vie cette photo avec elle. Je n'ai jamais su si mon père s'en doutait, s'il l'avait vu, s'ils en avaient parlé. D'autant plus qu'elle revit Bob à plusieurs reprises, puisqu'il était le frère de sa belle-sœur. Les mariages, les baptêmes, les enterrements… Je me souviens de son élégante silhouette, et de son large sourire qui mangeait tout son visage.

J'imagine combien cela a dû être douloureux pour maman de le voir avec sa femme, puis avec leurs deux filles…

Mais peut-être n'en souffrait-elle pas tant que cela. Peut-être qu'en vieillissant, cet homme lui était devenu étranger. Car elle gardait en elle à tout jamais « son Bob », éternel beau garçon resté intact dans ses souvenirs, figure irréelle d'une jeunesse perdue, objet d'un amour fantasmé auquel elle s'accrochait pour préserver en elle la jeune fille romantique, qu'elle ne pouvait abandonner. Bob faisait renaître, à chaque fois qu'elle le désirait, d'exquises sensations : la fraîcheur des sentiments, des élans amoureux. Une cure de jouvence, en somme. Et la douloureuse, mais néanmoins délicieuse pensée qu'un jour, un beau jeune homme l'avait aimée, et que cet amour avait été rendu impossible par deux familles insensibles, rendait la vie de maman plus poétique. Et elle puisait sans doute dans le souvenir de ses éternels sentiments une certaine énergie…

Quoi qu'il en fût, j'en conclus que maman portait bien son prénom, Juliette. Ou alors qu'il l'avait prédestinée à vivre son destin contrarié…

★

Elle s'occupait toujours beaucoup de son magasin, n'avait plus une minute à elle, et si je désirais l'apercevoir, je devais soit la retrouver au milieu des robes blanches, soit dans des cocktails. Elle avait cinquante-cinq ans, et était épuisée.

Un jour de mars 1980, je venais d'avoir seize ans, elle déboula dans le salon avec une bouteille de champagne.

– Asseyez-vous ! nous somma-t-elle. Voilà, j'ai bien réfléchi, et j'ai eu une idée !

Lorsque maman avait une idée, il fallait s'attendre à une révolution.

– Ça ne peut plus durer comme ça. Je vais vendre mon magasin et acheter une galerie de peinture !

Et le bouchon sauta.

On ne dit rien. Alors qu'elle remplissait les coupes, papa se risqua à émettre quelque réticence. Mais, curieusement, pas en vociférant des « Putain de bordel de merde ». Peut-être le succès le rendait-il moins colérique…

– Mais ma Juju, c'est pas pour te contrarier, mais je crois qu'il faut absolument pas faire ça. C'est un trop grand risque. Ton commerce de robes de mariées, il marche bien, et ça va continuer, parce qu'il y aura toujours des gens assez fous pour se marier. Alors que mes petits tableaux… Aujourd'hui je suis à la mode, demain on va trouver mon travail ringard, et ce sera fini, on vendra plus rien. Non, non, fais surtout pas ça.

– Mais arrête de douter de toi, comme ça, tout le temps !

– Je doute peut-être de moi, mais surtout des autres.

– Tu es vraiment fatigant !

– C’est parce que je suis fatigué ! Non, sans rire, on peut pas lâcher ton magasin.

– Mais moi aussi, je suis fatiguée figure-toi. Je cours de défilés en vernissages, de fiancés en expositions, j’en ai assez ! Il faut se lancer ! De toute façon, c’est trop tard, la boutique est vendue !

Et papa s’est étranglé avec le champagne.

Chapitre 10

Le lendemain, maman m'a emmenée rue Victor-Hugo, une grande rue piétonne, qui menait à la place Bellecour, tout près de chez nous. Elle s'est arrêtée devant une mercerie, et elle m'a dit : « C'est là ! »

Nous sommes entrées. La boutique n'était pas grande, mais très haute de plafond, et les murs étaient en belles pierres blanches. Et, vu l'emplacement, c'était un endroit idéal pour ouvrir une galerie.

Quelques mois plus tard, début juin, maman y accrochait les premiers tableaux.

La galerie était magnifique, et chaque peinture mise en valeur par de savants éclairages. Sur l'enseigne, on pouvait lire en grandes lettres dorées, façon signature : « Max Forte ». C'était superbe.

Dans la valise, je retrouve plusieurs photos de la galerie, que mamy avait récupérées je ne sais comment. Elle n'avait jamais montré beaucoup d'enthousiasme concernant le travail de papa, tout comme elle ne s'extasiait pas non plus devant les tableaux de son mari. Mais derrière une des photos, je peux lire un petit mot, de sa belle écriture longue et penchée :

« La galerie et les merveilleux tableaux de mon Max, dont je suis si fière. »

Il y eut bien sûr une inauguration-vernissage. Et, papa, déjà échaudé à maintes reprises, rechigna à s'y rendre. Ce qui mit maman hors d'elle.

– Mais ce n'est pas possible, Max, c'est TA galerie. Les gens voudront te voir ! criait-elle en s'arrachant la perruque.

– Écoute, j'ai fait souvent des efforts, je suis allé à la Maison de Lyon, j'ai assisté à plein de pince-fesses barbants, j'ai même parlé à un maire, et dans un micro à Paris, mais là...

– Mais là il s'agit de TA galerie. TA galerie !

– Oui, et la tienne aussi non ?

– Mais c'est toi le peintre ! C'est toi que les gens veulent voir !

– Les gens viennent voir des tableaux, pas un peintre. Ce n'est pas moi qu'ils vont acheter et accrocher dans leur salon !

– Oh, Max, tu es impossible ! Impossible !

Et elle se mordit le poing très fort, comme elle le faisait souvent, à chaque fois qu'elle avait envie de hurler et qu'elle se retenait.

– Bon, d'accord, je viendrai. Mais c'est vraiment pour te faire plaisir, et pour que t'arrêtes de dévorer ta main. Elle te sera utile pendant le vernissage pour en serrer d'autres...

J'avais mis une robe rouge avec un grand volant en bas, des sabots noirs, comme c'était tant à la mode à l'époque, et un trait au crayon sur mes yeux pour la première fois. Maman était en jupe et tailleur beige, son désormais uniforme de vernissages. Elle avait opté pour une perruque blonde (toujours en vrais cheveux. Elle pouvait désormais se payer toutes les perruques en vrais cheveux qu'elle désirait), avec un beau rouge à lèvres très tonique. Son sourire en était encore plus grand. Je la trouvais belle.

Papa mit des heures à se préparer. Il ne sortait pas souvent, mais quand il se décidait, il devenait plus coquet que la reine d'Angleterre. Il nous montra différents costumes, cravates et bretelles, maman et moi devions trancher, mais à chaque fois que notre choix se portait sur une tenue, il lançait, l'air suspicieux :

– Ah bon ? Et pourquoi pas celle-là plutôt ?

Nous avons donc fini par le laisser se débrouiller tout seul, et son choix s'arrêta enfin, quelques heures avant d'aller à la galerie, sur un costume beige à fines rayures, chemise couleur sable clair, bretelles marron, et cravate de soie sombre. Il était magnifique. Son ventre, désormais proéminent, habilement dissimulé, sa blanche crinière bien peignée en arrière, sentant l'eau de toilette à vingt mètres, gourmette à son nom, montre en or et chevalière rutilantes.

Dans la petite galerie, tous les trois en rang d'oignons, pomponnés et souriants, nous étions fin prêts.

Un monde fou arriva rapidement, Lascoux en tête. Comme d'habitude, papa se retrancha immédiatement dans un coin, tout crispé, la trouille vrillée au ventre.

Quant à maman, elle papillonna très vite au milieu des invités, une coupe de champagne à la main. Elle était tellement féminine, sensuelle, drôle, lorsqu'elle se trouvait en société. Dans son élément, chez elle. Bien à sa place. Je me disais que c'était une grande chance de trouver sa place, et je me demandais si moi aussi je trouverais la mienne un jour…

Une demi-heure après le début du vernissage, on ne pouvait plus faire un pas dans la petite galerie, et plein de gens se sont retrouvés dehors avec leurs verres. Je discutais sur le trottoir avec une amie qui était venue avec ses parents, quand maman me prit à part.

– Ma Minette, tu n'as pas vu ton père ?

– Heu… Non. Il était dans ce coin, là-bas, tout à l'heure.

– Il n'y est plus.

– Il ne doit pas être bien loin. Il y a tellement de monde qu'on n'arrive même plus à le voir !

Elle disparut et revint dix minutes plus tard.

– Il n'est nulle part ! Ni dedans ni dehors ! me dit-elle, entre la panique et l'énervement.

Je partis à sa recherche. Effectivement, il demeurait introuvable. Je pensais qu'il serait peut-être au coin d'une rue, en face de la galerie, caché pour mieux nous observer, comme lors de son premier vernissage chez Lascoux, mais il n'en fut rien. J'eus alors l'idée de téléphoner de la galerie à notre appartement, sans vraiment croire que papa pouvait s'y trouver, mais je tentai ma chance. J'entendis alors sa voix dire « Allô ! ».

– Papa ? Mais qu'est-ce que tu fais à la maison ?

– Je mets mon pyjama.

– Mais… pourquoi ?

– Pour ne pas me coucher en complet veston.

– Mais non, mais… Pourquoi tu es parti ?

– Mais parce que j'avais accompli ma mission. Tous les gens m'ont vu, m'ont félicité, j'ai serré des mains, j'ai souri, j'ai même fait des bises, moi qui ai horreur de ça. Et maintenant qu'ils ont bu tout le champagne, ils vont parler entre eux, ils vont rigoler, et ils ne se rendront même pas compte que je suis plus là.

– Mais... Et maman, elle te cherche partout, elle va être furieuse.

– Mais non. Dis-lui que tout était parfait et que je l'embrasse. Bonne nuit, ma Minette.

Et il a raccroché. Et j'ai dit à maman qu'il était en train de se mettre au lit. Elle s'apprêtait à se fâcher, lorsqu'un monsieur lui attrapa le bras et lui dit :

– Votre mari est extraordinaire ! Ses tableaux sont merveilleux. Je veux ces deux grands-là.

Alors elle a fait son plus beau sourire, et s'est précipitée vers la caisse.

*

Cette galerie eut un succès fou. Il était très rare qu'un peintre expose exclusivement ses œuvres dans sa propre boutique, et pourtant les gens ne se lassaient pas de son travail.

Lascoux était très heureux pour mes parents, et passait très souvent faire des petits coucous à maman lorsqu'elle travaillait. Il se chargeait toujours de faire exposer papa en province et à l'étranger. Maman réussissait régulièrement à vendre plusieurs tableaux par jour, et papa, studieux, peignait du matin au soir sans trop râler, toujours en pyjama, de façon désinvolte, devant la télé. Il se risquait parfois à aller dans la galerie, mais dès qu'un client entrait, il sortait en sifflotant, pour ne pas être démasqué.

Un dimanche matin, alors qu'il était allé acheter son journal, quelle ne fut pas sa surprise en découvrant un article le concernant. Un journaliste à la plume acerbe, qui n'aimait pas le travail de papa, l'avait démoli.

« Max Forte, le peintre "un peu trop" naïf.

On peut appeler de l'art figuratif "art naïf", mais il y a des limites à la naïveté. Max Forte pense toucher les gens avec ses tableaux "bucoliques", alors qu'il ne fait que donner une version enfantine et simpliste de charmants paysages, dans lesquels il vaudrait mieux aller se promener, plutôt qu'aller faire un tour dans la galerie du peintre. Car en plus, Max Forte se paie le luxe d'avoir une galerie en plein centre piéton de Lyon, et d'y exposer exclusivement ses œuvres ! Il n'a jamais fait d'école d'art, et s'en vante même, alors que ces écoles lui auraient au moins appris la technique de l'aquarelle, dont il manque cruellement. On ne comprend décidément pas l'engouement pour cet ex-chauffeur de taxi devenu peintre à quarante-cinq ans, mais ce n'est peut-être qu'un phénomène de mode. Il faut croire que ses clients aiment les belles histoires, à défaut de s'y connaître en peinture… »

Papa rentra à la maison totalement liquéfié, tremblant et titubant, comme s'il avait bu. Il s'écroula dans le canapé sans même enlever sa veste, le journal à la main. Maman lui demanda ce qui se passait, il lui tendit le journal à la page de l'outrage, et lui répondit simplement :

– Lis !

Elle lut en effet. Elle ne dit rien dans un premier temps, et me passa le journal. Lorsque je lus à mon tour, je fus envahie d'une grande tristesse, et d'un terrible sentiment d'injustice. Cet article sentait la jalousie, le mépris, la méchanceté gratuite. L'art de détruire ce qui est encensé dans le but d'être lu, ce qui est l'apanage des journalistes médiocres. J'avais beaucoup de peine pour papa, que je voyais à présent comme un enfant puni, contrit, se mordant la lèvre inférieure dans le canapé. Cela me mit en colère, et je dis :

– On va aller lui casser la gueule à ce con !

Par rage, et aussi pour faire un peu rire papa, qui ne rit pas du tout. La situation était grave. Car papa, qui était évidemment extrêmement sensible, doutait déjà de lui en permanence. Sans les encouragements et le soutien appuyés de maman et de Lascoux, il aurait sans doute abandonné la peinture depuis longtemps. Il n'aurait même jamais commencé à peindre. C'était comme si tous ses efforts étaient anéantis d'un coup, comme si son château de cartes s'écroulait.

Maman réagit énergiquement.

– Mais on s'en contrefiche de cet abruti. Tu vas pas te laisser démolir par le premier idiot qui passe et qui profite de son petit pouvoir de journaliste quand même !

– Non, ma Juju, il a raison. Je suis qu'une merde !

– Ah, d'accord, très bien, alors tu as un succès fou, les gens s'arrachent tes œuvres, la galerie ne désemplit pas, et une seule personne te critique et tu es une merde !

– Non. C'est le contraire : je suis une merde, et quelqu'un s'en rend enfin compte.

– Mais tu as tort de donner autant de pouvoir à ce débile ! Tu es à ce point influençable ? Quelle faiblesse !

– Oui, je suis faible. Toi qui disais que j'étais un génie, en fait je suis qu'une merde !

– Tu es surtout un génie emmerdant, oui ! Et orgueilleux, en plus. Aaah, on a osé critiquer le grand artiste, alors il nous fait sa petite bouderie ! Mais ça fait justement partie de la vie d'artiste, les critiques, et il faut savoir les accepter, sinon on n'est pas un vrai artiste !

– Mais je suis pas un vrai artiste ! Je suis une…

– Une merde, on va finir par le savoir ! Oh, et puis zut, reste là à te lamenter, moi je n'ai pas que ça à faire, de perdre mon temps à parler avec une merde, il faut que j'aille au marché !

Et elle a tourné les talons. Et je savais qu'elle était extrêmement blessée, elle aussi.

Je suis restée sans rien dire. Je me suis assise près de lui. Il m'a soufflé doucement, en me tapotant l'épaule :

– T'en fais pas, va, ma petite Minette, ça va passer.

– Tu sais ce que c'est, le meilleur moyen pour que ça passe ?

– Que j'aille lui casser la gueule ?

– Non… Le meilleur moyen, c'est que tu peignes, de plus en plus, de mieux en mieux, et que tu continues à vendre, à plaire. Il y a un moment où personne ne peut rien dire, même les plus méchants, face au succès.

Et il s'est remis à peindre mollement, et nous le sentions très fragile maman et moi. Surtout le jour où il est arrivé dans la cuisine, au déjeuner, et nous a annoncé :

– Voilà, c'est aujourd'hui que je me flingue !

Mais bon, on ne l'a pas vraiment cru…

D'autant plus que, quelques jours plus tard, il est arrivé, tout guilleret, en fin de matinée, dans la galerie, où je me trouvais avec maman. Nous en avons déduit qu'il s'était décidé à reprendre le dessus. Il contemplait ses œuvres en sifflotant, il avait l'air satisfait.

Une dame, très séduite, a acheté un petit tableau représentant un coucher du soleil sur la mer. D'autres personnes sont alors entrées, dont un couple qui nous a à peine salués, et qui a commencé à inspecter les tableaux. Tous deux parlaient fort et sans retenue, comme si nous n'étions pas là.

– C'est pas si mal..., a dit la femme.

– Ouais... Bof, a enchaîné l'homme. Disons que c'est pas aussi nul que je croyais... Mais c'est vrai que c'est naïf, et y a pas beaucoup de technique. T'as vu sa perspective là ? Eh ben, elle est fausse sa perspective ! Non, c'est pas terrible... Ça casse pas trois pattes à un canard !

Papa s'avança vers eux. Maman et moi nous sommes regardées, craignant le pire...

– Pas terrible, hein ? a dit papa, en faisant une moue de dégoût.

– Ouais, pas terrible..., a répété l'homme.

– Je suis bien d'accord. On en fait tout un plat de ce type, mais c'est facile, ce qu'il fait, a renchéri papa.

– Ah oui, ça c'est sûr. Même un gamin pourrait faire ça ! C'est du barbouillage.

– Oui, c'est tout à fait ça, du barbouillage, j'allais le dire...

– Vous êtes amateur d'art vous aussi ?

– Non. Je suis le peintre.

L'homme a levé des yeux épouvantés vers papa. La femme est restée pétrifiée.

– Et puisque je suis le peintre, a continué papa. Vous êtes donc dans ma galerie. C'est à dire chez moi. Et je vais vous sortir de chez moi à coups de pied dans le derrière !

– Mais, monsieur..., a balbutié l'homme. Je ne voulais pas...

– Tirez-vous ! a hurlé papa. Et vite, sinon je vous casse la gueule, à tous les deux, abrutis !

Et il a poussé les gens vers la sortie. Heureusement, la porte était ouverte, sinon ils se seraient pris la vitre dans le nez.

La femme criait, l'homme injuriait copieusement papa, il fit retentir son « Putain de bordel de merde ! », et le couple a déguerpi.

Papa se retourna alors vers nous, et dit, très calmement :

– Ah, ça fait du bien. Je devrais venir ici plus souvent, ça me détend !

Ce qui le détendit encore davantage, ce fut l'arrivée de Lascoux peu de temps après, à la maison, un soir, alors que maman venait de rentrer de la galerie. Elle alla ouvrir la porte, et il s'exclama : « Surprise !!! », en brandissant une bouteille de champagne. Puis, sans rien ajouter, il se précipita dans le salon, où papa était dans son canapé devant la télé, comme à son habitude. Je les ai rejoints, et Lascoux nous somma de nous asseoir tous les trois. Il se délectait de ce qu'il allait nous annoncer, et faisait durer le plaisir.

– Bon, vous savez que j'envoie régulièrement des tableaux à New York depuis quelque temps, et qu'ils sont très appréciés. Et vous savez aussi que j'en avais envoyé six pour une grande exposition au Coliseum. (Le Coliseum était un grand centre de congrès à New York.)

Nous avons tous acquiescé, impatients de connaître la suite.

– Eh bien voilà, Max a reçu la médaille d'argent de l'International Art Exposition 1980 !

Il détachait bien tous les mots, en essayant de prononcer les derniers avec l'accent américain.

Maman hurla :

– Ahhhh !!! Une médaille d'argent !!! À New York !!! À New York !!!! Tu te rends compte Max ! À New York !!!!

Papa fut soudain très touché. Il dit d'une voix fébrile :

– Moi, une médaille, à New York... ?

– Mais oui ! dit Lascoux, euphorique. Ça fait du bien ça, non ? Tu es un grand, Max !

– Surtout qu'hier encore, il était une merde, n'est-ce pas Max ? plaisanta maman.

Lascoux se mit à rire. Papa répétait, hébété, en secouant la tête.

– À New York… À New York…

Maman renchérit :

– C'est formidable, on va y aller !

– Oh oui, oui !!! Allons-y ! j'ai crié en tapant des mains.

– Où ça ? a demandé papa, complètement sonné, comme s'il venait de recevoir un coup sur la tête.

– Mais à New York ! a crié maman. Tu suis un peu la conversation ?

– Mais qui va aller à New York ?

– Mais nous, enfin, pas le Pape !

– Qui ça, nous ?

– Ben, nous ! Nous quatre !

– En avion ?

– Oui, en avion, pas à la nage.

Papa redescendit de son nuage. Il eut soudain l'air extrêmement inquiet.

– Mais ma pauvre chérie (je fus surprise que papa appelle maman « chérie ». Ça ne lui arrivait jamais. Cela dit, il avait quand même ajouté le mot « pauvre » avant…), comment tu veux que j'aille à New York, j'ai déjà du mal à aller jusqu'à la boulangerie. Et puis tu sais très bien que j'ai peur de l'avion.

– Tu n'as jamais pris l'avion, comment sais-tu que tu as peur ?

– Pas besoin d'aller s'écraser pour le savoir.

– Arrête avec cette phobie de l'avion, c'est ridicule ! Ils ne s'écrasent pas tous, les avions.

– Oui, ben juste de savoir qu'il y en a qui s'écrasent, ça me suffit pour pas prendre le risque.

– Tu sais que tu as plus de risques de mourir dans un accident de voiture ou en traversant la rue qu'en avion.

– Je conduis presque plus et la boulangerie est sur notre trottoir, je risque rien !

– Si, tu risques de mourir momifié dans ton plaid. C'est une mort lente et atroce. Alors qu'un bon crash en avion…

– Ah, voilà, tu reconnais que c'est dangereux !

Lascoux coupa court à cette absurde conversation, et fit sauter le bouchon de champagne.

On trinqua au talent de papa, aux Américains, et à leurs médailles.

Et personne n'alla à New York. On nous envoya la médaille par la poste…

Ce qui est amusant, c'est que j'eus, l'année de mes seize ans, une correspondante américaine qui vint passer un mois chez nous, et qui m'invita en retour à séjourner quelques semaines dans sa famille… à New York !

J'envoyai une carte postale à mes parents : « J'ai parlé avec les Américains, ils sont tous très déçus que papa ne soit pas venu chercher sa médaille. Mais bon, ils vous embrassent quand même… »

*

Je m'habituais peu à peu à ma chambre sur cour et au grand appartement, n'osant jamais m'en plaindre, consciente que nous étions extrêmement privilégiés d'habiter un tel lieu.

Je m'étais fait de nouveaux très bons amis à Saint-Marc, et l'année de mes dix-huit ans, en 1982, j'ai réussi à avoir le bac. Élève moyenne qui faisait le strict minimum pour le rester, j'avais heureusement trois atouts majeurs, mes passions : le français, l'anglais et la philo, matières où j'obtins d'excellentes notes, ce qui rattrapa celles de maths et d'histoire géo, très limite...

Sur une photo aux couleurs passées, que je découvre avec amusement, on me voit, le jour des résultats, poser fièrement avec deux copines et mon petit ami de l'époque, Michel, maigre jeune homme aux cheveux longs frisés. Nous étions tous bacheliers !

La fête de fin d'année de l'école me confirma que j'adorais décidément faire rire. Sur la grande scène du théâtre du lycée, j'interprétai une Brigitte Bardot déjantée chantant « Harley-Davidson » (sur une vieille Honda prêtée par un copain), et je fis un tabac.

J'adorais regarder à la télé *Au théâtre ce soir* avec mes parents, émission qui montrait des captations de pièces de théâtre de boulevard. Jacqueline Maillan, Michel Roux, Maria Pacôme étaient mes idoles. Et je ne ratais jamais une émission de Maritie et Gilbert Carpentier. Et maman, qui me voyait déjà passionnée, m'emmenait souvent dans le sublime théâtre des Célestins, où je vis pour la première fois en vrai Raymond Devos, Roger Pierre et Jean-Marc Thibault, Pierre Desproges, Sylvie Joly et bien d'autres...

Il fallait absolument que je monte sur scène à mon tour !

Mais après avoir tenté plusieurs cours de théâtre lyonnais très décevants, et encouragée par mes parents qui me trouvaient décidément douée pour le dessin et la peinture, je suis finalement entrée dans une école d'architecture d'intérieur sur les quais de Saône.

Pour gagner mon argent de poche, je réalisais des portraits à l'acrylique sur commande, j'exposais quelques aquarelles dans la galerie de mon père, et je peignais des boîtes en bois que je vendais le dimanche au marché de la Création, dans le quartier Saint-Paul. J'étais aussi peintre en lettres, ce qui consistait à peindre au-dessus des boutiques « Boulangerie-pâtisserie », ou bien « Boucherie charcuterie », ou « Mercerie », quand on en trouvait encore... Jusqu'au moment où j'ai fait tomber un pot de peinture du haut de mon petit échafaudage sur la tête d'un monsieur qui se retrouva tout bleu avant d'aller au bureau. Et qui voulut me traîner en justice...

Bref, je me débrouillais comme je pouvais, mais je n'étais pas très épanouie...

Chapitre 11

Le petit chien de tante Zette, Le Gerry de mon enfance, partit de sa belle mort, à quatorze ans, et fut évidemment remplacé aussitôt par un autre semblable…

Je voyais toujours assez souvent ma grand-mère, ma tante Zette et mon oncle André, mais, comme j'avais beaucoup de copains, et mon petit ami Michel (rencontré en classe de première et avec qui je suis restée trois ans), je partais moins en vacances avec eux.

D'autant plus qu'ils vendirent la maison de Neuville-sur-Ain, qu'ils adoraient pourtant. Je fus totalement consternée par cette nouvelle. Elle me déchira le cœur. En perdant ce lieu qui m'avait vue grandir, je perdais un peu de moi-même, des pans entiers de ma vie. Des bouts d'enfance s'effritaient, partaient en lambeaux, les rires se faisaient plus sourds, les larmes de petits bobos se transformaient en larmes de rage et de dépit. Sans l'odeur des vieux meubles cirés, de l'herbe du jardin, des bords de la rivière, sans marcher sur le parquet craquant, ni allumer le feu dans la grande cheminée, sans dormir dans les lits qui grinçaient sous les édredons à fleurs, comment mes souvenirs pouvaient-ils rester intacts ?

Je ne comprenais pas leur décision. Lorsque je leur demandais pourquoi ils avaient vendu la maison, après y avoir fait tant de travaux, mamy changeait de pièce, Zette s'étranglait et partait chercher un verre d'eau, et André balbutiait que « plus personne n'avait envie d'y aller ».

*

Dans la valise, il y a beaucoup de photos de cette maison, à différentes époques. J'en trouve en noir et blanc, avec papy et mamy en bras de chemise en train de bêcher le jardin, et Le Dick qui les regarde du balcon, d'autres plus colorées, avec tante Zette dans d'improbables robes fleuries, un Gerry jamais bien loin, ou avec moi petite fille, très souriante dans ma tenue de pêcheur, ou en maillot de bain, une glace à l'eau, faite par ma grand-mère, dans la main, André qui veut me faire rire, un chapeau trop petit sur la tête et une bouée autour du cou...

J'ai tellement regretté la vente de cette maison...

Durant les trois années passées dans mon école d'architecture, je fis beaucoup la fête. J'avais trouvé une bande de joyeux drilles que je suivais de bars en boîtes de nuit jusqu'au petit matin, et il n'était pas rare que je m'endorme en cours sur mes rébarbatifs plans d'archi, ma règle à la main.

Pour mon concours de fin d'étude, je devais créer les plans intérieurs d'une grande maison de plusieurs étages. Nous travaillions chez nous, car cela prenait un temps fou. Surtout pour moi, qui n'étais vraiment pas douée pour tracer des plans et calculer les cotes. J'avais de bonnes idées en ce qui concernait les aménagements intérieurs et la décoration, mais étant toujours aussi nulle en maths, je faisais des efforts surhumains pour que mes murs ne soient pas tordus, et que l'on puisse passer sous les plafonds...

Je planchais sur mon projet depuis déjà une quinzaine de jours, et j'avais presque terminé, lorsque maman fit irruption dans ma chambre avec une tasse de thé chaud. Elle claironna :

– Tu veux un bon thé, ma Minette ?

Mais je n'eus pas le temps de répondre. Elle trébucha sur un coin du tapis, partit en avant, et s'affala sur ma table à dessin en répandant le thé brûlant sur mon travail. Mon plan était irrécupérable.

J'entrai aussitôt dans une rage folle, hurlant sur ma mère, mais cela ne dura pas longtemps, car je la vis si désolée et si confuse que je cessai rapidement de l'accabler davantage. Elle s'enfuit dans la cuisine en sanglotant, et je m'en voulus immédiatement de l'avoir disputée de la sorte. La pauvre avait voulu bien faire, comme toujours...

Je dus néanmoins tout reprendre à zéro. Il fallait que je rende mon devoir trois jours plus tard.

Alors a commencé une longue course contre la montre. Je n'ai quasiment pas dormi pendant trois nuits, et maman est restée tout le temps auprès de moi, à me nourrir, m'encourager, tailler mes crayons, m'apporter du thé (qu'elle déposait désormais sur une petite table loin de moi...). Papa, pour une fois très solidaire, était allé s'occuper seul de la galerie !

Il aura fallu ce petit drame pour qu'il accepte de tenir sa boutique, et je crois que, finalement, il y prit beaucoup de plaisir. Car il rentrait radieux chaque soir.

– J'ai vendu des tableaux ! jubilait-il, dès son arrivée, entre euphorie et étonnement.

Dès lors, il seconda plus souvent maman, qui fut un peu déchargée de ses obligations, et qui prit enfin du temps pour flâner avec moi.

J'obtins mon diplôme de justesse, plutôt grâce à mes dessins, mes maquettes et mes idées de décoration qu'à mon plan, qui, même avant le thé, n'était de toute façon pas très réussi…

Une nuit, je devais avoir une vingtaine d'années, j'avais appelé un taxi, mon oncle n'étant pas disponible ce soir-là, pour revenir d'une grosse fête qui avait eu lieu dans une maison en banlieue lyonnaise. Cela ne m'arrivait que très rarement de prendre un autre taxi que celui d'André, et j'étais très désireuse d'engager la conversation avec le chauffeur. Aussitôt assise dans la voiture, je dis fièrement :

– Mon oncle est chauffeur de taxi. Vous le connaissez peut-être, il est dans la même compagnie que vous. C'est Polo 27. (Les taxis alors avaient tous des noms inventés et des numéros. Ça m'avait toujours plu, ça donnait à mon oncle un petit côté James Bond…)

– Polo 27 ! répéta, étonné, le gros homme au volant. Un peu que je le connais ! Qui ne le connaît pas, Polo 27 ! Polo 27, le roi de la fête !

– Comment ? dis-je.

– Polo 27, le roi de la fête ! C'est son surnom dans la compagnie. Ah, c'est un sacré numéro, votre oncle !

– Quoi ?

– Il passe sa vie au casino de Charbonnières, et pas mal accompagné, je peux vous dire. On l'appelle aussi Polo 27, le roi de la poulette ! Ou le roi de la…, mais ça je peux pas le dire devant les demoiselles !

Et il partit dans un rire gras.

– Non, mais, attendez, vous faites erreur, on ne parle pas du même. Moi je vous parle de mon oncle André. André Mazoyer !

– Ben oui, André, un grand chauve avec des grandes oreilles, c'est lui, c'est Dédé !

– Mais… C'est pas possible… Mon oncle ne joue pas au casino ! Et il est marié avec ma tante !

– Être marié n'a jamais empêché personne de jouer au casino, ni d'avoir des poulettes ! Ni de picoler d'ailleurs ! Parce que pour ça il est pas en reste non plus, le Polo !

– Quoi ? Mais non ! Je vous crois pas. C'est pas lui !

– Je suis désolé, j'aurais jamais dû vous dire ça. C'est sorti tout seul. Mais vous savez, on l'aime tous beaucoup votre oncle dans la compagnie, il nous fait bien marrer, il est vraiment chouette, c'est un brave type.

Plus de doute, il parlait bien d'André… Totalement dépitée, je voulus en savoir davantage, mais la course se terminait et le chauffeur, sans doute gêné d'avoir fait toutes ces gaffes, ne m'en dit pas beaucoup plus. J'appris juste qu'André n'avait pas beaucoup de chance au jeu et qu'il perdait souvent, ce qui ne m'étonna qu'à moitié.

Je n'en dormis pas de la nuit. J'imaginais le pauvre André, un cigare aux lèvres, jouer à la roulette et perdre tout son argent.

Il fallait que je lui parle.

J'attendis dès le lendemain une heure décente pour l'appeler, c'est-à-dire à quatorze heures, car il finissait ses courses vers sept heures du matin. Mamy et tante Zette étaient au magasin, et André répondit d'une voix pâteuse. Je lui donnai rendez-vous dans un café l'après-midi même, en lui disant qu'il y avait urgence.

Il arriva, tout fringant, dans son éternel costume gris à fines rayures au pantalon trop court, avec sa démarche dégingandée et ses grands pieds écartés.

Je ne savais pas trop comment lancer la conversation, et j'ai commencé par lui parler de moi, de l'école, de mes amours (j'avais quitté mon petit ami). Il écoutait vaguement en souriant. Et puis j'ai dit :

– Tu sais, hier soir, j'ai pris un taxi pour rentrer d'Écully.

– Ah oui, désolé, ma petite Sophie, je n'étais pas dispo.

– Non, c'est pas grave. Le chauffeur était sympa. Et bavard...

– Ah, j'espère qu'il t'a pas ennuyée.

– Oh non, pas du tout, au contraire ! J'ai appris des choses très intéressantes...

– Ah bon ?

– Oui... Des choses sur toi...

– Sur moi ? Mais c'était qui ce taxi, il me connaissait ?

– Ben oui, j'ai téléphoné à ta compagnie pour commander une voiture. Donc il te connaît... Mais je sais pas qui c'est, j'ai pas gardé sa carte.

– Il était comment ?

– Un gros moustachu.

– Y a que des gros moustachus, à part moi.

– Bon, de toute façon, on s'en fiche, que ce soit un gros moustachu. Ce qui est important, c'est ce qu'il m'a dit.

– Et qu'est-ce qu'il t'a dit ?

– Il m'a dit qu'on t'appelait Polo 27, le roi de la fête !

André a ouvert grand ses yeux marron terne qu'on ne voyait jamais autant, à cause des gros sourcils qui tombaient devant. J'ai ajouté :

– Il t'a donné aussi d'autres surnoms, mais je ne sais pas si je vais te les dire...

– Oh là, mais c'est des conneries tout ça, c'est des blagues entre potes, c'est pour rigoler, on se donne des petits surnoms, oh làààà, faut pas faire attention !

– Oui, mais les surnoms, ils viennent bien de quelque part... Casino, Charbonnières, ça te dit rien ?

– Ben si, j'y vais de temps en temps déposer des clients. Et puis des fois ils me demandent de les attendre, alors comme je m'ennuie en les attendant, eh ben, je joue un petit peu...

– Un petit peu, beaucoup... passionnément ?

– Pas du tout ! Qu'est-ce qu'il est allé te raconter ce con ! Et puis c'est qui, d'ailleurs, ce con ? Elle était comment sa voiture ?

– Je sais pas, j'y connais rien, et puis il faisait nuit.

– Je vais allumer tous les gros moustachus moi !

– Non, non, pas la peine de te mettre à dos toute la compagnie ! Écoute, je ne suis pas là pour te faire la morale, je ne te juge pas, tu sais bien. C'est juste que... J'ai été surprise parce que je ne t'imaginais pas... Enfin, il ne m'a pas parlé que du casino...

– Ah bon ?

André avait très chaud. Et cette fois-ci, j'eus l'impression que ses gros yeux allaient sortir de leurs orbites. J'ai dit :

– Polo 27, le roi des poulettes.

– Quoi ?

– Pour ne pas dire autre chose...

– Ah non, là il exagère ce type, c'est n'importe quoi ! Non, mais, ma crevette, tu vas pas croire ça quand même, enfin, tu me connais.

– Oui... Heu... Je sais pas en fait...

– J'ai jamais trompé Zette, jamais. Je l'aime moi, la Zette ! Et oui, c'est vrai, je joue au casino de temps en temps, comme tous les autres taxis, qu'est-ce que tu crois, des heures à attendre des gus qui s'éclatent, ben qu'est-ce que tu veux, on y va aussi ! Moi j'ai un client régulier, un petit vieux plein aux as, il veut que je vienne le chercher chez lui deux fois par semaine, que je l'attende pendant qu'il joue et que je le ramène. Des fois il peut y rester toute la nuit là-dedans !

– Oui, oui, je comprends... Donc le roi des poulettes et le roi de la... on oublie...

– Mais on oublie carrément, oui ! On oublie à vie ! Mais c'est qui cet abruti de taxi qui t'a raconté toutes ces salades ?!

– Écoute, j'avais juste besoin de t'en parler, c'est tout. On n'en parlera plus, voilà.

André ne semblait pas rassuré du tout. Il a ouvert la bouche pour dire quelque chose, mais aucun son n'en est sorti. Il m'a encore regardée avec les yeux écarquillés, et puis finalement il a laissé retomber tout son visage dans un soupir. Il avait soudain l'air très las. Plus vieux. Il s'est levé en me disant qu'il devait filer, il a laissé un peu d'argent sur la table pour ma limonade et sa bière, et alors qu'il se dirigeait vers la sortie, il s'est retourné. Il a mis un doigt sur sa bouche et il m'a dit :

– On est d'accord hein, pas un mot à ta tante, et encore moins à ta grand-mère !

J'ai regardé s'éloigner sa longue silhouette maladroite au milieu des tables. Et je me suis demandé : *Mais qui est cet homme ?*

Peu de temps après, tante Zette vendit son magasin. Je fus une fois de plus très étonnée.

Car le magasin ne désemplissait pas. Tante Zette et mamy avaient réussi à garder, et même à renouveler sans cesse leur clientèle, suivant toujours la mode tout en l'adaptant aux grosses dames, qui se sentaient en confiance entre leurs mains.

Je me rendis chez elles, alors qu'André était au travail, pour leur demander les raisons d'une telle décision.

Cette fois-ci, tante Zette s'enfuit carrément en sanglotant dans sa chambre, et mamy me dit, les dents serrées :

– Disons qu'on prend notre retraite.

Et lorsque j'interrogeai André, plus tard, il répondit vaguement :

– Les femmes étaient fatiguées…

Et je ne puis rien en tirer de plus.

*

J'avais trouvé un job dans un cabinet d'architecture, dans le vieux Lyon, à Saint-Paul. Le patron était un ami de mon prof de maquettes qui m'aimait bien et qui m'avait recommandée auprès de lui. J'y allais sans conviction, m'ennuyant ferme à tracer des plans, ou à les recopier sur papier calque, ne pouvant prendre aucune initiative, ni créer quoi que ce soit. Mes collègues étaient sympas, et pour les distraire, je leur chantais des chansons de Brigitte Bardot, de Gainsbourg et de Boris Vian, quand le patron n'était pas là. Un jour, alors que j'étais debout sur une table en train de refaire mon grand numéro de *Harley-Davidson* dans l'hilarité générale, il rentra plus tôt que prévu d'un chantier. Il ne dit rien sur le coup, mais me prit à part en fin de journée.

– Ça ne vous dérange pas de faire le clown pendant vos heures de travail ?

– Je suis désolée.

– Vous savez que ça perturbe beaucoup vos camarades, bien qu'ils aient l'air d'aimer ça.

– Oui, oui, excusez-moi. C'est parce que j'adore faire rire.

– Oui, je vois. Mais alors pourquoi ne pas devenir comique ?

– Quoi ?

– Oui, devenez comique, comme ça vous, vous allez faire le clown ailleurs, et nous on pourra de nouveau travailler tranquillement.

– Ah, vous me foutez dehors en fait ?!

– Non, je vous encourage à faire ce que vous voulez vraiment faire et que vous n'osez pas faire. Vous avez quoi... vingt-trois ans ? Vous êtes jeune, vous avez la vie devant vous. Si vous restez ici, vous serez frustrée, et après il sera trop tard. Et il est souvent trop tard plus tôt que l'on ne croit, vous savez... Bon... Et si ça foire, je vous reprendrai, parce que vous allez quand même nous manquer !

Quelques jours plus tard, j'annonçai à mes parents ma décision de partir pour Paris. J'avais entendu parler des cours René-Simon, et je désirais m'y inscrire. Et j'avais de surcroît un petit ami parisien rencontré à la résidence de Hyères, un charmant jeune homme blond, cousin de mon amie Valérie, avec lequel je communiquais activement.

J'ai dit à mes parents :

– Bon, voilà, je crois que je me suis trompée. Je ne veux pas être architecte d'intérieur, je veux faire rire les gens.

– Mais tu n'as pas besoin d'abandonner l'architecture pour faire rire les gens, a répondu maman. Tu peux être drôle et architecte !

– Non, mais tu ne comprends pas, je veux monter sur scène, je veux être comédienne, comique, quoi ! Et pour ça, je dois faire une école de théâtre. Et donc, je dois aller à Paris.

– À Paris ! s'est étranglé papa. Mais pourquoi à Paris ? Y en a pas, des écoles, à Lyon ?

– Ben, pas vraiment. Je suis allée voir un ou deux cours, mais je n'ai pas été convaincue. Non, il faut que j'aille à Paris, au Cours Simon, il y a plein d'artistes connus qui sont sortis de cette école, il faut que je tente ma chance !

– Oh là là, notre petite Minette à Paris ! s'est lamenté papa. Tu te rends compte, Juju ! Mais comment on va faire si notre Minette part à Paris ? C'est trop grand Paris, on va la perdre !

Maman a dit :

– Écoute, ma Minette, tu dois réfléchir un peu, on ne prend pas des décisions comme ça à la va-vite.

– Ce n'est pas à la va-vite. Et il est souvent trop tard plus tôt que l'on ne le croit, vous savez !

Les parents se sont regardés, sans un mot. Et papa a finalement dit :

– Bon, ben va à Paris si ça te chante, mais tu m'enlèveras pas ma Toche ! La petite chatte, elle veut pas y aller à Paris, elle veut rester avec son papa.

Et il embrassa amoureusement La Toche, qui avait suivi toute la conversation, et qui ronronnait, allongée sur ses genoux.

Malgré eux, mes parents, qui ne me faisaient jamais de grands discours sur ce qu'il fallait faire dans la vie ou pas, m'avaient donné la certitude que finalement tout était possible. Il suffisait d'en avoir la conviction. Et avec du courage, du travail, et quand même un peu de chance, on pouvait obtenir tout ce que l'on désirait, sans se mettre de barrière. Et même si mon père se plaisait à dire que son aventure avec la peinture lui était arrivée « par hasard », je pensais qu'il n'en était rien, que nous avions tous une destinée. Et je voulais à présent, plus que tout, me battre pour suivre la mienne.

Et je suis partie à Paris. On était en 1987.

★

Je me suis retrouvée dans un premier temps chez les parents de mon petit ami, car il vivait encore chez eux, et ils m'accueillirent avec beaucoup de gentillesse. C'était le mois de juin, il était donc trop tôt pour passer l'audition d'entrée au cours Simon, car elle avait lieu en septembre. Je rôdais près des cours, rue La Vacquerie, dans le 11e arrondissement, je regardais sortir les élèves en rêvant d'en faire partie dès la rentrée. J'avais trouvé assez rapidement un petit job chez un architecte austère rue de Seine, où il n'était plus question de faire le pitre…

Le reste du temps, je le passais à flâner dans les rues avec mon copain, le nez en l'air, extasiée par tant de merveilles. Il aimait sa ville et prenait beaucoup de plaisir à me la faire découvrir. Nous nous sommes installés dans un minuscule deux pièces près du square des Batignolles, loué par nos parents. Je suis retournée à Lyon pour chercher mes affaires, André avait emprunté une camionnette, nous y avons entassé quelques meubles et valises, et il m'a ramenée avec tout ça à Paris.

En septembre, je passai l'audition, devant la directrice Rosine Margat, René Simon étant décédé depuis quelques années déjà, et trois professeurs.

Inutile de dire que j'avais un trac épouvantable. C'était comme si je jouais ma vie entière dans ce moment. J'occupais les toilettes sans discontinuer, et on dut même venir frapper à la porte pour me dire « C'est à vous ! ».

J'ai présenté un extrait du *Satyre de la Villette*, de René de Obaldia, avec un élève de deuxième année, partenaire que la directrice m'avait désigné d'office, Philippe Martz. Il était aussi grand que j'étais petite, long corps dégingandé avec une étrange tête d'oiseau coiffée d'une épaisse chevelure frisée et broussailleuse. Une allure folle et un énorme pouvoir comique. Il est d'ailleurs toujours resté mon ami.

À peine sommes-nous apparus sur la scène de la grande salle où avaient lieu les cours, sans que nous ayons encore prononcé la moindre parole, que tout le monde se mit à rire. Le couple fonctionnait à merveille. Puis je dis deux mots avec ma voie pointue : rires. Il me répondit avec sa voix grave : rires. Et ce fut ainsi jusqu'à la fin de la scène, qui fut applaudie à tout rompre. Et j'entrai comme élève de première année au Cours Simon !

Mes parents furent heureux pour moi, bien que toute cette aventure les laissât dubitatifs depuis le début. Là où ils furent moins heureux, c'est lorsque je leur annonçai que mon petit ami et moi nous étions séparés. Un soir de grande dispute, il s'était mis à lancer toutes sortes d'objets dans ma direction en hurlant, et j'avais dû m'enfuir par la fenêtre. (Nous habitions heureusement un rez-de-chaussée…)

J'allai trouver refuge chez une amie qui vivait dans un petit studio en face du cimetière du Père-Lachaise et donc, par hasard, à deux pas de mes cours. Mais elle ne put m'héberger très longtemps, et je dus trouver un nouveau logement. J'avais laissé toutes mes affaires dans un garde-meuble, mais je n'avais pas envie d'emménager seule dans un studio, je trouvais cela déprimant. J'avais repéré un petit hôtel rue

Saint-Ambroise, dans un immeuble années 1900, devant lequel je passais souvent. Je me dis que je serais finalement mieux dans un hôtel. D'autant que celui-là n'était pas cher du tout. Et pour cause… Il n'était pas très bien famé, et jouissait d'une importante activité nocturne… La patronne n'avait pas l'habitude de voir débarquer de frêles jeunes filles tout droit sorties d'une école jésuite, mais nous nous trouvâmes sympathiques, et elle m'installa dans la chambre du sixième et dernier étage, sans ascenseur, une sorte de petit grenier mansardé avec un velux au-dessus du lit. Ça m'a tout de suite beaucoup plu, on aurait dit un nid d'oiseau, un cocon protecteur, et je m'y sentis parfaitement à mon aise. Bien sûr, j'entendais pas mal d'animation le soir, mais avec mes boules Quies, ça allait. Par contre je ne savais jamais quel temps il faisait vraiment, ne voyant qu'un petit bout du ciel, et il n'était pas rare que je remonte en vitesse, après être arrivée dans la rue, pour me changer.

S'ensuivit une folle période. Je travaillais tous les matins chez un avocat, M. Brousse, notre voisin de bungalow à Hyères, comme aide au secrétariat, car j'avais quitté le cabinet d'architecture, n'aimant décidément pas du tout mon taciturne patron. Ensuite, je me précipitais aux Cours Simon, où je répétais des scènes jusqu'au soir. Puis j'allais faire la fête ! Je découvrais la folie des nuits parisiennes, car je m'étais fait rapidement de nouveaux amis de goguette, bande de fous nocturnes assez chics et déjantés, qui m'emmenaient dans tous les endroits à la mode. Si bien que je ne dormais quasiment pas. Je m'écroulais quelques heures au petit matin, avant de repartir pour une folle journée.

Et je prenais de plus en plus d'assurance sur scène, vraiment persuadée à présent d'avoir trouvé ma voie.

Je rentrais souvent le week-end à Lyon, où je rattrapais tout le sommeil de la semaine.

Un dimanche, comme à mon habitude, je suis allée rendre visite à Zette, André et mamy. Ils venaient de déménager. Ils étaient restés dans la même rue, mais leur nouvel appartement avait diminué de moitié. Suspicieuse, je leur demandai la raison de ce changement, mais Zette s'étrangla avec son thé, et mamy, avant de quitter la pièce, lança un regard furibond à André en vociférant :

– Demande à ton oncle !

André balbutia que ce nouvel appartement était bien assez grand pour eux, qu'il était plus lumineux que le précédent, et qu'ils s'y plaisaient beaucoup.

Cette fois-ci, je ne crus pas un mot de ce prétexte fallacieux, et je rentrai interroger ma mère, qui préparait les pâtes à la tomate dans la cuisine.

– Ah, ne me parle pas de ces gens ! lâcha-t-elle, presque malgré elle.

Je suis restée sans voix. Il était donc vraiment possible qu'André soit à l'origine de ce désastre ? Le chauffeur de taxi avait donc dit vrai… Je le savais, en fait, mais je ne voulais pas voir la réalité en face. C'était trop triste.

Je voulus bien sûr en savoir davantage, mais maman, soudain gênée, préféra baisser la tête sans me répondre. Papa, qui nous avait entendues malgré le son de la télé, n'hésita pas en revanche à me dire la vérité :

– C'est ce connard d'André ! Il est en train de ruiner toute la famille au casino ! Et il entretient des pouffiasses ! On va tous se retrouver à la rue si ça continue !

Il s'adressa à maman :

– Et toi, t'arrêtes de lui donner de l'argent ! Tu entends, Juliette ? On lui donne plus un sou, plus un sou, t'as compris ! Putain de bordel de merde !!!

André dilapidait donc tout l'argent de la famille ! Il fallait que je lui parle. Il m'écouterait, moi !

Mais lorsque je lui donnai rendez-vous dans un café, l'après-midi même, il ne vint pas.

J'essayais de comprendre. Que s'était-il passé ?

Peut-être André en avait-il eu assez d'être écrasé par cette belle-mère si dure qui ne l'avait jamais vraiment apprécié. En vivant sa vie parallèle, il n'était plus le « pauvre André » soumis, et même (et surtout) s'il savait qu'il faisait quelque chose de mal, il retrouvait une certaine fierté dans la transgression. Une identité.

Il se vengeait inconsciemment de son destin tout tracé de bon toutou obéissant, en mettant un peu de sel dans sa vie terne.

Sauf que, décidément maladroit, il avait finalement renversé toute la salière…

Perdu, menteur, lâche, fuyant, voilà ce qu'était devenu le capitaine Haddock, l'oncle suprême, le « mieux qu'un père ».

Attablée, seule sans lui, dans le petit café, je me suis mise à pleurer doucement, et mes larmes, encouragées par mes merveilleux souvenirs, n'arrêtaient plus de couler. Je grimpais, fière et conquérante, dans la cabane en bois que nous venions de construire, André venait me repêcher au fond de la piscine, on descendait la dune du Pilat en courant et en se tenant par la main, je hurlais, agrippée à mon radeau, en le voyant tomber à l'eau, je riais de nos bonnes blagues. Mais nos rires se perdaient dans mes sanglots. Et sa voix des jours heureux s'éteignait, dans un dernier écho : « Allez viens, ma crevette, on va faire les quatre cents coups ! »

Et je me suis détachée de lui comme il s'est détaché de moi, lui par honte, moi par dépit.

Et je suis retournée à Paris.

Et c'était très pratique pour le détachement, c'était un parfait alibi, une autre ville, pour ne plus poser de questions, ne plus faire de reproches, et faire comme si tout cela, toute cette déchéance, n'existait pas.

*

Je découvrais avec émerveillement les grands auteurs de théâtre. Les soubrettes espiègles à la langue bien pendue de Molière me tutoyaient en riant, Eugène Ionesco me tapait dans le dos, Labiche et Feydeau s'invitaient dans mon salon ! Je me délectais de leurs mots, me les appropriais comme s'ils avaient été écrits pour moi seule, et m'évertuais à les servir sur scène avec respect et engouement. Ce qui portait ses fruits. En effet, j'avais le droit de passer régulièrement mes scènes en public.

Tous les samedis soir, le Cours Simon organisait des auditions publiques, où tout le monde pouvait venir gratuitement. À chaque fois, un peu plus d'une centaine de personnes se serraient sur d'étroits bancs en bois dans la grande salle obscure, au fond de la vieille cour de cet ancien atelier, et ce furent les premières fois où je ressentis le bonheur de faire rire et d'être applaudie par un vrai public.

J'avais été chassée du cabinet d'avocats, où l'on fut assez rapidement lassé de me voir m'endormir chaque matin sur les dossiers.

Mes parents m'aidaient financièrement, mais je désirais plus que tout devenir autonome, et j'ai enchaîné mille petits boulots.

Je me suis inscrite, entraînée par un copain du Cours Simon, dans une agence de clowns à domicile.

Il s'agissait d'animer, habillés en clown, des anniversaires, des goûters d'enfants, de les divertir, de leur faire faire des jeux, ce qui allégeait un peu la tâche des parents. Moi qui n'avais jamais vu un enfant de près, j'ai rattrapé d'un coup tout mon retard ! Des hordes de gamins en furie grimpaient sur mon dos, tiraient mon nez rouge, m'arrachaient ma perruque bleue, tout en faisant des batailles avec le gâteau ! Dans le meilleur des cas... Sinon, dans le pire, le roi ou la reine de la fête me disait :

– T'es moche, et j'aime pas les clowns !

Et là, mon job se révélait être un peu plus compliqué...

Mais il y eut de belles surprises. Un jour, Michèle Morgan m'ouvrit la porte, et je faillis en perdre mon gros nez et tous mes moyens en la voyant. Je venais faire le clown pour sa petite-fille ! Une fois le goûter terminé, Michèle et moi avons parlé des heures de théâtre et de peinture, elle me montra ses tableaux, et je suis ressortie, des étoiles plein les yeux, en me disant que j'avais décidément choisi un merveilleux métier !

Je faisais aussi des figurations dans des films. Il y avait régulièrement des affichettes agrafées sur le grand tableau à l'entrée de notre salle de répétitions, et on se les arrachait, les copains et moi, pour se retrouver quelques jours plus tard à attendre des heures dehors en petites chemises ou robes légères en plein hiver, ou déguisés en costumes d'époque pour passer pile au bon moment, tout là-bas dans le fond, pour faire une silhouette, ou rester tout un après-midi à traverser vingt fois une rue, si le réalisateur était exigeant. Mais ça ne nous dérangeait pas, on s'amusait bien quand même. On observait tout, on n'en perdait pas une miette, on s'imaginait à la place des personnages principaux, que souvent nous ne croisions même pas, et on gagnait nos premiers cachets.

*

J'étais installée dans mon petit hôtel depuis plus de six mois déjà, lorsque maman m'annonça au téléphone qu'elle viendrait me voir le dimanche suivant. Elle n'avait jamais vu l'hôtel. Je lui avais décrit ma chambre, je l'avais maintes fois rassurée, en insistant sur le fait que je me sentais plus en sécurité dans cet hôtel que seule dans un studio, ce qui était la vérité.

J'ai bien rangé ma chambre, prié pour que maman arrivât en période d'accalmie, et suis allée la chercher à la gare. Elle a débarqué, pimpante et heureuse de me retrouver, nous sommes allées déjeuner dans une brasserie, puis elle a voulu évidemment voir ma chambre. Arrivées devant l'hôtel, nous croisâmes une grande femme métisse assez court vêtue, avec à son bras un petit homme chauve. Ils poussèrent la porte et nous devancèrent dans les escaliers. Maman ne dit rien. Puis, au troisième étage, on entendit des rires, et quelques cris. Au quatrième, une jeune femme blonde et très sexy sortit d'une chambre avec un monsieur d'un certain âge. Je croisais les doigts pour que nous ne rencontrions plus personne. Et c'est là que, à mon dernier étage, ma copine Fatoumata, magnifique Sénégalaise d'une trentaine d'années, fit irruption dans le couloir, en nuisette, une cigarette qui pendait nonchalamment à ses lèvres !

– Ah, ma petite copine ! elle a dit.

Et elle a penché sur moi son long corps, qui sentait le musc, pour m'embrasser. Puis elle a regardé maman.

– Oh, c'est ta maman ? elle m'a demandé.

Maman avait la bouche ouverte, et ne savait pas quoi dire.

– Heu, oui, j'ai enchaîné. Elle est venue me rendre visite de Lyon.

– Oh, ben ça, c'est sympa alors ! Mais faut pas vous inquiéter, madame, elle est bien ici votre petite, on l'aime toutes beaucoup, parce qu'elle est mignonne ! Mignonne comme tout !

Et elle m'a attrapé le menton pour le secouer. J'ai ouvert la porte de ma chambre, et maman s'est assise sur le lit, sans même faire cas du décor.

– C'est un hôtel de putes ! elle a dit dans un souffle.

– Mais non ! Enfin, pas vraiment. Il y a juste un peu d'animation, mais c'est très sympa et…

– Un hôtel de putes ! Ma fille est dans un hôtel de putes !

– Mais non ! Bon, c'est vrai, il y a quelques prostituées qui viennent de temps en temps, mais je m'en fiche moi, je suis tranquille, et je ne crains rien ici, parce que…

– Un hôtel de putes ! Oh là là, si ton père savait ça !

– Bon, et sinon, elle te plaît la chambre ?

– Mais c'est pas possible ! On va pas te laisser là, pas question !

– Mais je suis bien là ! Et où veux-tu que j'aille ?

– Je ne sais pas, on va trouver. Je vais trouver un studio.

– Mais je ne veux pas habiter toute seule, c'est triste toute seule, je suis bien, moi, dans mon hôtel !

Maman m'emmena passer la nuit dans un autre hôtel, pas du tout de putes celui-là, et dès le lendemain, nous fonçâmes dans une agence pour louer un petit deux pièces de vingt-cinq mètres carrés, au dernier étage sur cour d'un immeuble cossu, boulevard Voltaire. Il s'agissait en fait de deux anciennes chambres de bonne reliées entre elles.

J'y fus très heureuse pendant trois ans, car il abrita mon premier vrai grand amour, Thierry, un beau garçon long et brun aux yeux en amande, qui était dans ma classe. Et parce que je pouvais y travailler comme coiffeuse !

Un jour, une élève de deuxième année, jeune fille gracieuse aux longs cheveux blonds, est venue me voir dans la salle de répétition du Cours Simon, entre deux scènes.

– Bonjour ! elle a dit. C'est bien toi qui sais couper les cheveux ?

Ce n'était pas moi du tout, ce qui me fit évidemment hésiter avant de lui répondre. Mais j'étais à l'affût du moindre petit boulot, et je me dis très vite que couper des cheveux ne devait pas être bien sorcier.

– Oui, c'est moi ! j'ai répondu avec assurance.

– Ah, parfait, je voudrais une coupe au carré, tu pourrais faire ça ?

– Absolument !

– Très bien. Et tu exerces où ?

– Chez moi. C'est à deux pas d'ici.

– Et quand est-ce que je peux venir ?

– Eh bien, ce soir si tu veux.

– Ah oui, très bien. Je viendrai après le cours. C'est combien ?

Je dus réfléchir très vite. Je ne pouvais décemment pas demander le prix d'un vrai coiffeur, mais une somme trop petite m'aurait discréditée.

– Ça dépend de ce qu'on fait, j'ai fini par répondre. Si c'est seulement pour une coupe, c'est trente francs. Et je t'offre le brushing !

Elle sembla contente, et je lui donnai mon adresse.

Il me restait à aller urgemment acheter du matériel, et je me suis précipitée au *Monoprix* pour trouver tout le kit de la parfaite petite coiffeuse.

J'ai rangé mon appartement, ai sorti des gâteaux secs et préparé du thé (« Il faut savoir prendre soin de sa clientèle, et inspirer confiance ! » me disait toujours maman). Et la jeune fille est arrivée. Je me souvenais vaguement m'être fait couper les cheveux au carré une ou deux fois, et j'ai tenté de reproduire les gestes. Je me disais que c'était surtout une question de perspective, il fallait prendre du recul et imaginer la coupe dans sa globalité. Comme pour les tableaux.

(« Il faut prendre du recul pour voir mieux les choses. Si tu restes le nez dessus, tu verras plus rien », me disait toujours papa.)

Les longs cheveux blonds tombaient sur mon parquet, et à cette vision, je paniquais un peu. Mais je tentais de ne pas trembler et, finalement, lui fis un carré très réussi. Elle était ravie ! Elle grignota un dernier gâteau avant de me payer, et le lendemain, tout le cours crut que j'étais coiffeuse ! Dès lors, mon petit salon ne désemplit pas ! J'avais acheté des livres de coiffure, davantage de matériel, et avais appris à faire des mises en plis, des teintures, et même des permanentes. Avec quelques ratés, je l'avoue, mais finalement assez peu… Filles et garçons venaient changer de tête à la maison, j'offrais le thé, le café et les gâteaux, et même le maquillage. Car il n'était pas rare qu'ils se fissent coiffer et maquiller avant de passer une scène devant leur professeur, ou pour une audition publique. Alors je mettais de l'encens, je leur massais les épaules en leur disant qu'ils étaient formidables, et ils repartaient confiants et détendus.

★

Maman m'écrivait très souvent.

Je n'ai pas gardé ses lettres. Je le regrette tant.

Il faut dire qu'elle m'en écrivit un très grand nombre, depuis que je savais lire. De très longues lettres. Même quand je n'étais pas loin. Même parfois lorsque je me trouvais dans la pièce à côté. La plupart du temps, elle attendait que je m'endorme, et laissait sa lettre du soir sur le bureau de ma chambre. C'était une de ses innombrables façons de me dire je t'aime. Je crois qu'elle m'aimait tellement qu'elle m'écrivait pour pouvoir être davantage avec moi. Je lui manquais tout le temps.

Je découvrais ses écrits au petit matin, et je les lisais en allant à l'école, ou le soir avant de me coucher, ou en deux, trois fois. Parfois, je laissais les lettres s'accumuler et je les lisais toutes d'un coup dans mon lit, comme une série de plusieurs épisodes que l'on ne peut pas s'arrêter de suivre. Ou bien encore, j'étalais une lettre sur la table de la cuisine, entre deux assiettes, et je plongeais dedans pendant que maman préparait le dîner. Souvent, je me laissais surprendre au coin d'une ligne, et j'éclatais de rire, et maman était si heureuse de m'entendre m'amuser de sa prose qu'elle riait avec moi. Chaque jour, ses écrits me rapprochaient d'elle, j'étais l'unique gardienne de ses délires joyeux.

Car ses lettres étaient un mélange de pudiques confidences et d'histoires incongrues. Maman avait une écriture fine, serrée, nerveuse, qui faisait comme des vagues, et en la lisant on avait l'impression de surfer dessus tant il y avait de mots et de phrases et de folie. Car ce que racontait maman était souvent complètement absurde. Et très tendre à la fois. Toujours décalé. Elle laissait divaguer son esprit vagabond, jetait, pêle-mêle, au hasard, sur la feuille blanche, souvenirs et émotions, une idée menant à une autre sans que la première soit aboutie, et on pouvait ainsi suivre des dizaines d'histoires à la fois, et se perdre dans leurs méandres alambiqués. Mais si on se laissait entraîner sans trop se poser de questions, alors on pouvait passer de très délicieux moments.

Il fallait avoir l'esprit libre pour aimer les lettres de maman…

Où sont ces lettres ? Qu'en ai-je fait ? Lorsque j'ai voulu les retrouver, bien plus tard, je n'ai pu en débusquer que quelques-unes.

Maman m'a laissé beaucoup de merveilleux souvenirs et autant de regrets.

Et quelques colères aussi…

Un jour, l'année de mes vingt-cinq ans, je lui téléphonai pour lui dire que je voulais aller passer quelques jours à Hyères.

– Ah, me dit-elle, d'un ton désinvolte. Ça ne va pas être possible, ma Minette, le bungalow est vendu.

– Quoi !!!

– Oui, nous l'avons vendu. Ton père ne veut plus y aller, il dit qu'il a trop chaud.

– Quoi !!! Mais non, c'est une blague ?!!!

– Pas du tout. Il veut aller à la montagne pour avoir moins chaud.

– Mais enfin, c'est pas possible ! Mais vous auriez pu me demander mon avis ! Mais il y a toutes mes affaires dedans, elles sont où mes affaires !?

– Oh, des vieux trucs de plage, on en a jeté un paquet. J'ai récupéré deux petites robes que je trouvais jolies et tes sandales dorées.

– Mais non ? Mais c'est un cauchemar, je vais me réveiller. Mais c'est pas possible !

– Je suis désolée, ma Minette, on avait des acheteurs à un bon prix, on a sauté sur l'occasion, ça s'est fait comme ça, très vite... Bon, excuse-moi, ma Minette, je dois te laisser, j'ai un dîner sur le feu et ton père a faim. Gros bisous !

Et elle a raccroché. Je suffoquais. Ce bungalow, c'était toute ma vie, toute mon enfance, toute mon adolescence, tous mes souvenirs, tout... Je n'arrivais même pas à pleurer. Je ne pouvais plus respirer, et la tête me tournait. Je me suis affalée sur le divan, hébétée, et je crois qu'une partie de moi y est encore.

La partie insouciante et légère, que j'ai perdue ce jour-là.

La seule excuse valable pour avoir commis un tel crime aurait été que mes parents manquent d'argent. Mais non. Avec l'argent du bungalow, ils ont acheté un chalet à Chamonix, qu'ils ont revendu peu de temps après.

Papa avait trop froid.

Le lendemain de cette épouvantable conversation, je passai le concours du conservatoire d'art dramatique. J'avais vingt-cinq ans, l'âge limite. Nous étions en 1989.

J'avais préparé une scène avec mon désormais ami et complice Philippe Martz, le partenaire de ma première audition. Je présentais Agnès, dans *L'École des femmes* de Molière. Mais je n'avais pas dormi de la nuit, et mes yeux étaient bouffis de larmes. Je fis de mon mieux, mais je ratai le concours. Et cela me donna une nouvelle raison de pleurer…

Heureusement, je devais travailler une scène pour le concours de fin d'année du cours, et cela occupait bien mon esprit.

J'étais destinée à passer une scène comique, mais je voulais (comme tous les comiques…) m'essayer à présent dans un rôle dramatique. Ma professeure tenta de m'en dissuader, m'expliquant, à juste titre, qu'il était trop risqué de présenter pour un concours une scène dans un registre qui m'était inconnu. Mais je voulais jouer Maud, dans *Harold et Maud.* L'histoire d'un jeune homme taciturne qui tombe amoureux d'une vieille dame farfelue. Le rôle féminin avait quatre-vingts ans, et la scène choisie était celle où elle se donnait la mort. Et le rôle d'Harold était tenu par Thierry, mon amoureux !

Nous répétions sans relâche, tous deux passionnés par notre scène (et notre propre histoire…), et nous l'avons présentée au concours.

Ce fut totalement magique. Je me sentais transportée par ce rôle, j'avais vraiment quatre-vingts ans ! Et mon compagnon était un Harold parfait, désespéré, romantique, fou d'amour ! Toute la salle était bouleversée.

Nous avons eu tous les deux le premier prix !

Ce fut pour nous une joie indescriptible, bien au-delà de la satisfaction d'avoir gagné notre pari, c'était la porte ouverte au rêve, à l'espoir, et même à la conviction que nous deviendrions tous deux de grands comédiens, et qu'une longue et merveilleuse carrière nous attendait.

Mes parents furent très heureux pour moi. Ils vinrent à Paris pour la remise des prix, et je crois qu'ils étaient très fiers de moi. C'était comme si mon choix de vie était tout à coup validé, comme si j'avais enfin leur approbation. Ce prix les rassurait.

★

J'étais toujours dans mon perchoir boulevard Voltaire, où j'avais été si heureuse, mais un immense malheur ne tarda pas à arriver : mon amour, mon bel amoureux, mon trésor, mon « Thierry Harold » me quitta.

Absolument rien ne pouvait me consoler. Je passais des jours à pleurer, sans rien faire d'autre, seulement vivre jusqu'au bout cette dévastation, ce naufrage, ce désastre que fut mon premier grand chagrin d'amour.

Au mois de juillet, ne supportant plus de rester dans mon appartement qui renfermait tant de souvenirs, je décidai de le rendre, de mettre mes affaires dans un garde-meubles et de partir faire un très long voyage. J'étais passionnée de voyages, et avais eu la chance de pouvoir déjà visiter de nombreux pays, notamment grâce à la « carte Interrail », qui permettait aux jeunes gens de parcourir toute l'Europe en train, après avoir versé une somme unique. Maman m'avait toujours encouragée à voyager, ayant épousé un ours casanier qui anéantit très vite chez elle toute velléité d'aventure. Grâce à moi, elle vivait ses voyages rêvés par procuration. Et, à mon père qui s'inquiétait à chaque fois que je quittais Lyon, je répondais :

– J'ai besoin de voyager, papa, parce que ça me fait prendre du recul. Sinon, je ne vois pas bien les choses...

Ainsi, dès que je fus majeure, je pus partir, outre en Europe, en Algérie, en Égypte, aux États-Unis, en Chine (ce qui était très rare à l'époque, mais le frère d'une amie y travaillait), au Burkina Faso…

Donc, après ma rupture, mes parents, me voyant si désespérée, m'aidèrent à payer un voyage en Thaïlande.

Puis je suis allée en Australie, et en Nouvelle-Calédonie. J'étais censée continuer durant plusieurs mois encore, mais il m'arriva un accident à Nouméa : je fis une phlébite suivie d'une embolie pulmonaire. Alors que j'avais embarqué sur un bateau qui devait faire le tour des îles durant une semaine, nous fûmes obligés de nous arrêter au bout de quelques heures de navigation car le moteur avait pris feu… Débarquée sur un îlot désert, le temps que le skipper répare le moteur, je vis ma jambe se mettre à gonfler, je ressentis une douleur terrible et je sentis la fièvre monter. Je fus sauvée d'une étrange façon : j'ai été repérée, alors que j'agonisais sous un palmier, par un groupe de rigolos qui faisaient des photos érotiques dans l'eau, avec des boas et des chapeaux. Et l'un d'entre eux m'emmena à l'hôpital de Nouméa, où je fus sauvée *in extremis*…

Cette histoire pourrait à elle seule faire l'objet d'un nouveau roman…

J'ai passé un mois à l'hôpital, et ai finalement été rapatriée par Mondial Assistance.

J'avais failli mourir. Mon cœur ne voulait plus battre…

Je suis restée quelques mois en convalescence à Lyon. Mes parents, qui avaient failli mourir eux aussi, mais de peur, redoublaient d'attention. Et moi, après avoir vécu une période euphorique, car je n'en revenais pas d'être encore vivante, j'ai commencé à déprimer sérieusement. Je n'avais plus rien : j'avais terminé le Cours Simon, rendu mon appartement, et je n'avais plus d'amoureux…

Il me fallait repartir à zéro.

Je voyais bien que mes parents espéraient mon retour définitif à Lyon. Ils recommencèrent à me parler d'architecture et de peinture, envisagèrent même de me faire tenir la galerie, mais j'étais persuadée que je devais retourner au plus vite à Paris.

Ce que je fis dès que je me sentis assez en forme.

Hébergée chez des amis, je me suis immédiatement mise en quête d'un travail. J'adorais les tissus, pour avoir passé toute ma jeunesse dans les magasins de maman et tante Zette, et instinctivement, je suis allée frapper à la porte de M. Rubelli, un Italien qui avait une magnifique boutique et un grand show-room de tissus derrière l'église de Saint-Germain-des-Prés. Je le rencontrai en personne, sans avoir pris de rendez-vous, juste en poussant la porte du magasin, et après avoir dit à la dame de l'accueil :

– J'adore vos tissus, ils sont sublimes, je m'y connais un peu, je parle pas mal l'italien, l'anglais et l'espagnol, et je voudrais travailler ici.

M. Rubelli était déjà assez âgé, mais s'investissait toujours beaucoup dans son travail. Il me reçut très gentiment, nous échangeâmes quelques mots en italien, je lui parlai un peu de ma famille, et de mon attirance pour les tissus et la décoration. Et il m'engagea !

Dès le lendemain, je me retrouvai au sous-sol de la boutique, à trier des coupons. À mi-temps, ce qui me laissait tout le loisir d'envoyer des CV, et d'écrire…

Certes, ma première fonction chez Rubelli n'était pas mirobolante. Mais un jour, après quelques semaines passées dans les sous-sols, je remplaçai une vendeuse malade dans la boutique. Et je me suis très bien débrouillée. M. Rubelli en fut informé et m'engagea alors comme vendeuse. Je m'amusais énormément ! Il me suffisait d'imiter ma mère, que j'avais longuement observée, et d'appliquer ses consignes : « Mettre à l'aise le client, le faire parler de lui, et lui laisser croire que son choix est le meilleur qui soit ! » Ça se passait tellement bien pour moi que je me suis retrouvée au show-room. C'était formidable ! Comme si je jouais un rôle. J'arrivais le matin, très bien habillée et maquillée, avec mes baskets. Sitôt arrivée, j'enfilais des chaussures à talons (je n'ai jamais pu faire un pas avec des talons, mais le show-room n'était pas très grand...), je recevais les clients, je baragouinais plein de langues, je leur montrais des échantillons de tissus, et je prenais des commandes. Je pouvais aussi me rendre chez des particuliers, ou dans des boutiques, des hôtels, avec des nuanciers de tissus, pour donner des conseils, et voir quelle couleur et quelle matière allaient le mieux dans le décor ! Ainsi je découvris des endroits magiques, et somptueux, car vu le prix des tissus, je n'allais évidemment que dans des lieux chics et chers...

Je passais le reste de mon temps à envoyer des CV et photos à des agents, ou à des directeurs de casting, et personne ne me répondait jamais...

Chapitre 12

Papa allait exposer quinze de ses tableaux au Grand Palais !

C'est maman, primesautière, comme toujours, qui m'annonça la bonne nouvelle. Ils allaient venir tous deux pour le vernissage, et j'étais très heureuse de les retrouver à cette occasion.

C'était une exposition d'art contemporain figuratif, qui réunissait des artistes de grands talents. Je me baladais sous l'immense dôme, où se côtoyaient de magnifiques paysages, grandes huiles sur toiles incroyablement réalistes, natures mortes qui semblaient vivantes, portraits auxquels il ne manquait que la parole, encres de Chine délicates, pastels vibrants. Et les aquarelles de mon père ! Dans ce lieu grandiose, elles étaient sublimées, devenaient encore plus lumineuses, plus touchantes. J'étais vraiment très fière de lui.

Fort heureusement, il ne dut pas faire de discours, et eut seulement l'obligation de serrer les mains de tout un tas de gens inconnus en souriant, tandis que maman assurait les conversations.

Mes parents restèrent quelques jours à l'hôtel, et ce fut pour nous l'occasion de nous promener ensemble dans Paris.

Saint-Germain-des-Prés, Saint-Michel, Notre-Dame, et les petites rues du Marais, mon quartier préféré. Nous avons bu un verre place Saint-Paul, et maman m'a dit :

– Tu as l'air de vraiment adorer ce quartier.

– Oh, oui, je m'y promène très souvent. C'est formidable, toutes ces vieilles rues, ces hôtels particuliers, ces jardins, et la Seine tout près. Je me sens tellement bien ici.

– Tu aimerais y habiter alors ?

– Y habiter ?! Mais évidemment que j'aimerais ! D'ailleurs je cherche un petit appart à louer, je ne vais pas rester éternellement chez mes amis…

Je vivais en fait rue du Bac, dans un immense appartement, chez les parents d'une de mes meilleures amies, Camille. J'occupais la chambre du grand frère qui était parti.

– Tu voudrais louer…, a renchéri maman. Mais acheter, ce serait mieux non ?

– Acheter ?! Mais, je ne sais pas, c'est cher et…

– On a pris une décision ton père et moi. On va t'acheter un appartement.

– Quoi ?

– Oui. Ça marche bien pour nous, on peut t'acheter un petit studio.

J'ai sauté de joie, j'ai embrassé mes parents, j'étais totalement euphorique.

Me restait à trouver la perle rare.

Le destin la mit sur ma route, peu de temps après.

J'étais dans un bus qui passait le long d'une rue du Marais abritant des maisons anciennes. Et en regardant par la vitre, je vis un panneau « À vendre », accroché à une fenêtre. Je suis descendue à l'arrêt le plus proche, j'ai demandé le code d'entrée dans le bar en bas de l'immeuble, je suis montée au troisième étage par un escalier biscornu, et j'ai sonné. Un couple charmant m'a ouvert. Il vendait un studio merveilleux ! Trente mètres carrés, deux grandes fenêtres plein sud, des poutres, une cheminée, une adorable cuisine américaine, une délicieuse salle de bains… Tout me plaisait. Et il coûtait le prix que mes parents pouvaient mettre.

Ils me l'achetèrent.

Et je devins propriétaire, à vingt-sept ans.

*

Lorsque je rentrais à Lyon le week-end, j'avais du mal à aller visiter mon oncle, ma tante et ma grand-mère. Je ressentais vraiment beaucoup de peine pour eux.

Plus rien n'était comme avant. Tante Zette allait mal. Plus de coiffeur ni de jolis ongles roses, plus de « Comme cette robe vous va bien madame », plus de gâteaux à la crème le dimanche. Mais elle s'obstinait à se mettre des bigoudis « parce qu'on ne sort pas sans mise en plis », se peignait mal les ongles et se taillait des robes informes dans des vieux bouts de tissus, avec sa machine à coudre qui fonctionnait quand elle voulait. Pour faire comme si…

Et elle ne se plaignait jamais. Toujours digne, elle tentait de rester élégante en affichant un étrange sourire tordu, même si elle ressemblait désormais à une vieille poupée cassée.

Mamy n'allait pas bien non plus. À quatre-vingt-trois ans, elle avait des problèmes cardiaques, se déplaçait difficilement et avait du mal à respirer. Je regardais avec amour cette maigre petite dame aux cheveux rares, recroquevillée dans son fauteuil. Quand j'arrivais, son visage de cire s'animait, ses fines lèvres déposaient des baisers indécis sur mes joues, ses mains osseuses tentaient d'agripper les miennes. Seul son regard restait perçant. Ses petits yeux noirs, désormais enfoncés dans leurs orbites, lançaient des éclairs. Mamy était en colère.

J'avais essayé, à plusieurs reprises, de parler à André, mais il se défilait immanquablement, prétextant qu'il avait trop de travail avec son taxi. Il travaillait toujours de nuit, et lorsque je venais chez eux dans la journée, il dormait (ou faisait semblant pour ne pas me voir...).

Un jour, mamy passa son bras décharné autour du mien, et m'entraîna à petits pas dans sa chambre. Elle referma la porte, se dirigea vers son coffre à bijoux posé sur sa table de nuit, et l'ouvrit. Il était quasiment vide. Seule et perdue au milieu du velours rouge, une petite bague en or et émeraude brilla de joie en nous voyant. Mamy me dit :

– Tu te souviens de ce coffre ? Tu voulais toujours que je te montre mes bijoux quand tu étais petite. On les étalait sur le lit, et on jouait à la marchande avec. Tu te souviens, il y en avait plein, des beaux.

– Oui.

– Eh bien, c'était ton héritage. Mais il ne reste que cette bague.

– Ah...

– Et tu sais pourquoi ? Parce que ton oncle, cet abruti, il a tout vendu ! Tout ! Il m'a tout pris !

Elle s'assit sur le lit, en proie à un terrible désespoir, son œil furieux soudain humide.

– Prends la bague, prends-la, avant qu'il ne la vende aussi. Il va tout vendre, tout !

J'ai pris mamy dans mes bras, je voulais la serrer fort, mais j'avais peur qu'elle ne se brise, alors je l'ai bercée doucement. Ma grand-mère, magnifique femme brune et élancée, toujours si élégante, si sûre d'elle, volontaire et intransigeante, mon héroïne au regard dur et fier, mon Ava Gardner, n'était plus qu'une frêle brindille tremblante dans mes bras.

⋆

Papa exposa à Munich dans une grande galerie, et aussi incroyable que cela puisse paraître, il fut d'accord pour que nous y allions tous les trois.

Lascoux avait vendu sa galerie et était parti à la retraite en province. Il suivait toujours le travail de papa de près, mais se rendait moins disponible pour les vernissages et les expositions.

Nous partîmes donc sans lui à Munich. Ce voyage resta un souvenir merveilleux. Car papa était heureux. Et quand papa était heureux, maman était heureuse. Et du coup, moi aussi.

Et il se voit, tout ce bonheur, sur la photo en couleurs. Nous posons tous les trois en souriant devant une fontaine, comme si c'était un état naturel, comme si on allait rester ensemble, et heureux, pour toujours.

Le vernissage fut un succès, la belle galerie qui donnait sur une grande rue piétonne était pleine à craquer, tout le monde semblait apprécier le travail de papa, et de nombreux tableaux furent très vite vendus. Ce qui semblait surtout beaucoup plaire à papa, c'est que les gens ne parlaient pas français, et que, de ce fait, il n'était pas obligé de faire la conversation !

Maman fit un court discours, traduit simultanément par une charmante dame bilingue, et on se jeta sur les petits fours et le champagne. Cette femme élégante nous accompagna durant trois jours dans toute la ville, nous allions dans les meilleurs restaurants, maman et moi faisions du shopping, et papa semblait s'intéresser à tout ! Il se baladait le nez en l'air, léger, insouciant, parfaitement à son aise. Toute trace d'inquiétude avait disparu de son regard sombre, il souriait sans cesse, il riait même. Je voyais un autre homme, plus jeune, plus disponible, moins égoïste. Et je me suis dit que notre vie aurait été tellement plus simple si papa avait toujours été cet homme-là…

⋆

Il avait fallu attendre quelques mois après l'achat du studio pour pouvoir y emménager. Je vivais toujours chez mes amis, je travaillais chez Rubelli, et je gagnais aussi un peu d'argent en chantant le soir dans des restaurants et des bars. Il y en avait deux très sympas rue de Lappe, et je chantais seule, a cappella, des chansons de Brigitte Bardot, pendant l'apéritif. Puis je passais entre les tables avec un chapeau, et souvent, les patrons m'invitaient à dîner. Je rencontrais ainsi des gens nouveaux, et m'amusais beaucoup.

Un soir, je fis la connaissance d'une femme qui me dit bien connaître l'auteur de la plupart des chansons de Bardot : Jean-Max Rivière.

Elle me le présenta quelques semaines plus tard à un dîner, il prit sa guitare, et nous avons chanté toute la nuit ! Dès lors naquit une grande amitié, entre nous, mais aussi avec sa femme Francine et sa fille Prunella. Ils devinrent pour moi une vraie famille de substitution.

Peu de temps après notre rencontre, ils m'invitèrent à fêter le jour de l'an chez des amis, dans une maison en banlieue. Je m'y rendis en fin d'après-midi en RER, eus du mal à trouver, arrivai finalement devant la grille d'un grand parc. Au bout d'une longue allée se trouvait une magnifique maison de pierres blanches. J'ai sonné à la porte. Elle s'ouvrit, et là, devant moi, se tenait Brigitte Bardot ! Jean-Max et Francine m'avaient fait une surprise ! Leurs amis avaient invité Brigitte Bardot ! Elle avait une soixantaine d'années, mais n'avait rien perdu de sa prestance, de sa classe, et ses yeux entourés de khôl noir m'ont tourné la tête. J'ai quasiment défailli ! Elle m'a gratifiée d'un immense sourire et m'a fait entrer. Et alors commença une des soirées les plus folles de ma vie. Après un dîner très arrosé, nous avons chanté, pendant des heures, en duo, Brigitte et moi, avec Claude Bowling au piano ! C'était incroyable, c'était magique, et Jean-Max et sa famille se régalaient de ce spectacle improvisé, et de me voir si heureuse. Nous nous quittâmes au petit matin, dans une totale euphorie, et Brigitte me dit : « Tu iras très loin, petite Sophie. »

Elle me témoigna ensuite des signes d'amitié par des lettres ou des fax envoyés avant mes premières, dans différents théâtres parisiens…

*

C'est aussi à cette période que je rencontrai mon nouvel amoureux, fin jeune homme roux de mon âge, François. Il m'avait été présenté par un ami de Lyon qui vivait avec lui en colocation. Car François jouait du piano, et je désirais me faire accompagner dans mon spectacle de chansons.

Ce fut le coup de foudre.

Il m'aida avec quelques copains à emménager dans mon studio, mais, dès le lendemain, me demanda de venir vivre avec lui et notre ami rue Saint-Jacques. Et c'est ainsi que je ne passai qu'une nuit dans mon nouveau chez-moi, pour le délaisser aussitôt !

Hasard de la vie, j'habitais juste en face de Françoise Dolto, et sa fille Catherine était ma voisine du dessous. Amusante coïncidence, car bien plus tard, j'interpréterai le rôle de Dolto dans une pièce de théâtre, et rencontrerai sa fille à maintes occasions...

Mes parents furent très surpris de me voir quitter le studio le lendemain de mon emménagement... Mais, voyant que j'étais très heureuse avec ces deux garçons, ils finirent par s'y résoudre, et le louer...

Avec François, nous avons monté un vrai tour de chant. Avec des chansons qui avaient été chantées par Bardot, bien sûr, et d'autres chansons de Jean-Max, et de Gainsbourg et Boris Vian, mes idoles, et aussi de Bobby Lapointe. Et des compositions personnelles que j'avais écrites, et qui étaient extrêmement farfelues...

Pour parfaire ma technique avant de me lancer, je me suis inscrite au Petit Conservatoire de Mireille. Cette incroyable petite femme enseignait encore, à soixante-dix-sept ans, et donnait ses cours dans un vieux théâtre du 16e arrondissement. Pour l'audition, nous avions travaillé deux de mes chansons : *Le Sourd-muet*, où il était question d'un sourd-muet qui faisait tant de gestes pour séduire sa voisine d'en face qu'il en tombait par la fenêtre (nous vivions en face d'un institut pour sourds-muets rue Saint-Jacques), et *Le Petit Homme à lunettes*, l'histoire d'un homme qui se faisait dévorer par le chat de sa femme pendant sa nuit de noces.

Nous avions le trac derrière le grand rideau rouge. Après le passage d'un garçon boutonneux avec une guitare, qui fut remercié après son deuxième couplet, nous entendîmes la petite voix pointue de Mireille dire : « Suivant ! »

François s'est mis au piano, et j'ai chanté mes deux chansons, sans être interrompue. Lorsque nous eûmes terminé, il y eut un grand silence et Mireille lança :

– C'est bien ma petite. Heureusement que vous chantez vos chansons vous-même, parce que personne ne voudra jamais le faire à votre place !

Et nous fûmes admis.

Jean-Max Rivière parla de nous à un de ses amis qui tenait le fameux bar *Aux trois Maillets*, à Saint-Michel, où de nombreux grands artistes avaient débuté. Son ami nous auditionna et, conquis, nous programma un samedi soir. François et moi sommes arrivés en avance, extrêmement traqueurs, Jean-Max nous a rejoints, et nous avons assisté à un concert de Dany Brillant, qui faisait ses débuts, mais avait déjà pas mal de fans. La salle était en délire, et je ne comprenais pas pourquoi on nous avait programmés, avec nos petites chansons bizarres, après cette véritable bête de scène. Pour me donner une contenance, je buvais des bières sans discontinuer. Les rappels n'en finissaient pas, et il était déjà presque minuit quand Dany salua pour de bon et disparut en coulisses. C'est alors que le patron monta sur scène et demanda à l'assistance de nous applaudir très fort, car c'était la première fois que nous allions jouer en public. Tonnerre d'applaudissements, hourras, bravos et sifflets. Je me suis levée. Et aussitôt rassise. J'étais ivre. Je n'avais pas l'habitude de boire tant de bières d'un coup, et ma tête tournait incroyablement. François, qui avait bu autant que moi, tenait un peu mieux la route. Il m'attrapa par le bras et m'aida à me lever, et nous partîmes en direction de la scène. Il y avait trois marches, je ratai la première, François me rattrapa, mais je ratai aussi la dernière, et fus prise d'un irrépressible fou rire.

Dans la salle, le brouhaha cessa, et le public riva tous ses yeux sur nous. Je m'accrochai à présent au pied du micro, les projecteurs m'éblouissaient, je ne voyais plus rien, et malheureusement, je n'entendais plus rien non plus. François commença à jouer les premières notes (assez faux d'ailleurs, car il tenait sans doute mieux l'alcool que moi, mais n'en était pas moins ivre pour autant…) du *Petit Homme à lunettes*. Mais je crus entendre l'intro d'une autre chanson, et me mis à l'attaquer bille en tête. J'avais l'impression de chanter horriblement faux, ce qui en fait n'était pas une impression. François essayait de me suivre comme il pouvait, mais il ne pouvait pas. Au début, les gens ne disaient rien, puis ils ont commencé à chuchoter entre eux, puis à carrément parler fort. La deuxième chanson, *La Madrague*, de Jean-Max Rivière, qui était donc dans la salle, fut un carnage. Non seulement je la chantai extrêmement faux, mais en plus je ne me souvenais plus vraiment des paroles, et disais n'importe quoi, ou bien faisais « là là là » pour combler les trous. Je tentai, à défaut de bien chanter, d'être au moins drôle, en m'adressant au public entre les chansons, mais personne ne riait, ni ne m'écoutait d'ailleurs. Le pire moment fut la troisième chanson. Il s'agissait de *Ta Katie t'a quitté*, de Bobby Lapointe, qui est déjà impossible à chanter quand on est sobre, mais alors bourré… Je disais absolument n'importe quoi, François mettait des pains toutes les trois notes, et j'ai fini par dire :

– Bon, voilà, sa Katie, elle l'a quitté, on va pas en faire tout un plat !

Soudain, alors que je tentais de commencer la quatrième chanson, je vis le patron dans la salle faire de grands gestes. Il agitait les bras pour nous dire d'arrêter et de quitter la scène. Il était temps d'ailleurs, car on commençait à entendre quelques « Hou ! Hou ! » de protestation dans le public. J'ai failli m'étaler en redescendant, le patron nous a sommés de partir, Jean-Max était désolé, nous encore plus, mais ça ne nous a pas empêchés de finir la nuit dans un pub, et de rentrer ivres morts et hilares rue Saint-Jacques, au petit matin.

Je me suis juré de ne plus jamais boire avant de jouer.

Nous avons trouvé, peu de temps après cette fâcheuse aventure, un bar-restaurant rue Mouffetard qui voulait bien nous programmer. Cinq soirs par semaine, je chantais sur une minuscule scène, François m'accompagnait avec un piano numérique, et nous avions même parfois la visite d'un ami qui venait jouer avec nous des percussions. Nous commencions à nous perfectionner et à avoir un petit succès. Payés au chapeau, il n'était pas rare que le couvre-chef soit plein de billets après notre prestation.

Un week-end, maman vint de Lyon pour nous voir. Elle assista à tout le concert, tapait souvent des mains et paraissait beaucoup apprécier. Nous avons dîné avec elle dans le restaurant, et lorsque nous en sommes sortis, elle m'a dit en m'embrassant :

– C'est affreux ! Ma fille fait la manche ! Tu es tombée bien bas ma pauvre Minette. Bien sûr, je n'en dirai rien à ton père, tu peux compter sur moi.

Et elle s'est éloignée dans la nuit, me laissant totalement circonspecte.

Nous avons été rapidement repérés par un humoriste qui travaillait dans des cabarets à Montmartre, et qui nous présenta au patron d'un établissement de dîners-spectacles, en haut de la butte : *Chez ma Cousine*. Il nous engagea. Il y avait une vraie scène, avec un vrai piano droit, et une grande capacité d'accueil. De plus, les prestations étaient déclarées, et nous avons ainsi pu toucher nos premiers cachets. Nous y allions presque chaque soir. Le meilleur moment pour jouer, c'était pendant le plat principal et le dessert. Car si on était un des premiers numéros de la soirée, passant pendant l'apéritif ou l'entrée, les clients qui se retrouvaient parlaient entre eux plutôt que de nous écouter. Et si on jouait après le dessert, le public était trop ivre pour nous écouter… Nous avons donc gravi les échelons, commençant à l'apéritif, pour finir quelques mois plus tard au moment du steak-gratin-dauphinois, ou des profiteroles au chocolat…

Comme notre tour de chant ne durait qu'une demi-heure, nous pouvions en faire plusieurs dans la soirée, et nous n'avons pas tardé à trouver d'autres lieux. Ainsi, nous jouions jusqu'à cinq fois par soir, en commençant rue Mouffetard, et en enchaînant dans trois ou quatre lieux à Montmartre, souvent jusqu'à tard dans la nuit. C'était formidable ! Nous étions régulièrement suivis par des amis, joyeux fêtards qui nous accompagnaient jusqu'au petit matin, et nous commencions à vraiment gagner de l'argent, ce qui me permit de quitter mon mi-temps chez Rubelli. Je regrettais de partir, mais il m'était de plus en plus difficile de me lever à huit heures du matin alors que je me couchais à six...

Il nous arrivait souvent de poursuivre les soirées chez nous avec nos copains, parfois rencontrés le soir même, chantant à tue-tête autour du piano dans le salon, ce qui ne plaisait pas du tout à notre colocataire, qui devait se lever à sept heures pour aller au bureau, ni aux voisins...

*

Cette vie de bohème dura deux ans. Je continuais à aller au petit conservatoire de Mireille, qui m'aimait bien, et qui m'invitait à boire du champagne chez elle l'après-midi en compagnie de ses amis octogénaires. Elle se mettait au piano, et je chantais des parodies de ses chansons que j'avais écrites pour l'amuser. Ce qui était immanquablement le cas.

J'avais vingt-neuf ans. Un soir d'avril, un homme, qui était venu dîner *Chez ma Cousine*, me proposa d'écrire des sketchs afin de venir les jouer en août dans son festival d'humour à Trouville.

Je me mis au travail. Un peu comme mes chansons, mes sketchs étaient teintés d'humour noir et grinçant. Et parfois assez morbides... J'adorais les petites vieilles qui tuaient les pigeons, les infirmières sadiques, les recruteuses impitoyables, les serial killeuses, les suicidaires...

Au mois d'août 1992, nous sommes partis, François et moi, pour Trouville. Je devais jouer seule en scène, pendant une demi-heure, des sketchs que je n'avais jamais testés, à part devant François, et j'avais un trac épouvantable. Nous étions logés dans un petit hôtel, j'étais totalement blême, assise sur le lit, répétant que je ne voulais pas y aller.

François tentait de me réconforter : « Détends-toi, pense à autre chose. » Mais une camionnette avec un haut-parleur passait régulièrement sous les fenêtres, et on entendait : « Ce soir, évènement exceptionnel au casino de Trouville, un festival d'humoristes confirmés. Venez rire avec eux ! »

Et je pensais mourir.

Avant d'entrer en scène, je fus prise de tremblements, de terribles maux de ventre, et je priai Dieu, ce qui était la preuve que je n'allais pas bien du tout. J'ai pris une grande inspiration, et je me suis faufilée entre les pans du lourd rideau de velours. Je me suis retrouvée sur la grande scène du casino, devant une salle comble. J'ai cru que je ne pourrais pas dire un mot, mais mon corps décida à ma place et se mit à jouer. Tout faisait mouche. J'entendais les rires qui me parvenaient par rafales, qui rebondissaient sur mes mots, pour me revenir de nouveau, de plus en plus forts. Totalement galvanisée, je n'étais plus moi-même, je me laissais porter, j'avais basculé dans une autre dimension, dans le pays de l'humour, ou plus rien n'avait d'importance, que de sentir la salle vibrer, que de donner de la joie, du plaisir, en parfaite osmose avec cet être étrange, ce monstre qu'on appelle public.

J'obtins le deuxième prix, « Le prix de la Pétillance », et on me donna un magnum de champagne, que nous bûmes François et moi, après le dîner et les congratulations, sur la plage jusqu'au lever du soleil.

Mais j'avais gagné bien plus que ce prix ce soir-là. J'avais gagné la conviction que je voulais définitivement devenir humoriste.

Dans la salle, il y avait Christian Varini, le directeur d'un café-théâtre très connu à Paris, *Le Point Virgule*. Il m'engagea sur-le-champ et me programma pour le mois de septembre, c'est-à-dire quinze jours plus tard. Et je devais jouer un spectacle d'une heure vingt, alors que je n'avais qu'une demiheure ! Je me mis à écrire et à répéter nuit et jour, et eus l'idée de mélanger des sketchs et des chansons.

Et début septembre, je jouai mon premier spectacle au Point-Virgule, charmant café-théâtre d'une centaine de places, avec une jolie scène et même un petit balcon, au cœur du Marais.

La salle était pleine de copains, ce qui était encore plus angoissant qu'un public d'inconnus… Là, il n'était même plus question de trac, je voulais me pendre, ou bien m'immoler, dans l'étroite loge en sous-sol.

J'avais appelé mes parents quelques heures auparavant, et ils étaient venus tous les deux parler dans le combiné pour me souhaiter bonne chance, et me dire qu'ils étaient certains que j'étais une grande artiste. Mais en coulisses, la grande artiste n'en menait pas large…

Pourtant, la magie opéra de nouveau, et portée par les rires, je grimpai au firmament du bonheur.

Quelques mois plus tard, je fis la rencontre d'un comédien au Point-Virgule, qui me proposa de l'accompagner dans une émission de télé, *La Classe*, où il devait faire un sketch. Dès que nous fûmes sur place, la programmatrice, qui semblait paniquée, nous demanda si nous ne connaissions pas quelqu'un pour remplacer un humoriste qui était souffrant. Mon copain dit immédiatement :

– Mais prenez Sophie ! Elle fait des sketchs au Point-Virgule en ce moment, elle est très drôle.

Je n'ai pas eu le temps de dire quoi que ce fût, je me suis retrouvée dans une loge en présence de la programmatrice et de Guy Lux ! Je l'avais vu toute mon enfance présenter des jeux à la télé, et il était le producteur de *La Classe.* Il n'était pas antipathique, mais semblait très pressé. Il s'assit en face de moi et me dit :

– Bon, allez-y, on va voir si vous êtes drôle.

C'était affreux. Mais au moins je n'avais pas eu le temps d'avoir le trac !

Je n'avais pas de costume, pas d'accessoire, mais je jouai tout de même mon sketch, une recruteuse impitoyable qui traumatisait les demandeurs d'emploi. Guy Lux et la programmatrice riaient. C'était gagné ! J'ai foncé au maquillage et je me suis retrouvée devant les caméras, dans la foulée.

Le principe de l'émission, qui était tournée dans les studios de La Plaine Saint-Denis, était simple : des humoristes étaient assis à des petits bureaux, comme des élèves, dans un décor de classe d'école, et le maître, l'animateur Fabrice, les faisait venir au tableau pour qu'ils fassent leurs sketchs.

Le mien fit beaucoup rire toute l'assemblée.

Et je suis restée plus de quatre ans dans l'émission !

Dès que je suis rentrée chez moi, j'appelai mes parents pour leur raconter l'aventure. L'émission était enregistrée, ils pouvaient donc la regarder deux jours plus tard, à dix-neuf heures trente, sur la deuxième chaîne.

Après l'avoir vue, ils me passèrent un coup de fil pour me féliciter. Ils avaient prévenu toutes leurs connaissances, et plein de gens les appelaient pour leur dire combien j'étais drôle.

Papa me dit : « Je n'en reviens pas, ma petite Minette, de te voir dans ma télé ! C'est vraiment formidable. »

Et je me suis alors demandé si, dans le fond, tout ce que je faisais n'était pas dans le but que mon père me voie dans sa télé. Pour qu'il me regarde enfin vraiment…

J'avais aussi, bien entendu, prévenu tante Zette et mamy, qui m'appelèrent le soir de la diffusion. Sans André, avec qui je n'avais décidément plus de contact...

Tante Zette était émue, et la conversation donna à peu près ceci :

– Allô ! (Voix totalement barrée.) C'est ta tatan Zette ! Je t'ai vue à la (Silence.), à la... (Début de sanglot.), à la télé (Sanglot.) Oh là là, c'est pas croyable (Mouchage.), ma petite Sophie dans le poste ! On le croit pas avec ta mamy ! (Reniflements.) Depuis toute petite, tu nous dis que tu veux faire rire les gens ! Tu te rappelles, le jour où on était dans un hôtel, et que tu as joué à la place de la télé, c'était où déjà ?

Voix de mamy :

– À Salon-de-Provence !

Voix de Zette :

– Ah, oui, c'était là, eh ben la télé elle avait plus marché, et toi tu avais fait marrer tout le monde en refaisant le film devant, tu te souviens ma Sophie ?

– Je me souviens de tout, ma Zette, de tout...

– C'était bien, hein, nos vacances !

– Oui, c'était bien !

– Mais c'est fini maintenant, on partira plus jamais ensemble, plus jamais...

Et elle se mit à pleurer très fort. J'avais la gorge serrée, j'allais pleurer moi aussi, je me suis sentie totalement désemparée. Surtout quand mamy a pris le combiné et a dit :

– Bon, ben on te laisse hein, c'est pas la peine que tu nous parles, si c'est pour faire pleurer ta tante !

★

Après plusieurs semaines de passages télé, les gens commençaient à me reconnaître dans la rue, et je signais mes premiers autographes. C'était totalement grisant, et amusant ! J'avais l'impression de vivre dans une ville très accueillante remplie de gens bienveillants ! Mon Point-Virgule se remplissait de plus en plus, la notoriété arrivait ! J'écopai d'ailleurs de mon premier fan, un homme bizarre qui avait repéré où j'habitais, s'était procuré mon code d'entrée d'immeuble, et déposait chaque soir des gâteaux sur mon palier, que j'écrasais immanquablement par inadvertance en sortant de chez moi le matin…

J'avais fini par m'en débarrasser en appelant la police, alors qu'il hurlait mon nom en tambourinant à la porte à trois heures du matin.

Ensuite il y en eut d'autres, mais surtout mon fan inconditionnel dont je tairai le nom. Il ne rate quasiment jamais un de mes spectacles depuis plus de trente ans, à Paris et en tournée, collectionne tous mes tickets d'entrée, mes affiches et mes articles, et reste toujours courtois et charmant…

J'eus donc mes premiers articles dans les journaux.

Le tout premier était une interview pour *Madame Figaro*. J'avais rencontré Stéphane Bern, jeune journaliste, qui avait écrit un article élogieux dont le titre était « Sophie Forte : je vis avec deux hommes et un rat ».

Je l'avais égaré, et ce qui est fou, c'est que je le retrouve dans la valise ! Ma grand-mère et ma tante, que j'avais toujours vu lire *Madame Figaro*, avaient dû le découper pour le conserver. On me voit poser, très souriante, un nœud dans les cheveux, dans une robe à pois rouges, l'air très jeune fille de bonne famille.

Le titre disait la stricte vérité : je vivais effectivement avec deux hommes et un rat !

François m'avait offert pour mes trente ans, au cours d'une fête qu'il avait organisée rue Saint-Jacques, un bébé rat noir et blanc, dans un énorme paquet-cadeau entouré d'un ruban rose. Un petit clin d'œil à mon surnom : mes amis m'appelaient Rat, à cause de mes grandes dents de devant et mon air de petite souris. François pensait que j'allais pousser un hurlement en voyant la bête, mais il n'en fut rien. Je n'avais absolument pas peur des rongeurs, et fus ravie de ce cadeau. Je décidai donc de devenir sa maman (l'alcool m'y aida un peu...), et de lui trouver un prénom. Après toutes sortes de propositions farfelues de nos convives, je décidai de le nommer Lovely, car j'adorais les BD de Gotlib : *Rhââ Lovely*. Il devint donc Rat Lovely. Et très vite énorme ! Et il me prenait effectivement pour sa mère. Nous le laissions en liberté dans l'appartement, il accourait dès que je rentrais, me sautait dessus, grimpait jusqu'à mon cou, et m'embrassait de sa petite langue en poussant des couinements délicieux tout en agrippant mon oreille avec ses pattes. Il faisait la sieste dans un bandana que je nouais autour de mon cou, comme un petit hamac. On ne voyait pas forcément Lovely au premier coup d'œil, tout enroulé qu'il était dans le tissu, mais il arrivait fréquemment qu'il laissât échapper sa longue queue. Ou bien une petite patte. Et il ronflait ! Ce qui faisait un effet terrible. (Une voisine, qui était venue m'emprunter un ustensile de cuisine, s'était à moitié évanouie en assistant à ce spectacle.) Parfois, je sortais avec lui dans le monde, et je lui mettais un petit nœud papillon. J'en avais confectionné plusieurs, de couleurs différentes, que j'harmonisais avec mes tenues...

Il dormait aussi contre moi la nuit (François regrettait alors amèrement sa plaisanterie), aimait beaucoup faire des longueurs dans la baignoire, et il adorait me voler de petits objets, qu'il me rendait ensuite pour avoir un câlin. Il les grignotait bien un petit peu au passage (j'eus quelques culottes en dentelles après ses larcins...), mais je trouvais cela très amusant. Sauf lorsqu'il croquait les billets de banque oubliés sur la commode de l'entrée. Mais il ne se contentait pas de voler ce qui se trouvait dans notre appartement. Un jour, on sonna à la porte, et je suis allée ouvrir à un monsieur, qui avait l'air très sérieux.

– Bonjour, mademoiselle. Je suis votre voisin de l'immeuble d'à côté. Nos balcons sont mitoyens.

– Ah, oui ? Bonjour, monsieur.

– Excusez-moi de vous déranger. Je viens vous voir à propos de votre rat.

– Oh, je suis désolée ! Il est venu chez vous ? Il vous a effrayé ?

– Il vient bien chez nous, c'est exact, mais il ne nous effraie pas du tout. Nous l'adorons, ma femme, mon fils et moi. Il arrive même qu'il regarde la télé avec nous.

– Quoi ?

– Oui, oui, il est charmant. Mais un peu voleur. S'il pouvait rendre les petites voitures qu'il a prises à mon fils...

Et il m'affirma qu'il avait vu mon rat marcher sur ses pattes arrière, en transportant une petite voiture sur sa tête !

J'eus du mal à le croire, mais nous nous sommes tout de même mis en quête du butin dans l'appartement. Nous avons déplacé quelques meubles, et là, derrière le piano, nous avons trouvé son trésor : quelques-unes de mes culottes désormais très ajourées, une photo de vacances à moitié rongée, des bouts de pain, une petite cuillère, et trois petites voitures !

Et quelques jours plus tard, quelle ne fut pas notre surprise à François et à moi de voir Lovely en pleine action ! Nous avions laissé une demi-baguette de pain sur la table basse du salon, et le temps d'aller chercher les plats à la cuisine, nous avons vu Lovely se diriger vers la cheminée, qui était également une de ses cachettes (il en ressortait tout noir, d'où son deuxième prénom Râââmoneur). Il portait la baguette à bout de bras au-dessus de sa tête, en avançant sur ses pattes arrière, et arrivé devant la cheminée, il tenta de la faire entrer à l'intérieur du conduit, ce qui était évidemment impossible. Et comme il s'était rendu compte que nous le regardions, il s'acharnait de plus belle en poussant des cris. C'était absolument hilarant.

Il y eut de nombreux épisodes totalement absurdes avec cet animal. Mais l'un d'entre eux gagna la palme du grand délire. Nous avions invité des gens à dîner et, n'étant pas certains qu'ils soient sensibles au charme de Lovely, nous envisagions de le mettre dans sa cage et de le laisser dans la chambre. Mais évidemment, sentant sûrement que nous désirions le tenir à l'écart, il demeurait introuvable. Tout se déroula parfaitement jusqu'au moment du café. Lovely, sans doute en manque de câlins, sauta sur mes genoux, et sans que j'eusse le temps de l'en empêcher, arriva sur la table, et brandit un Tampax, qu'il m'avait volé dans la salle de bains, en poussant un cri victorieux ! Il ne fut alors évidemment pas le seul à crier ! C'était absolument surréaliste.

Il avait aussi creusé un tunnel qui traversait l'intégralité de notre canapé en mousse. Au milieu, il avait fait un petit trou qui lui permettait de passer la tête pour surveiller tout ce qui se passait dans l'appartement. Un dimanche après-midi, maman est venue nous rendre visite de Lyon. Je ne lui avais pas parlé de Lovely. Lorsque je donnais de mes nouvelles à maman, je ne trouvais pas nécessaire de mentionner ce petit colocataire, elle qui se faisait déjà tellement de soucis pour moi…

J'avais voulu cacher Lovely avant l'arrivée de ma mère, mais, comme à chaque fois qu'il sentait que je voulais le mettre en cage, il avait disparu. Si bien que je redoutais de le voir surgir à tout instant. Maman s'installa dans le canapé et, fébrile, je lui servis une tasse de thé. C'est alors que je vis, tout près de son visage, la petite tête de Lovely sortir de son trou. Je restai la bouche ouverte, sans bouger, et maman me demanda :

– Qu'est-ce que tu as ?

Elle tourna alors la tête pour voir ce qui m'intriguait tant, et tomba nez à nez avec l'animal ! Elle poussa un hurlement, tout en jetant la tasse de thé qui alla se fracasser contre le mur, et Lovely, effrayé, retourna immédiatement dans sa cachette.

– Mais qu'est-ce que c'était que ça ? balbutia maman, traumatisée.

– C'était Lovely, notre rat.

– Quoi ?

– Notre rat, Lovely, je l'ai baptisé comme ça à cause de Gotlib.

– Quoi ?

– C'est notre rat domestique, il est charmant. Tu peux le caresser si tu veux.

– Quoi ? Caresser un rat ! Mais tu deviens vraiment zinzin ma pauvre Minette ! Je savais que c'était pas bon que tu viennes vivre à Paris ! Je le savais ! Il ne faut surtout pas que ton père apprenne ça, sinon il va venir te chercher pour te ramener à Lyon ! Et ta tante Zette non plus ! Elle qui a la phobie des rongeurs ! Un soir, à Neuville, elle a aperçu une souris, quatre heures elle est restée debout sur une chaise, on a cru qu'elle allait passer la nuit là ! Si elle apprend que tu caresses des rats, elle y reste !

Et elle y est presque restée ! Elle m'appela sitôt après avoir vu l'article.

– Allô, ma Sophie, c'est ta tatan Zette !

– Ah, bonjour, ma Zette, ça va ?

– Oui, oui... Heu... Ta mamy et moi on vient de lire l'article sur toi dans *Madame Figaro*...

– Ah, oui ! C'est chouette, hein !

– Oui, oui, très bien... Mais... Ce titre... Il est bizarre... On n'a pas bien compris avec mamy... Comment ça deux hommes et un rat ?

– Oui... Heu... Eh bien, deux hommes, parce que je partage un appartement avec mon petit ami et mon copain de lycée, mais ça tu le savais. Et le rat, en fait... Je ne te l'avais pas dit, pour ne pas t'affoler, mais nous vivons avec un rat.

– Mais... c'est pas un vrai rat ?

– Heu... Si. C'est un rat tout ce qu'il y a de plus rat. Il a les pattes, les dents, la queue...

Il y eut un grand silence. Puis elle enchaîna, la voix de plus en plus fêlée :

– Mais pourquoi ?

– Comment ça pourquoi ?

– Pourquoi vivre avec un rat ?

– Eh bien, à vrai dire je ne me suis pas posé la question. C'est mon petit ami qui me l'a offert pour mon anniversaire, parce qu'il me surnomme « Mon rat », à cause de mes grandes dents de devant. Je l'ai eu tout petit tu sais, et il est très gentil, il vit en liberté dans l'appartement, et il est très affectueux. Il grimpe dans mon cou, il attrape mon oreille avec ses petites pattes, et il met sa langue à l'int...

J'ai entendu un cri à l'autre bout du fil. Zette hurlait (enfin, tentait) à présent, et je compris qu'elle avait lâché le combiné. Puis il y eut la voix de mamy :

– Sophie, ce n'est pas gentil de te moquer comme ça de ta tante ! J'ai tout entendu avec l'écouteur, c'est pas bien d'inventer des histoires pareilles pour lui faire peur. Tu sais bien qu'elle est fragile !

Je n'ai pas insisté, par crainte de les faire crier de nouveau. J'ai hésité à leur envoyer une photo de moi avec Lovely. Mais j'ai pensé qu'il était plus sage de les laisser croire à une farce...

Il y avait un jeune animateur de radio, Laurent Ruquier, qui présentait une émission sur France Inter *Rien à cirer*, où des humoristes traitaient de l'info et égratignaient les invités. L'émission, qui était en direct pendant deux heures le dimanche matin, avait un tel succès qu'on proposa à Laurent d'en faire une quotidienne. Il cherchait donc de nouveaux humoristes, imitateurs et chroniqueurs pour y participer. C'est pourquoi il vint me voir au Point-Virgule.

Je fus tout de suite touchée par ce grand jeune homme à lunettes, brillant et timide. Il m'était curieusement familier. Il me proposa de venir voir son émission le lendemain, car elle était enregistrée en public dans un grand studio de la maison de la radio.

Je me retrouvai donc le lendemain matin au studio 105. L'invité était Christophe Lambert, que j'adorais. J'étais tombée follement amoureuse de Greystoke...

Mais dans l'émission, Greystoke perdit un peu de sa superbe, car les chroniqueurs l'attaquaient de toutes parts, avec brio et humour, certes, mais pas toujours avec délicatesse... Je me disais que je serais parfaitement incapable d'en faire autant, surtout avec un invité que j'admirais. C'est pourquoi lorsque, à la fin de l'émission, Laurent vint me demander si je voulais faire partie de l'équipe, j'hésitai...

Je ne tardais pourtant pas à être convaincue, car j'avais tout de même terriblement envie de me lancer dans cette aventure.

Mon premier invité était le chanteur Nilda Fernández. Qui ne vint pas ! Et comme l'émission était en direct, nous l'avons faite sans lui. Mais j'avais écrit un papier qui nécessitait son intervention !

Totalement liquéfiée dans les coulisses, je fus heureusement réconfortée et encouragée par les autres chroniqueurs : Jean-Jacques Vanier, Pascal Brunner, Jacques Ramade, et Virginie Lemoine, qui devint une grande amie.

J'ai fait ma chronique comme si Nilda était présent, en faisant seule les questions-réponses, et j'eus beaucoup de succès, certainement d'ailleurs dû à son absence, car je crois que mon sketch n'était pas terrible...

Je suis restée presque cinq ans dans l'émission. J'avais aussi une rubrique de chansons rétros, que j'interprétais accompagnée d'un formidable pianiste, Richard Lornac. Nous avons reçu toutes les plus grandes personnalités du moment, j'ai vu en vrai la plupart des gens que j'admirais follement depuis toujours : Jacques Higelin, Julien Clerc, Björn Borg, Patrick

Macnee et Diana Rigg, Michèle Morgan (qui croisait donc ma route pour la deuxième fois…), Pierre Perret, pour lequel j'ai écrit *La Foufoune*, parodie de sa chanson du *Zizi*, qui plut beaucoup au public, et aussi à Pierre Perret. Il m'encouragea d'ailleurs à l'enregistrer, j'en fis une version techno, et il arrivait souvent que j'entende ma *Foufoune* dans des boîtes de nuit lors de mes virées nocturnes, chez *Castel*, au *Baron* ou au *Banana Café*, et qu'une foule de gens alcoolisés se déchaîne dessus (si je puis dire…).

Je rencontrai aussi Annie Cordy (avec qui je me découvris de nombreuses affinités et que je revis souvent), Charles Trenet (avec qui j'ai chanté plusieurs fois en duo, et qui nous emmenait Laurent et moi au restaurant et en boîte de nuit !). Je ne peux pas tous les citer ! Je venais trois à quatre fois par semaine dans l'émission, j'avais toujours un trac monstre, j'ai rencontré un monde fou, chroniqueurs et invités, et ce fut absolument formidable ! L'émission avait un tel succès que nous avons été programmés à l'Olympia le dimanche, puis en tournée dans des zéniths de province. Les gens nous adoraient, et les salles ne désemplissaient pas. L'écriture des sketchs demandait énormément de travail. Je me faisais souvent aider par un humoriste, Georges Mathieu, j'écrivais la nuit, dans les taxis, en mangeant, dans les coulisses du Point-Virgule. Je partais tôt le matin pour éplucher un peu les journaux à la maison de la radio, l'émission avait lieu à dix heures, puis régulièrement je fonçais en taxi à La Plaine Saint-Denis pour enregistrer *La Classe*, et revenais dans le Marais en vitesse pour jouer le soir au Point-Virgule. Et il n'était pas rare que j'aille faire ensuite la fête avec Laurent Ruquier ! Je devais avoir une santé de fer, ou être si passionnée que j'en avais totalement oublié qu'il fallait dormir de temps en temps…

Je devins amie avec Laurent, qui était comme un grand frère pour moi. Nous partions souvent en vacances ensemble. Je l'adorais et l'admirais. Il avait une façon de booster la vie qui rendait chaque minute précieuse et follement amusante. Et toutes ces années auprès de lui furent épuisantes, mais extraordinaires !

Dans la valise, Zette et mamy avaient glissé quelques photos de Laurent et moi découpées dans des journaux. Et en les regardant, après toutes ces années, je réalise que nous nous ressemblions beaucoup physiquement. Effectivement, un genre de frère…

Chapitre 13

Mais retournons à mes débuts dans *Rien à cirer*, en 1995.

Maman, qui ne ratait jamais une émission, m'enregistrait sur son poste à cassettes dans la galerie, et il arrivait souvent, me disait-elle, que des visiteurs ou clients lui disent : « Ah, vous écoutez *Rien à cirer* ! » Ce à quoi elle répondait : « Oui, surtout ma fille ! C'est Sophie Forte ! »

Elle était fière de moi. Papa aussi, mais il n'écoutait pas la radio, lui préférant décidément sa télé. Mais il regardait assidûment *La Classe*.

Quant à moi, je n'avais plus une minute de libre, entre radio, télé et spectacle. Si François voulait me voir, il fallait qu'il m'accompagne sur un de mes lieux de travail, ce qui lui était difficile car, n'étant plus mon pianiste, il avait repris un travail d'ingénieur en informatique.

Il me proposa de partir pour un long voyage en bateau. Ses parents, à la retraite, faisaient le tour du monde en voilier, et François (avec qui je faisais souvent du bateau, en Corse et près des îles d'Hyères) voulut que nous allions les retrouver. Mais il m'était évidemment impossible de le suivre, j'étais au début d'une carrière qui commençait à vraiment marcher.

Il partit donc sans moi, me laissant seule rue Saint-Jacques. Comme notre ami était allé vivre dans un autre appartement avec sa fiancée, je dus trouver d'autres colocataires, ce qui me valut pas mal de galères… Et puis il fallait trouver des gens qui n'avaient pas peur des rats…

C'est aussi cette année-là que j'ai joué au théâtre du Palais-Royal avec Robert Hirsch.

J'avais été informée d'un casting pour un rôle d'ingénue dans une pièce de Guitry, *Une folie*, et je m'étais rendue au théâtre du Palais-Royal pour l'audition. À peine entrée dans le théâtre, je reçus sur la tête un visage d'ange qui s'était décollé du plafond ! Je sus que j'allais être prise, ce qui fut le cas !

Nous avons joué la pièce huit mois. J'avais pour partenaires le grand Robert Hirsch, Michèle Larroque, Annie Grégorio…

Le soir de la première, mes parents, qui étaient venus de Lyon, étaient extrêmement fiers. Ils s'étaient habillés pour l'occasion, maman dans une jolie robe en soie bleue, papa dans un costume trois-pièces beige en lin, chaussures fraîchement cirées et bretelles en pleine forme. Ils étaient magnifiques ! J'étais si heureuse qu'ils soient là.

Je les avais retrouvés, deux heures avant le spectacle, dans un café près du théâtre. Maman parlait sans cesse, mais papa ne disait rien. Il était tout pâle, complètement contrit. J'ai fini par lui demander ce qui n'allait pas, et il me dit :

– Il est affreux ton métier !

– Comment ça ?

– Oui, se montrer sur scène, devant tous ces gens ! Moi je mourrais de trac !

– Mais je meurs de trac !

– Alors tu es folle ma Minette, c'est bien ce que je pensais…

La pièce fut très bien accueillie, et aux saluts, je vis mes parents dans la salle. Je leur fis un coucou pendant que mes partenaires repartaient en coulisses, et le lourd rideau rouge qui descendait du plafond, m'est tombé dessus, ce qui me fit basculer en arrière. Et je me suis finalement affalée, le haut du corps côté scène, et les jambes, en l'air, avec tous mes jupons, côté public. J'entendis des salves de rires. J'étais heureuse !

Robert Hirsch était discret et distant, et j'en déduisais qu'il ne m'appréciait pas.

Mais une costumière me glissa à l'oreille qu'en fait, il était plutôt timide, et qu'il adorait les bonzaïs. Je pouvais donc me rapprocher de lui en lui en offrant un ! Il venait toujours très tôt en loge, vers seize heures, et un jour, peu de temps après la première, j'ai osé frapper à sa porte avec un petit arbre. Il m'intimidait énormément, et je ne sus quoi lui dire après avoir entendu : « Entrez ! »

Je suis restée plantée devant lui avec mon cadeau, j'ai fini par le poser sur sa table de maquillage en lâchant : « Bon, voilà un bonzaï, il paraît que vous aimez ça, enfin c'est surtout pour qu'on se parle ! » Il a éclaté de rire, m'a remerciée, m'a fait asseoir, et nous nous sommes parlé. Longtemps. Souvent. Presque chaque jour, jusqu'à la fin de la pièce, qui s'arrêta brutalement.

J'avais demandé au directeur Francis Nani si je pouvais avoir davantage d'invitations pour mes amis, car elles nous étaient données au compte-gouttes. Il finit par m'autoriser à inviter une vingtaine de personnes un « jour creux », le mardi suivant. Mes amis étaient ravis, et en ce beau soir de mai, ils vinrent nous applaudirent. Je faisais ma première entrée en frappant à une porte ; Robert, debout devant son bureau, disait : « Entrez ! », et je me présentais aussitôt : « Bonjour. Je suis Mlle Putifat ! »

Comme tous les autres soirs, je frappai, entendis le « Entrez ! » tonitruant de Robert, ouvris la porte, commençai ma réplique.

Mais Robert, qui était étrangement pâle, se tint au bureau, chancela, et tomba au sol. Il faisait une crise cardiaque ! Aussitôt, on baissa le rideau. Je me suis précipitée auprès de lui, on appela le Samu et on l'emmena à l'hôpital. Fort heureusement, il survécut, et joua même ensuite durant une vingtaine d'années. Mais nous ne reprîmes jamais cette pièce. Et tous mes amis, qui étaient venus me voir ce soir-là, n'auront finalement vu que mon entrée, et entendu le début de ma phrase : « Bonjour, je suis Mlle Put... »

⋆

Un soir, maman m'appela, avec une voix bizarre :

– Ma Minette, je crois que ton papa ne va pas très bien.

– Quoi ? Il est malade ?

– Peut-être... Il ne peint plus.

– Comment ça ?

– Plus. Plus du tout. Il refuse de peindre.

– Mais... Depuis combien de temps ?

– Cinq jours.

– Mais c'est rien, il fait un petit break, ça fait des années qu'il peint presque chaque jour, il se repose.

– Non. Il dit qu'il ne veut plus toucher un pinceau.

– Il fait sa crise, ça va passer.

– Non, je ne crois pas. Il a jeté tout son matériel à la poubelle.

– Quoi ? Passe-le-moi.

– Je ne peux pas, il dort.

– Bon, ne t'inquiète pas, je vais venir ce week-end.

Lorsque je suis arrivée dans le salon, papa était là, comme à son habitude, dans un pyjama à rayures, blotti dans le canapé. Il était heureux de me voir et paraissait serein. Sur la table, plus de papier ni de peinture. On a échangé quelques mots sur ma vie parisienne, et il m'a dit :

– Oui, je sais pourquoi tu es là, maman t'a raconté…

– Oui. Qu'est-ce qui t'arrive ?

– Rien. Je prends ma retraite.

– Ta retraite ?

– Ben oui, j'ai soixante-cinq ans, c'est un très bon âge pour prendre sa retraite.

– Mais, papa, tu es un artiste, il n'y a pas d'âge pour…

– Et pourquoi ? Artiste peintre est un métier comme un autre, j'ai droit à ma retraite !

– Mais papa, la peinture, c'est une passion pour toi…

– Non. Une passion, c'est quand on peut pas s'en passer. Et moi, je peux parfaitement m'en passer. Après tout, j'avais rien demandé, moi. Il faut que je fournisse des tableaux comme des petits pains, j'en ai marre. La machine est cassée. Je veux plus peindre !

– Mais… Qu'est-ce que tu vas faire ?

– Je vais enfin pouvoir regarder ma télé avec mes deux yeux sans en avoir un sur le pinceau ! Et puis pourquoi il faudrait « faire » quelque chose. Moi, je suis jamais aussi heureux que quand je fais rien !

– Mais… Et la galerie ?

– On va la vendre, ça nous fera une retraite de luxe.

– Et maman ?

– Maman va se reposer aussi, elle est fatiguée !

– Et si elle a envie de continuer ? Tu lui as demandé son avis ?

– Non. Et puis après tout, c'est moi le peintre. Je peins si je veux !

Et il s'est resservi un verre de Côtes-du-Rhône.

Et il ne toucha plus jamais à un pinceau.

Maman fut très déstabilisée par sa décision. Elle pensa un moment qu'il allait se raviser, mais il n'en fut rien. Dans la galerie, les tableaux disparaissaient les uns après les autres sans être remplacés. Elle songea à la garder tout de même pour exposer d'autres peintres, mais le cœur n'y était plus. Et elle allait avoir soixante-dix ans...

Alors elle m'appela pour me demander si je voulais prendre quelques tableaux avant que tous ne soient vendus. Je suis revenue un week-end pour en choisir une quinzaine, petits et grands. Et j'emportai aussi un portrait de moi, que papa avait fait lorsque j'avais dix ans. Son unique portrait...

Maman récupéra les dernières œuvres pour les mettre dans le salon.

Et elle ferma la galerie.

Et elle m'apprit la mort de Lascoux, quelques mois plus tard.

François était revenu de son périple, mais plus rien n'était comme avant. J'ai quitté la rue Saint-Jacques pour m'installer dans le studio de la rue Miron. Nous nous sommes séparés longuement, avec moult rebondissements, et il resta mon confident, mon meilleur ami, ma famille.

Lovely mourut à l'âge de trois ans et demi, électrocuté en rongeant les fils de la chaîne stéréo…

⋆

J'avais créé, en 1996, un nouveau one-woman show dans le charmant théâtre du Lucernaire, à Paris, et Christine Bravo, alors animatrice de son émission *Froufrou*, qui s'adressait aux femmes, avec des chroniqueuses exclusivement féminines, vint me voir. Je la connaissais car elle avait été une des invités de *Rien à cirer*. Elle me proposa de faire partie de son équipe, et me donna rendez-vous avec Thierry Ardisson, qui était son producteur. J'avais proposé de faire de petits sketchs, pour donner des conseils farfelus aux femmes, et il eut une idée absurde, mais efficace : il me suggéra de déclamer mes chroniques dans une baignoire ! C'était un nouveau défi que je fus ravie de relever. C'est ainsi que je me suis retrouvée en maillot de bain, sur un plateau télé, dans une baignoire pleine de mousse, à faire des sketchs complètement barrés, en arborant d'étranges chapeaux, que me fabriquait ma mère !

Cela renforça ma popularité, et j'entendais souvent dans la rue : « Regarde, c'est la fille de la baignoire ! »

Maman faisait régulièrement des « sauts de puce », chez moi. Elle aimait cette expression, qui signifiait sans doute qu'elle viendrait et repartirait vite, en se faisant légère comme une puce. Mais il n'en était rien. Maman restait toujours plus longtemps que prévu, et au lieu de légèreté, elle se faisait extrêmement pesante en voulant régir tout ce qui me concernait. Elle triait mes papiers (et réglait quelques factures au passage, ce qui était pour moi le moins déplaisant…). Mais elle lavait aussi mon linge, faisait la vaisselle, les courses, et le ménage de fond en comble. Elle triait même mes chaussettes ! Sans oublier les remarques désobligeantes sur mes éventuels petits amis croisés au cours de ses visites. Si bien qu'à son départ, je ressentais un coupable soulagement.

Un après-midi, elle m'appela, très guillerette.

– Coucou, ma Minette ! C'est ta Mamouska ! (Elle se nommait toujours ainsi, ce qui était pure fantaisie, n'ayant aucune origine russe. Enfin, pas que je sache, mais maman réservait souvent des surprises...) Je suis à Paris ! On peut se voir ?

– À Paris ? Mais tu ne m'avais pas dit que tu venais, et...

– Oui, je voulais te faire une surprise ! Tu es libre cet après-midi ?

– Heu, oui. Tu es à la gare ?

– Non, non...

– Ah, bon... Tu veux venir à la maison ?

– Non, non...

– Mais où veux-tu qu'on se retrouve alors ? Dans un café ?

– Non, non... Je te donne rendez-vous tout près de chez toi. Au 46 rue Saint-Antoine. Tu peux noter le code ?

– Mais qu'est-ce qu'il y a au 46 rue Saint-Antoine ?

– Tu verras... Disons dans une heure ?

– Heu... Oui... D'accord...

Une heure plus tard, très curieuse, j'étais devant la grande porte cochère du 46. Je composai le code et pénétrai dans une jolie cour fleurie. Je me rendis devant une nouvelle porte. Maman ne m'avait pas dit qu'il y avait un interphone... Je regardais les noms à côté des petits boutons. Le mien me sauta aux yeux. Forte ! Comment ça, Forte ? Maman m'avait acheté un appartement !??? Je sonnai fébrilement. Sa voix enjouée me parvint dans l'interphone :

– Troisième étage porte gauche !

Mon cœur battait à toute allure dans l'ascenseur. La montée dura une éternité. Près de la sonnette de la porte, mon nom encore. Étais-je en train de rêver ?

Je sonnai.

J'entendis le bruit des petits pas alertes de maman se rapprocher. Elle m'ouvrit, tout sourire, dans une jolie robe à fleurs (c'était le printemps.)

– Bonjour ma Minette !!!

– Bonjour maman.

Je ne pensais même pas à l'embrasser tant j'étais intriguée.

– Bienvenue chez nous !

– Chez nous ???

– Oui, enfin, chez nous, ton père et moi…

Elle ouvrit plus grand la porte. La Toche se précipita pour se frotter contre mes jambes en ronronnant. Maman avait emmené la chatte à Paris ! J'étais déboussolée. J'entrai, stupéfaite, dans l'appartement. J'empruntai un long couloir au parquet de chêne, qui ressemblait beaucoup à celui de leur appartement lyonnais. Sur la gauche, une cuisine, qui ressemblait aussi beaucoup à celle de Lyon. Aux murs, le même genre de papier peint couleur amande. Un peu plus loin, un salon, avec les mêmes meubles qu'à Lyon : la même table, le même lustre, le même canapé et… papa dedans !

– Haaaaa !!!!!

Je poussai un cri entre l'effroi et la plainte. Mon père était là, en train de regarder la télé, dans son pyjama, sa cigarette au coin des lèvres, sa bouteille de rouge sur le guéridon à côté, avec le verre au même endroit que d'habitude, à droite de la bouteille (papa avait ses petites manies...). Il me sourit tranquillement en me lançant à son tour un chaleureux « Salut ma Minette ! ». Puis il retourna à son film.

Je suis restée sans voix. J'ai continué ma visite, sonnée, tel un automate. Dans la chambre, je trouvai le même lit qu'à Lyon, avec le vieux plaid bleu, les mêmes rideaux, les petites tables de nuit, enfin tout pareil ! J'hésitais entre rire et pleurer, et je fis donc les deux à la fois. Maman m'avait poursuivie durant toute la visite en lançant des « Alors, qu'est-ce que tu en penses ? », mais j'étais dans l'incapacité de répondre à cette question, j'en avais tellement d'autres en tête : *Comment est-ce possible d'avoir trouvé à Paris la réplique d'un appartement lyonnais, pourquoi mes parents à moi font des trucs pareils, quand ont-ils décidé de s'installer à Paris, pourquoi ne m'ont-ils pas prévenue, pourquoi avoir fait une telle folie, étaient-ils devenus fous, allais-je devenir folle, moi aussi, l'étais-je déjà ?*

Je regardais leur nouveau décor, livide, tremblante et totalement estomaquée. Je parvins à articuler :

– Vous êtes là depuis quand ?

– Hier, me répondit fièrement maman. L'appartement n'a pas été difficile à meubler, on avait déjà tout. Et tu as remarqué comme c'est incroyable, il ressemble tout à fait à celui que nous avions à Lyon !

J'eus subitement l'atroce sensation que mes parents avaient été téléportés à Paris, avec leur appartement, tout leur mobilier, leurs vêtements, leurs accessoires et le chat.

– Mais enfin, dis-je, vous auriez pu m'en parler, je ne sais pas, on n'est pas des étrangers quand même, c'est trop bizarre !

– Et qu'est-ce que ça aurait changé ? a demandé maman. Tu te serais peut-être opposée à ce projet, et nous y tenions tellement, ton père et moi.

– Enfin, surtout ta mère ! lança mon père de son canapé.

Il y avait aussi une salle à manger, que je découvris en dernier lieu. Sur la même table qu'à Lyon trônaient un gros saucisson et des quenelles encore fumantes.

Alors maman dit, un sanglot dans la voix, cette phrase qui m'acheva :

– Lyon va beaucoup nous manquer !

Dès lors je vécus une sorte d'enfer de bienveillance et d'amour. Car maman venait me rendre visite chaque jour, les bras chargés de nourriture, ou de produits ménagers, m'apportant des lettres qu'elle m'écrivait et qu'elle n'avait désormais plus besoin de poster… Je ressentais des sentiments très partagés concernant ses visites intrusives. J'étais, dans un premier temps, toujours heureuse de voir arriver maman (à part lorsque je me trouvais nue dans les bras d'un homme). Puis, très vite, sa présence m'agaçait. Elle m'infantilisait, m'assommait de conseils plus ou moins incongrus, désirait s'occuper de tout, fouinait dans mes papiers et tardait à s'en aller lorsque je lui disais que j'attendais une visite. Un jour de grande faiblesse, je lui avais confié un double des clés. Ainsi, elle pouvait débouler n'importe quand sans prévenir, ou même se trouver déjà chez moi lorsque je rentrais. Elle passait son temps à faire d'énormes tartes avec toutes sortes de fruits, qu'elle m'apportait sitôt sorties du four, et que je ne mangeais évidemment jamais entièrement toute seule. J'en faisais profiter mes amis, mais parfois, le rythme du débarquement des tartes était si effréné que, même avec de l'aide, je ne pouvais en venir à bout.

Mes amis se moquaient gentiment de moi, mes amants étaient excédés, et moi-même je ne me sentais pas du tout bien. Je savais que maman s'ennuyait terriblement avec papa, qu'elle n'avait plus d'activité, et que j'étais par le fait devenue sa seule raison de vivre (elle me le disait d'ailleurs souvent, des trémolos dans la voix et l'œil bas). Mais il m'était très difficile de porter le poids de tant d'amour, de me retrouver radicalement écrasée par lui, alors que j'avais fui Lyon en partie pour gagner une liberté salvatrice. J'essayais d'expliquer cela à maman, en prenant maintes précautions pour ne pas la blesser, et lorsqu'elle semblait ne pas comprendre, j'explosais et finissais immanquablement par la chasser de chez moi. Alors je me retrouvais écrasée par un poids encore plus lourd que son amour : celui de la culpabilité. Ainsi s'écoulait ma nouvelle vie auprès de mes parents, à qui, en bonne fille, j'allais de surcroît rendre visite très régulièrement. Mon père me regardait de plus en plus de travers, m'accusant de lui voler « sa Juju ». Il râlait, envoyait en l'air un de ses fameux « Putain de bordel de merde », mais le cœur n'y était plus, car il savait au fond que c'était en vain : rien ne dissuaderait maman de passer une grande partie de son temps chez moi.

Sauf peut-être de ne plus y être moi-même…

*

En 1997, j'eus une double chance : je fus invitée dans les Club Med de nombreux pays lointains, où je ne devais donner qu'une seule représentation par séjour. Ce qui alliait donc mes deux passions : être sur scène et voyager ! Et peu de temps après cette proposition, on m'en fit une autre encore plus extraordinaire à mes yeux : jouer sur le sublime bateau de croisière, *Le Mermoz* ! C'était un immense et magnifique paquebot de quatre étages, avec de luxueuses cabines, trois piscines, un restaurant somptueux, une salle de bal, et une très grande salle de spectacles ! On se serait cru dans les années 1950. Tout le monde s'habillait le soir, robes longues et smokings, on dansait sur des mambos et des chachas joué par un orchestre, on allait regarder les étoiles sur le pont avec une coupe de champagne. Délicieusement désuet ! Je dînais à la table du capitaine, je me faisais des copines de quatre-vingt-dix ans, je ne ratais jamais aucune escale, ni aucun bal, ni aucune étoile… J'ai adoré ces voyages, et j'en faisais souvent profiter des amis avec lesquels je partageais ma cabine. Et en plus, j'étais très bien payée ! Incroyable. Et c'est ainsi que j'ai pu parcourir le monde pendant des années tout en travaillant. Je réussissais à m'évader régulièrement, entre deux dates de tournée, entre deux émissions : le Maroc, la Tunisie, Bali, le Liban, l'île Maurice, la Jordanie, la Syrie, le Yémen, l'Inde, le Sri Lanka, le canal de Suez, la Birmanie… Sans compter mes voyages personnels : la Guadeloupe, les Antilles, le Ladakh, les Maldives, le Chili, le Mexique, le Guatemala, le Québec, à pied, en voilier, en stop… J'adorais voyager seule, car évidemment je ne le restais pas longtemps. Je faisais de multiples rencontres, je découvrais des cultures, des religions, qui m'aidèrent beaucoup à grandir.

Maman encourageait toujours ces voyages, ce qui était paradoxal vu son attitude protectrice, mais papa était extrêmement inquiet.

D'autant plus qu'il m'arrivait souvent des aventures rocambolesques…

J'avais donc fait cette embolie pulmonaire à Nouméa, avais eu un accident d'avion au nord de la Chine, failli étouffer à cinq mille six cents mètres en haut d'un sommet himalayen, manqué périr en voilier lors d'une tempête au Chili dans le détroit de Magellan, failli mourir noyée emportée par le courant au Sri Lanka, être défigurée par des mouettes sauvages au Chili, dévorée par un jaguar au Mexique, par un crocodile en Afrique, et périr dans un accident de voiture au Guatemala (Les freins avaient lâché dans une descente, de nuit, le long d'une falaise…) Sans parler des multiples intoxications alimentaires. Et moult autres péripéties (il faudrait plusieurs livres pour tout raconter…).

Papa disait : « Mais comment ça se fait qu'on a une Minette si voyageuse ! Moi qui veux jamais quitter mon canapé, c'est pas possible ! C'est pas notre fille ! »

Mais je tenais sans doute davantage de maman, qui elle, avait la fibre voyageuse. Mais une fibre étouffée, une fibre frustrée, qui, du coup, avait pris vie en moi…

*

Je trouve dans la valise un paquet de cartes postales entourées d'un élastique. Elles sont toutes de moi ! À chaque fois que je partais, j'envoyais une carte, et même plusieurs, à mes parents bien sûr, mais aussi à mamy, Zette et André. Et ils les avaient toutes gardées ! Je retrouve, pêle-mêle, des temples hindous, des danses folkloriques, des plages de sable blanc, des déserts, des buildings, des couchers de soleil… Au dos, quelques mots seulement. Il m'avait toujours semblé compliqué d'écrire sur une carte postale, pas assez de place pour raconter des choses intéressantes, et trop pour ne mettre que : « Baisers. » Mais dans le fond, peu importait à ma grand-mère, ma tante et mon oncle ce que je pouvais bien gribouiller au dos des cartes. Le principal, la seule chose qui les touchait assurément, c'était que je pensais à eux, à chaque escapade, de l'autre bout du monde, et qu'ils comptaient toujours pour moi. Alors j'écrivais l'essentiel : « Je pense à vous. Je vous aime. »

Je trouve aussi un petit mot d'André avec les cartes postales. Ce qui me fait penser qu'il a dû les rassembler pour moi. Il a écrit, d'une écriture fluette et tremblante : « Je ne voulais pas te décevoir ma crevette. Il y a plein de choses que je ne voulais pas qu'elles arrivent, mais elles sont arrivées, parce que je n'ai pas pu contrôler...

Je ne suis plus le capitaine Haddock. Mais toi, avec tous tes voyages, tu es vraiment Tintin. »

*

Je revenais désormais à Lyon seulement pour voir Zette et mamy. Les rares fois où je croisais André, nous échangions des banalités. Comme je venais la plupart du temps à l'heure du déjeuner, je l'apercevais sortant de sa chambre vers quinze heures, et filant dans la salle de bains. Il fallait que j'attende encore une bonne heure pour le voir revenir, rasé de près, mais il attrapait un bout de pain et de saucisson sur la table, et prétextait immanquablement qu'il était en retard. Il avait un téléphone portable, je tentais de le joindre régulièrement, mais il ne répondait jamais. Jusqu'au jour où ce fut lui qui m'appela.

J'étais dans les loges d'une émission de télé de Patrick Sébastien, et j'avais le trac, comme toujours. J'ai vu le nom d'André s'afficher sur mon téléphone, et j'ai tout de suite pensé qu'il était arrivé quelque chose de grave. Mais sa voix était parfaitement sereine.

– Allô ? Ma petite Sophie ?

– Ah, André ! Ça alors, quelle surprise !

– Oui, oh ben, y a longtemps que je voulais te parler, mais tu sais ce que c'est, on court partout, on n'a jamais le temps, la vie quoi…

– Oui…

– Alors, comment ça va toi ?

– Je vais bien. Je travaille beaucoup, et puis comme tu sais, je pars souvent en tournée, et en voyage.

– Ah, t'es vernie quand même hein, comme ton père, t'as du bol !

– Heu… Oui… Enfin je travaille quand même beaucoup pour l'avoir, ce bol…

– Et dis donc, avec tous tes spectacles, là, et la télé, la radio, tu dois gagner pas mal d'argent, non ?

– Oui… ça va…

– Non, parce que je me disais, ce serait sympa que tu… Enfin, si tu pouvais nous en prêter un peu, parce que tu sais, on a vendu le magasin, parce que ça marchait plus du tout, et moi je gagne rien avec mon taxi, et ta pauvre tante elle peut même plus aller chez le coiffeur, et mamy elle a une toute petite retraite, et…

– André, je suis désolée, mais je sais où passe l'argent.

– Comment ça ?

– Je sais que tu joues au casino, que tu entretiens une autre femme, ou peut-être même plusieurs… Je l'ai appris il y a des années, par ce chauffeur de taxi, et mes parents me l'ont confirmé.

– Oh, mais non ! C'est n'importe quoi !

– Arrête de mentir André ! Tu dois beaucoup d'argent à mes parents ! Ils t'en ont souvent prêté, tu ne leur as jamais rien rendu. Ils ne veulent plus te voir, et ils m'ont fait jurer de ne pas te donner un centime si tu m'en réclamais.

– Mais comment on va faire ? On va se retrouver à la rue !

– Alors vous viendrez chez moi, mais je ne veux pas te donner de l'argent pour que tu le dilapides ! C'est injuste après tout ! Et j'ai promis à mes parents.

C'est à ce moment-là qu'on a toqué à ma porte pour me demander d'aller sur le plateau télé. J'ai dit à André qu'il fallait que je le laisse. Il m'a dit, pour me culpabiliser :

– Eh ben, j'aurais pas cru ça de toi !

J'ai répondu :

– Moi non plus, j'aurais pas cru ça de toi…

Et nous ne nous sommes plus parlé pendant un bon moment.

⋆

Michel Drucker vint voir mon troisième one-woman show, et il m'engagea dans son émission *Vivement dimanche*. J'y suis restée deux ans. Je faisais des sketchs, des chansons, je présentais parfois l'émission avec lui. Pour ma famille, ce fut la consécration ! Drucker faisait, comme pour tant d'autres Français, partie de la famille depuis longtemps. Mes parents aimaient beaucoup ses émissions, et tante Zette l'adulait ! Maman enregistrait tous mes passages sur cassette vidéo, et Zette me téléphonait après chaque émission pour commenter tout ce que j'avais fait.

Elle me parlait aussi de la façon dont il était habillé. Elle me disait :

– Tu lui diras que j'aimais mieux ce qu'il portait la semaine dernière. Et dis-lui aussi que le bleu lui va bien, et aussi que j'aime bien quand il met des belles cravates de couleur !

Je lui ai proposé maintes fois de lui payer un billet de train et de l'emmener avec moi sur les tournages, mais elle refusait immanquablement en disant :

– Oh, non, jamais de la vie ! Je saurais pas quoi lui dire, moi, à Drucker !

En 1998, je vivais toujours dans mon petit studio du Marais, lorsque j'appris par des voisins qu'un autre appartement, un peu plus grand, était à vendre dans mon immeuble, à l'étage en dessous. Je voulais investir mon argent, et sautai sur l'occasion. Maman m'aida, je fis un emprunt, et achetai un joli petit appartement, qui n'était malheureusement pas sous le premier. Je ne pouvais donc pas les relier… Je fis une fête à tout casser dans l'appartement vide, et puisque j'allais faire des travaux, j'avais acheté des bombes de peinture pour que mes amis taguent ce qu'ils voulaient sur mes murs. Il y avait tellement de monde qu'on pouvait trouver à tous les étages des invités dans la cage d'escalier (qui fut aussi un peu taguée au passage…) et dans la cour. Les voisins sont venus râler, la police a débarqué, bref, une soirée très réussie !

Cette année-là, j'ai joué deux soirs à l'Olympia en première partie de Dave ! (Que j'adorais depuis toute petite.)

Jean-Michel Boris, le directeur, m'accueillit très gentiment, parce qu'il était absolument charmant, et aussi parce qu'il voyait que j'avais un épouvantable trac (pour changer…).

J'ai été une des dernières personnes à jouer dans l'ancien Olympia. Il y avait d'énormes travaux, car on le déplaçait d'une centaine de mètres ! J'avais très mal au ventre, et j'ai demandé où étaient les toilettes (je connaissais déjà l'établissement pour avoir participé à maintes reprises à des émissions de *Rien à cirer*, mais je n'avais aucun sens de l'orientation).

On m'indiqua donc une porte au fond d'un couloir, je me suis précipitée pour l'ouvrir, mais j'ai dû me tromper. Derrière la porte, il y avait un gigantesque gouffre d'une dizaine de mètres ! J'ai poussé un hurlement, un pied dans le vide, et suis aussitôt revenue dans le couloir, en refermant la porte. Les ouvriers n'avaient pas pensé à la condamner, ou à mettre un panneau. C'est alors que passa un technicien, qui me vit blême, tremblante et haletante, adossée au mur. Il me dit alors : « Eh ben, petite demoiselle, faut pas avoir le trac comme ça, ça va bien se passer ! »

Effectivement, à part ce petit incident, tout se passa très bien, sauf que j'ai eu une panne de micro dès le premier sketch, et qu'un régisseur plateau est venu le changer, et que je me suis retrouvée la jupe en l'air pour faire passer le fil par-derrière, et que tout le monde a applaudi en riant, et que ça a dégelé la salle, et que j'ai fait un tabac !

Mes parents, très fiers, s'étaient fait tout beaux, et sont venus les deux fois. Sauf que la deuxième, ils sont rentrés chez eux juste après ma prestation. Papa m'a dit en coulisses :

– C'est vraiment pour te faire plaisir que je suis revenu ce soir, ma Minette. Mais maintenant on va rentrer à la maison ta mère et moi. Je vais pas pouvoir supporter deux fois de suite d'entendre beugler l'autre zouave !

Heureusement, Dave était dans sa loge et n'avait rien entendu. Enfin, j'espère…

On me proposa de participer à l'émission *Fort Boyard*, ce qui enchanta mon père qui la regardait souvent. Là encore, je voulais qu'il soit fier de moi, et j'étais bien décidée à ramener un maximum de « Boyards » pour faire gagner mon équipe. C'était le très sympathique Patrice Laffont, qui était le présentateur. Je me suis retrouvée dans l'équipe du champion de ski Luc Alphand, très chaleureux lui aussi. Au début, tout se passa très bien pour moi. Je réussis l'épreuve de mémoire avec les chiffres, et aussi celle des couleurs. Je ne comprenais rien à ce que me demandait le père Fourras, mais je comptais bien me rattraper sur des épreuves plus physiques. Quelqu'un devait aller dans une petite cage à roulettes récupérer la clé dans une immense enceinte pleine de tigres. Pour désigner l'heureux élu, on lâcha un rat qui devait s'engouffrer dans un tuyau portant le numéro de chaque participant. Et évidemment, le rat me choisit ! C'était peut-être la réincarnation de Lovely...

Je me suis retrouvée dans la petite cage à pédales au milieu des tigres ! Ils étaient énormes et rugissants, et j'avais un peu la trouille. Mais je ne pensais qu'à la victoire, et à mon père que je désirais épater, et je pédalais de toutes mes forces, sans trop regarder les bêtes féroces qui n'auraient pu faire de moi qu'une bouchée. Au moment où je suis enfin arrivée au-dessus de la clé, un énorme tigre a sauté sur ma cage, manquant la faire basculer. Il a rugi de tous ses poumons, et fou de rage d'avoir une intruse sur son territoire, il m'a uriné dessus ! Une atroce urine chaude, en plein sur mon visage. Je hurlais, en me protégeant de mes bras, mais rien n'arrêtait l'animal vengeur, et je fus rapidement couverte du liquide extrêmement mal odorant. Bien évidemment, tout cela était filmé, car il y avait une petite caméra accrochée aux barreaux, au-dessus de ma tête, tournée dans ma direction. Je réussis à attraper la clé et à m'enfuir en pédalant frénétiquement vers la sortie, sous les rugissements de toute la famille tigre, mais le mal était fait : mon père allait voir sa fille se faire pisser dessus par un tigre !

Et pas seulement mon père d'ailleurs, car cette scène passa au zapping et eut, en plus des millions de spectateurs qui avaient regardé l'émission, des millions de vues… Vingt-cinq ans plus tard, elle est toujours sur YouTube…

Heureusement, mon épreuve suivante était de sauter du fort dans la mer pour récupérer une clé qui flottait, et je ne fus jamais aussi pressée de m'immerger dans l'eau glacée, tant l'odeur me montait jusqu'au cerveau…

Et on gagna plein de « Boyards », pour une association contre la leucodystrophie.

Et papa fut extrêmement fier de moi, malgré le pipi du tigre…

Je fus de nouveau invitée dans l'émission l'année suivante, et me suis retrouvée dans une grotte couverte de serpents, qui n'ont pas eu cette fois-ci la fâcheuse idée de m'uriner dessus…

Et papa fut encore très impressionné !

Chapitre 14

À trente-quatre ans, en 1998, j'eus de nouveau envie de déménager, et je me dis qu'en vendant l'appartement du deuxième étage, avec un apport et un nouvel emprunt, je pouvais en avoir un plus grand. Je me mis donc en quête d'un nouveau lieu de vie, que je trouvai rapidement, rue des Tournelles. Le jour de la signature de la promesse de vente, je levai la tête devant mon immeuble pour lui dire adieu, et je vis un panneau « À vendre » ! Il était accroché à la fenêtre au deuxième étage, à côté du mien, et juste en dessous de celui qu'avait acheté ma mère ! Je pouvais donc relier les trois ! Je suis remontée en courant, ai sonné chez mon voisin qui se trouvait être là, et quelques semaines plus tard, je l'achetai !

J'ai fait abattre le mur entre les deux appartements du deuxième étage, réalisant ainsi un fantasme : pousser les murs ! Mais je n'ai pas pu tout de suite faire la jonction avec l'étage du dessus, car il était loué, et nous n'étions pas arrivés à la fin du bail.

Je fis une grande fête de crémaillère. Et comme toujours, la police est venue. Mais j'avais encore les deux portes d'entrées, n'ayant pas commencé les travaux d'aménagements.

Les policiers sont entrés par la porte face à l'escalier, pour chercher la propriétaire parmi les bruyants fêtards. Je suis sortie par l'autre porte dans leur dos, avec ma coupe de champagne, et suis allée au bar en bas en attendant de les voir sortir…

Il y eut de nombreuses fêtes dans cet appartement, souvent totalement délirantes, où se mélangeaient des gens de tous milieux, de tous âges, de toutes professions : célébrités de la télé, de la chanson, du théâtre, vieux copains de Lyon, musiciens qui improvisaient des bœufs, voisins (car j'invitais toujours les gens de l'immeuble), copains rencontrés lors de mes nombreux voyages, venus chez moi en visite, et copains de copains que je n'avais jamais vus. Je retrouvais, à mon réveil (quand j'avais dormi), des gens ronflant dans le canapé, ou écroulés dans des fauteuils, d'autres toujours en train de boire ou de danser, et on faisait des petits déjeuners géants au milieu des bouteilles, et maman, épouvantée, débarquait avec des tartes. Qui pour le coup étaient les bienvenues !

En septembre 1999, j'ai démarré un nouveau one-woman show, au théâtre du Musée Grévin. C'est un lieu magique, un magnifique théâtre de trois cents places, à l'italienne. Ça marchait bien, mon humour noir plaisait beaucoup, il y eut de très nombreux spectateurs. J'y suis restée neuf mois.

Mamy avait glissé dans la valise un *flyer* de ce spectacle, que je lui avais envoyé. On voit le titre, « En toute modestie », avec mon visage souriant, et en dessous :

« Déjà plus de cinq cent mille spectateurs ! » Et entre parenthèses, en plus petit :

« Qui ne l'ont pas encore vu… »

Tout se passait très bien, mais j'avais de plus en plus de mal à supporter la solitude en scène, et dans ma vie privée. Il m'était difficile de rentrer seule chez moi, après avoir quitté mon public si chaleureux, et souvent, je restais la nuit dans le musée ! Il y avait une charmante loge, qui était un vrai petit studio. Un lit confortable, une salle de bains, et même un coin cuisine. Et il n'était pas rare que, avec l'accord du gardien de nuit, je rende quelques visites nocturnes aux célèbres personnages de cire, ce qui m'effrayait autant que cela m'amusait !

Parallèlement, j'écrivais des chansons. La musique me manquait énormément. Je fis la rencontre, par l'intermédiaire de mon toujours si bienveillant ami Jean-Max Rivière, d'un jeune compositeur, Antoine Sahler. Il savait en un clin d'œil habiller mes mots de formidables mélodies, et nous avons décidé, après quelques mois de collaboration, de créer un groupe.

Un batteur, un saxophoniste flûtiste, un contrebassiste, et Antoine au piano. Et nous avons commencé à jouer dans des bars, tard, après mon spectacle au Grévin.

Je fêtai l'an 2000 avec Laurent Ruquier dans une incroyable maison qu'il avait louée au Maroc, puis je suis rentrée pour terminer les quelques mois de one-woman show au Grévin, j'ai enchaîné par une longue tournée, et j'ai arrêté les seuls en scène. Et par la même occasion, les sketchs à la télé et à la radio. Je rêvais de faire une pause, je travaillais sans répit depuis des années, et je voulais aussi me donner une chance en tant que chanteuse.

Papa fut très déçu de ma décision, car pour lui, rien n'était plus important que la télé.

– Mais je comprends pas ma Minette, tu étais arrivée là où tu voulais, alors pourquoi tu arrêtes tout ça ?

– Mais, justement, parce que je ne suis pas arrivée où je voulais arriver.

– Mais tu voulais arriver où ?

– Mais je sais pas. Je ne veux pas arriver d'ailleurs, je veux juste partir ! Explorer d'autres facettes de mon métier. Et puis j'adore faire rire, mais j'en ai assez d'être seule.

– On n'est vraiment pas fait pareils. Moi, je rêve que de ça…

– Et puis je ne me reconnais plus parfois, j'ai l'impression que ma vie n'est qu'une course après la célébrité. L'autre jour, j'ai failli pleurer parce que je n'étais pas invitée dans une émission de télé avec des humoristes !

– Eh ben, tu vois que tu veux y rester !

– Mais non, justement, je veux en partir parce que je veux trop y rester !

– Oh là là, tu es trop compliquée pour moi. Tu veux rester ou tu veux partir ?

– Ce que je veux dire, c'est que c'est obsédant, la télé, et j'en oublie de vivre des choses plus épanouissantes, chanter, faire du théâtre, écrire pour moi, pas pour une émission. La liberté, quoi !

– Oui, mais bon, le théâtre, moi j'aime pas tellement ça. On est enfermés avec plein de gens, il fait trop chaud, on est toujours mal assis, y en a toujours un qui te tousse dessus, et moi je sais pas où mettre mes jambes. Et puis ça m'endort. Au moins, quand tu es dans la télé, je peux te voir sans quitter mon canapé, c'est pratique… Et puis si je m'endors, y a personne pour me donner un coup de coude si je ronfle. Enfin, c'est toi qui vois, hein…

⋆

J'ai signé avec un tourneur de jazz, et la grande aventure avec mon groupe a réellement commencé. Nous partions très souvent jouer en province, et dans quelques lieux parisiens, comme *Le Petit Journal Montparnasse*. Maman m'avait aidée à choisir une robe pour mon premier concert dans ce lieu mythique.

Nous avons fait les boutiques, je cherchais quelque chose de glamour, sans doute pour casser l'image de « la petite rigolote pas féminine ». Maman me regardait, amusée, sortir des cabines, vêtue de robes à paillettes et froufrous. Je me suis revue dans son magasin, lorsque j'essayais les robes de cérémonie, que je tournoyais au milieu des clientes, et que maman riait avec les vendeuses, en disant :

– Elle fait l'article !

Dans un élan, je l'ai serrée contre moi pour l'embrasser. Elle a eu l'air surprise. Elle m'a demandé :

– Ça va, ma Minette ?

Je lui ai répondu :

– Je ne te dis pas assez que je t'aime.

*

Nous étions en 2000, et je me promenais dans Toulouse. J'étais venue pour une dizaine de jours jouer dans cette jolie ville avec mon groupe.

Mon portable sonna, le numéro fixe et le nom de ma tante Zette s'affichèrent, et je décrochai, en tentant un « Allô » le plus enjoué possible. Mais je n'entendis rien en retour. Je dis « Allô » de nouveau, puis il y eut un genre de couinement. Ne me parvenaient que des bribes de paroles, des grincements, entrecoupés de sanglots. Je ne comprenais pas ce que

Zette voulait me dire, mais je savais qu'il venait de se passer quelque chose de grave. Mamy était morte.

Dans la valise, il n'y a pas de photo d'elle très âgée. Je la retrouve, jeune femme fière, ou dame élégante, dans des tenues élaborées, posant devant toutes sortes de paysages, froide et mystérieuse. Rarement souriante. Mais toujours si belle…

Je suis entrée dans une église pour lui parler une dernière fois, pour lui demander pardon d'avoir été moins présente les dernières années, et pour la remercier de m'avoir tant aimée. En fermant les yeux, je la revoyais, si chic et digne, dans ses manteaux de fourrure, dans ses robes longues, je repensais à nos étés à Neuville, quand elle disait immanquablement « Ouh, c'est glacé ! », en risquant un demi-orteil dans la rivière, alors que j'y barbotais depuis une heure. Je revoyais son regard de maîtresse femme, si sombre, si dur, qui se faisait si doux lorsqu'elle posait les yeux sur moi. Je pensais que j'avais sans doute été la seule personne, à part papy, qui l'avait rendue tendre et douce. Mais elle était morte dans la colère, enragée de ne pouvoir rien faire pour empêcher le naufrage que son gendre avait orchestré, mauvais capitaine qui l'avait rendue si petite, impuissante, et désespérée. Et moi, j'avais vu leur navire prendre l'eau, je l'avais même vu couler, et je n'avais même pas été fichue de trouver une barque pour aller les repêcher…

Je touchai la petite bague en or et émeraudes. C'était tout ce qui me restait d'elle. Elle l'avait portée si longtemps.

Et puis je lui ai écrit un poème qui m'est venu d'un coup, vite fait, gribouillé dans mon agenda.

La Valise

Les grands-mères c'est fragile
Comme de la dentelle
Elles marchent sur un fil
Avec une ombrelle

Les grands-mères ça s'éteint
Comme un bout d'chandelle
Elles vous lâchent la main
Pour aller au ciel

Elles préparent leur voyage
En catimini
S'envolent dans un nuage
De poudre de riz

Un matin elles vous offrent
Un dernier sourire
Et referment le coffre
De vos souvenirs

Elles emportent avec elles
Des morceaux d'enfance
Odeurs de caramel
Et jupons qui dansent

Il faut savoir leur dire
Combien on les aime
Avant de leur écrire
Un tout dernier poème

J'ai couru apporter le poème à Antoine, quelques heures avant le concert. Il a aussitôt composé une magnifique musique (je l'appelais « Le Génie », à juste titre !). Nous avons répété avec les musiciens une ou deux fois la chanson avant d'entrer en scène, et je l'ai chantée le soir même. J'ai dit au public que ma grand-mère venait de partir, et que nous avions créé cette chanson pour elle.

Je lui ai dit adieu de cette façon. Elle aurait aimé ça. Elle m'avait toujours encouragée à monter sur scène, elle me disait : « Tu es douée ma petite chérie pour faire rire les gens. Mais je suis sûre que tu peux aussi bien les émouvoir. »

Ce fut chose faite, ce soir-là, grâce à elle…

★

Après la disparition de mamy, tante Zette, André, et un énième Gerry ont emménagé dans un studio glauque, toujours dans la même rue.

Chez eux, ça sentait le rance, l'étroit, la tristesse, et lorsque j'y allais pour de rares visites entre deux trains, je pleurais longuement dans l'escalier sitôt la porte refermée. Mes parents ne voulaient plus entendre parler d'eux, leurs quelques amis, à qui ils devaient sans doute de l'argent, leur avaient tourné le dos depuis belle lurette, et moi je me forçais à aller les voir, et à prendre de leurs nouvelles, par culpabilité. Ils étaient devenus presque invisibles. Et je me sentais tout le temps coupable de ne pas davantage m'occuper d'eux. Mais qu'aurais-je pu faire ? Lorsque j'allais les voir, je leur faisais des cadeaux, mais je ne gagnais pas assez bien ma vie pour les faire vivre. Je proposais à maintes reprises de leur payer des billets de train pour qu'ils viennent un peu chez moi à Paris, mais ils refusaient toujours. La honte avait mis des distances entre nous.

*

Un jour, dans un train au retour de Lyon, je croisai une amie comédienne. Elle me raconta qu'elle était allée voir une voyante étonnante, qui lui avait prédit maintes choses qui s'étaient réalisées. Je n'avais jamais consulté de voyante. À part lorsque je fus piégée par *Surprise sur prise*.

J'avais une trentaine d'années, et je me retrouvais seule, après la rupture avec François.

Le programmateur de *Rien à cirer*, qui adorait me raconter ses histoires avec des voyantes, me dit un jour :

– Sophie, je suis allé chez une voyante hier, c'est dingue, elle t'a vue à la télé et elle a eu un flash sur toi ! Elle veut absolument te parler ! Bien entendu, la consultation sera gratuite. Elle ne m'a pas dit ce qu'elle avait vu, elle m'a seulement dit que c'était très important pour toi...

Très perplexe, je me suis tout de même laissé convaincre, et je pris rendez-vous à son cabinet. Je fus estomaquée par tout ce qu'elle me dit sur mon passé (mon copain lui avait raconté ce qu'il savait de moi, évidemment...). Puis elle en arriva à son « flash ». Elle me prédit que j'allais rencontrer l'homme de ma vie dans un restaurant, qu'il serait blond, et qu'il porterait trois couronnes. Elle ne pouvait m'en dire plus...

Je ne savais pas quoi en penser, puis j'oubliai assez vite cette histoire. Mais deux mois plus tard, je fus invitée par des amis (qui étaient de mèche) dans un très chic restaurant du 16e arrondissement. C'est alors que, en milieu de soirée, un très bel homme blond, avec un blason de trois couronnes brodées or sur son veston, fit son entrée. Évidemment, on avait disposé ma chaise de façon à ce que je le voie. Je fus donc subitement en proie à une terrible excitation, surtout lorsque le jeune homme en question me fit servir une coupe de champagne ! J'étais au comble de l'euphorie, racontant avec moult détails ma rencontre avec la voyante, pour donner à mes amis une explication à ce qui m'arrivait, lorsqu'un deuxième blond entra. Il portait lui aussi trois couronnes, sur une casquette cette fois-ci. Je suis restée bouche bée. Il s'assit à une table voisine, et me fit un craquant sourire. C'était complètement absurde. J'ai évidemment compris lorsque le troisième blond entra. Puis toute une horde de blonds déboula, dont Marcel Béliveau avec une perruque, en hurlant : « Surprise sur prise !!! »

Mais lorsque je rencontrai mon amie dans le train, ce beau jour de début septembre 2001, je fus très intriguée. Je me trouvais justement un peu paumée affectivement, et je suis allée voir cette voyante sitôt rentrée à Paris. C'était une élégante et longiligne femme brune, portant un haut chignon. Elle me reçut chaleureusement dans un joli appartement. Elle était numérologue, et je fus très impressionnée par son travail. Car elle commença à me parler de mon passé avec une incroyable justesse. (Et elle, personne ne l'avait briefée...) Puis elle me dit :

– Ah, c'est formidable, vous allez très bientôt rencontrer votre futur mari, le père de vos enfants !

Je souris. J'avais déjà entendu ça...

– Ce sera au mois d'octobre, dans très peu de temps, donc. Il est étranger, mais vous allez le rencontrer tout près de chez vous.

Je me suis demandé s'il n'y avait pas encore des caméras... Je rentrai chez moi assez dubitative...

Mais en octobre, on me proposa d'être marraine d'un festival d'humoristes étrangers. Ça se passait au café-théâtre des Blancs-Manteaux. À cinq minutes à pied de chez moi. Une amie qui venait voir le spectacle était arrivée avant moi, et m'attendait au bar. Dès qu'elle me vit, elle me dit :

– Je viens de voir passer l'homme de ta vie, ton futur mari et père de tes enfants.

Je ne lui avais absolument pas parlé de la voyante ! Et mon amie ne l'était pas le moins du monde ! Elle avait eu un flash (elle aussi, mais pour de vrai cette fois-ci !).

Le spectacle eut lieu, j'étais assise au premier rang avec mon amie, un très bel homme brun aux yeux bleus entra en scène à demi nu, avec un pagne autour de la taille, un arc, des flèches et une rose, qu'il me tendit instantanément, sans me connaître, en me disant : « Je vous aime ! » (Ça faisait partie du spectacle, mais j'en suis restée pantoise...) Il était à moitié grec, à moitié français, et venait d'Afrique du Sud. C'était Éric, mon futur mari et père de mes enfants...

Notre histoire était une évidence. Très vite, il a emménagé chez moi. Et m'a présenté son petit garçon de presque quatre ans, Théo.

Maman sentit tout de suite qu'il ne lui serait plus aussi facile d'avoir accès à ma vie. Elle venait de moins en moins souvent, s'excusait un peu trop à chaque fois, voulant sans doute se rendre victime et me culpabiliser de cette nouvelle situation.

Éric se montrait toujours très poli avec elle, elle en faisait de même avec lui, mais je sentais bien que quelque chose ne passait pas...

Nous partîmes à Athènes au printemps, pour rencontrer sa famille grecque, puis l'été en Afrique du Sud, pour me présenter ses parents qui vivaient près de Johannesburg, là où Éric avait grandi. Nous avons écrit sur place son premier seul en scène, sur ses origines : *Afrika !* Il joua ce spectacle durant plus de dix ans.

*

De retour à Paris, voyant mon père devenir de plus en plus autiste dans son canapé, je me mis en tête de le pousser à peindre de nouveau. Je suis allée acheter son matériel préféré, et j'ai débarqué avec chez les parents. Maman et moi avons tout installé sur une petite table dans la salle à manger, pendant que papa faisait sa sieste, et dès qu'il s'est réveillé, je l'ai emmené voir sa surprise. Tout était bien disposé, sa feuille Canson avec le bon grain, ses pinceaux de différentes tailles, et de nombreux tubes d'aquarelles. Il resta planté devant, sans rien dire. Maman lui demanda :

– Eh ben alors Max, ça te fait pas plaisir ? Regarde ce que t'a apporté notre Sophie ! Tu pourrais nous faire un petit tableau, non ?

Papa gronda :

– Ah non, ça va pas recommencer ! La dernière fois que j'ai entendu cette phrase, j'en ai pris pour vingt ans ! Je veux plus peindre, fichez-moi la paix avec ça !

Et il est retourné dans son canapé.

Et nous n'avons évidemment pas insisté. Je revins le lendemain, et je vis que le petit atelier était toujours à la même place. J'ai dit à maman qu'il fallait l'enlever, et que je récupérerai le matériel, mais elle m'a répondu qu'elle le laissait quand même là, au cas où, « parce qu'avec ton père on ne sait jamais… ».

J'ai réalisé alors que je n'avais pas peint depuis très longtemps. J'avais quelques heures devant moi. Je suis allée à la cuisine chercher un verre d'eau, j'ai trempé un pinceau dedans, j'ai mélangé les couleurs, et j'ai commencé un tableau. Un paysage marin. C'était délicieux de sentir glisser le pinceau sur le papier, de maîtriser l'eau, la laisser filer ou se faire absorber, ne pas remplir le blanc du ciel pour faire un nuage, danser avec les vagues, laisser entrer la lumière, créer la transparence. Je me reconnectais soudain à moi, qui m'oubliais si souvent, je retrouvais l'enfant que j'avais été, et qui me manquait beaucoup. Papa dans le salon, maman qui m'apportait du thé chaud, l'espoir de pouvoir grignoter encore des petits bouts d'enfance, ce qu'il restait d'insouciance, et le besoin de se sentir encore protégée, dorlotée, aimée, inconditionnellement, absolument, alors que je devenais chaque jour un peu plus le parent de mes parents.

Et j'ai senti la main de mon père sur mon épaule. Il m'a dit :

– Il est bien joli ton tableau, ma Minette.

Et je pris l'habitude de m'octroyer ces petits moments de douceur.

*

Je suis tombée enceinte très rapidement, en octobre 2002. Nous étions ensemble depuis à peine une année Éric et moi. J'allais avoir trente-neuf ans.

À six mois de grossesse, j'avais déjà un ventre énorme. Mais mon corps restait minuscule, ce qui donnait l'impression d'une allumette ayant avalé une pomme… Je donnais toujours des concerts, et je tentais de danser un peu, ce qui était évidemment ridicule et faisait rire le public (et aussi l'inquiétait, car on aurait pu penser que j'étais enceinte de triplés arrivés à terme et que j'allais accoucher sur scène).

Nous parlions depuis longtemps avec mon compositeur et musicien Antoine de faire un disque. Et tout se décanta subitement : des coproducteurs, du temps, un grand studio d'enregistrement…

J'étais prise très souvent d'abominables nausées. La femme d'Antoine venait d'avoir des jumelles, et à force de ne pas beaucoup dormir, Antoine était tombé malade. Une sorte d'interminable grippe. Si bien que, durant les trois semaines de studio, j'ai chanté en me précipitant régulièrement aux toilettes, et Antoine a dirigé une vingtaine de musiciens en se mouchant, toussant sans cesse, et en proie à une terrible fièvre.

Les rêves ne se réalisent pas toujours comme on les a rêvés…

Mais nous fûmes très fiers de notre album.

J'écrivais durant cette période des petits poèmes pour enfants. Ils me venaient comme ça, sans que j'y réfléchisse, spontanément. La grossesse sans doute… Ils plurent beaucoup à Antoine, qui composa des musiques. Nous pensions alors tous deux que cela serait destiné uniquement à nos propres enfants…

Nina naquit en juin 2003. Elle était très potelée, avec une crête rousse et d'incroyables yeux verts au regard intense. Elle me fit aussitôt penser à mon grand-père Roméo. Heureusement, elle n'hérita pas de son caractère, bien qu'elle hurlât très souvent et très fort durant ses premières années…

Maman était si heureuse d'avoir une petite-fille ! Là encore, elle laissa son amour déborder, appelant plusieurs fois par jour pour demander si je n'avais besoin de rien, et couvrant Nina de cadeaux. Mais il n'y avait rien à redire à cela. J'avais eu Nina à presque quarante ans, l'âge auquel maman m'avait eue. Si bien qu'elle devint grand-mère à quatre-vingts ans. Elle voulait profiter pleinement de sa petite-fille.

Quant à papa, il ne savait comment se comporter avec ce petit être roux, lui qui n'avait jamais vraiment souhaité être grand-père, ou en tout cas qui n'évoquait jamais cette éventualité. Dès que je débarquais chez lui avec Nina, il ne pouvait que faire « Hé, hé, hé, hé, hé, hé ! », une sorte de rire étrange, l'œil instantanément humide, sans oser l'approcher. Il mit un temps fou à la prendre dans ses gros bras, et lorsqu'il y parvint enfin, il resta figé, ne se risquant pas à bouger un cil, la regardant, abasourdi, en répétant :

– Mais qu'elle est jolie, jolie, jolie, jolie !!!

Nous sommes partis en Afrique du Sud pour la présenter à ses autres grands-parents. Je continuais à inventer des petits poèmes pour enfants. Tout m'inspirait. Il y était question de bêtises, d'interdits, de gourmandise, d'amitié, de girouette… Je retrouvais la petite fille que j'avais été, pour accompagner en chansons celle qui venait de naître. Et cela me divertissait énormément ! À mon retour, Antoine composa de nouvelles musiques, et nous avons enregistré une douzaine de chansons chez lui, que je fis écouter à mon attachée de presse et amie. Elle adora.

Elle parla de notre travail à une maison de disques, qui nous fit enregistrer un album.

Mais j'avais été très claire dès le départ : je faisais cela uniquement pour m'amuser, et pour ma fille, et il n'était pas question que je monte sur scène pour chanter mes chansons devant des hordes de gamins hurleurs qui allaient me jeter leurs doudous à la tête !

Quelques mois plus tard, à la sortie de l'album, je me retrouvai, avec Antoine au piano, sur la scène de l'Espace Jemmapes, à Paris, un dimanche matin, devant ma fille d'un an, les jumelles d'Antoine d'un an et demi, et plein d'autres enfants inconnus avec leurs parents ! J'avais un trac épouvantable ! J'entendais ces charmants bambins crier et rigoler derrière le rideau, et je maudissais mon producteur qui avait réussi à me convaincre de faire le zouave devant toute cette marmaille, je ne sais avec quels arguments, profitant sûrement de ma faiblesse de jeune maman ! Nous sommes entrés sur scène, les enfants se sont tus. J'ai attaqué fébrilement ma première chanson, qu'ils ont écoutée sans broncher. Nous faisions des petits gags entre les chansons. Ils riaient à chaque fois ! D'abord timidement, puis carrément. Très vite, ils ont commencé à taper des mains, à reprendre des refrains. Je me lâchais de plus en plus, faisais le clown, partais en impro, et Antoine semblait bien s'amuser lui aussi. Et je me suis laissée aller à cette immense joie d'entendre les rires pointus, les « Oooh » et les « Aaah », les « Attention, derrière toi ! », les petites voix qui chantaient. Tout à coup, j'avais dix ans, j'étais légère, je n'avais plus peur de rien, et surtout pas du ridicule. Je suis sortie de scène bouleversée, complètement emballée, avec une seule idée en tête : recommencer !

Chapitre 15

Tante Zette avait quatre-vingt-cinq ans. Elle s'est allongée un soir sur son lit avec son Gerry, elle a fermé les yeux, et elle est morte.

Je suis partie à l'enterrement. Seule. Mes parents n'avaient pas voulu venir. J'ai essayé de les convaincre, j'étais désespérée qu'ils ne parlent plus à Zette et André depuis des années. Mais il n'y a rien eu à faire. Maman a dit :

– Pauvre Zette. Elle n'a pas eu de chance avec cet idiot d'André.

Et papa a dit :

– Je suis triste pour ma sœur, mais je ne veux plus jamais revoir ce voleur d'André !

Dans le train pour Lyon, je tentais d'effacer les images de Zette âgée, trop grosse, débordant de ses robes à fleurs, les yeux éteints et le sourire laborieux, d'oublier ses larmes qui n'en finissaient pas de couler lorsque je venais lui rendre visite, et la tristesse qui l'étouffait depuis si longtemps. Je ne voulais garder d'elle que ses boucles blondes, ses yeux couleur rêve, sa taille fine dans ses robes légères, ses éternels Gerry. Et je la remerciais en silence pour son merveilleux sourire, sa voix bizarre, pour la tendresse, la douceur et l'amour. Elle était comme un sucre d'orge, qui avait adouci mon enfance, et m'avait donné le goût du beau. Et, à chaque fois que je ne croyais plus trop en la vie, je repensais à son regard tellement pur, et tout redevenait possible.

À l'enterrement, il n'y avait qu'André et moi. Je me suis lancée pour lui seul dans un long discours évoquant nos moments heureux, quand on était une vraie famille, qu'on partait en vacances tous ensemble au bord de la mer, les pédalos, les coups de soleil, les petits restos sur la plage. André me fixait, des larmes amères coulaient le long de ses joues creuses, et puis on est repartis en bus jusque chez lui, sans vraiment parler, et je suis rentrée à Paris. Dans un total désarroi.

*

Éric et moi travaillions beaucoup ensemble. Nous faisions nos mises en scène respectives, nos spectacles marchaient bien, je donnais de plus en plus de concerts pour les enfants, l'album avait du succès, mes chansons commençaient à être apprises dans les écoles, et je partais souvent jouer en province. Nous avons créé ensemble un spectacle qui se joua très longtemps *Le Dalaï et moi*, qui racontait un de mes treks dans l'Himalaya, pour une comédienne et un bruiteur.

Il avait aussi fait la mise en scène d'un spectacle que j'adorais jouer, *Presque nous*, avec mon grand ami Thibaud Defever, chanteur, auteur-compositeur et guitariste. Nous avions mélangé nos chansons, Thibaud jouait de la guitare, c'était tendre et drôle, et nous avons enregistré un joli album avec Antoine, qui en a fait les arrangements. Quelle merveilleuse période de ma vie : la création, les chansons, la scène, entourée de gens talentueux et bienveillants, que j'aimais énormément !

Nous avons joué *Presque nous* durant plus de cinq ans, à Paris et en province.

Éric eut l'idée de monter un spectacle sur les Bushmen, les San. Ce sont des Africains de petite taille, qui vivent au Botswana, en Namibie et en Afrique du Sud de chasse et de cueillette, et qui parlent d'une étrange façon, en faisant des cliquetis avec leur gorge. Ils ont été connus dans le monde entier avec le film *Les dieux sont tombés sur la tête*. Éric rêvait de les rencontrer, et, après de nombreuses démarches, car les villages étaient très protégés, nous avons eu l'autorisation de vivre avec eux durant une semaine, en Namibie !

C'était absolument incroyable, et là encore il faudrait un nouveau livre pour raconter cette expérience. Nous dormions dans une tente au milieu du village, Éric a fait un spectacle mimé, on a passé un film de Charlie Chaplin sur un drap tendu entre deux arbres devant tous les gens du village, médusés. Éric est parti à la chasse avec les hommes, moi à la cueillette avec les femmes, on parlait des heures avec les anciens en faisant des gestes autour du feu, ou des dessins sur le sable, j'embrassais des enfants magnifiques... Les Bushmen furent si accueillants et chaleureux ! Et ils m'adoraient (sans doute parce que je faisais leur taille...). Le jour du départ, j'ai serré dans mes bras presque tous les gens du village, faisant encore le pitre, en essayant d'imiter une dernière fois leur cliquetis. Pour ne pas pleurer devant eux.

Nous sommes rentrés ébahis, transformés, ne voyant plus la civilisation de la même façon, heureux et plus forts. Et il nous fallait bien cela pour affronter la tempête qui nous attendait…

⋆

Peu de temps après notre retour, maman me téléphona, la voix étranglée.

– Ma Minette, je dois te parler.

– Qu'est-ce qui se passe ? Il est arrivé quelque chose ?

– Non… Enfin… oui… Viens vite !

Terriblement inquiète, je laissai tout en plan pour accourir chez mes parents. J'entrai chez eux, folle d'angoisse, mais tout semblait en apparence normal. Papa dans le canapé, les pâtes qui bouillaient dans la casserole. Maman, dans sa cuisine, se mit à me parler à voix basse :

– Voilà, ma Minette, il faut que je te dise… Ce n'est pas facile à dire, mais je dois te mettre au courant. C'est mon devoir de mère !

– Mais quoi ?!!

– Voilà… Tu vas pas me gronder parce que je te dis la vérité, hein ?

– Mais non, mais tu m'énerves, qu'est-ce qu'il y a à la fin !??

– Bon, ben… c'est au sujet de ton Éric.

– Ah…

– Oui… Je l'ai vu.

– Oui, bon, tu l'as vu… Où ça ?

– Dans la rue.

– Oui, bon, dans la rue, et alors ?

Je commençais à perdre patience.

– Il n'était pas seul.

– Oui, et alors ?

– Il était avec une femme.

– Oui. ET ALORS ?!!!

– C'était une grande femme rousse avec une énorme poitrine.

– ????

– Et ton Éric, il avait l'air de beaucoup aimer cette poitrine. Il avait même son nez dedans.

– Quoi ? Mais qu'est-ce que tu racontes ?

– Oui, oui, et pas que le nez, d'ailleurs, les mains aussi !

– Écoute, maman, c'est pas drôle, il ne faut pas rigoler avec ça, je...

– Oh, mais je ne rigole pas ! J'ai même pris des photos !

– Quoi ? Tu as pris des photos ? Montre-les-moi !

– Oh, mais je les ai enlevées de mon téléphone, je ne voulais pas que tu tombes dessus par hasard, ça t'aurait fait trop de peine.

– Donc tu n'as plus aucune preuve ?

– Si, si, je les ai fait tirer sur papier, et je les ai mises au coffre à la banque. Au cas où on en aurait besoin pour la police.

– La police ???

– Oui, s'il y a une enquête.

– Mais enfin, maman, de quoi tu parles ? Tu es folle !

– Non, c'est toi qui es folle, tu ne veux rien savoir parce que tu aimes ce garçon, mais tu vas voir, quand il sera parti avec la grande rousse !

– Écoute, maman, je vais te laisser, il faudrait que tu te reposes un peu... Je repasserai tout à l'heure.

– C'est ça, va-t'en, et ne me crois pas. Mais tu verras, tu verras !

Elle s'énervait à présent, et je ressentis un besoin impérieux de m'éloigner d'elle. Je saisis le dernier regard qu'elle me lança avant de franchir la porte. Un regard étrange, où se mélangeaient la haine et le désespoir, comme si maman était en perdition.

Je rentrai chez moi, complètement abasourdie, avec l'impression d'avoir fait un affreux cauchemar. Je ne croyais pas un mot de ce qu'elle venait de me dire. J'étais seulement très inquiète pour elle. Je me demandais si je devais en parler à Éric, et je décidai finalement de garder tout cela pour moi. J'étais à peine rentrée que maman me téléphona.

– Ho, je suis désolée, ma Minette. Je t'ai fait de la peine tout à l'heure, je m'en veux, je n'aurais pas dû t'en parler.

– Maman, ce qui m'a fait de la peine, c'est toi. Tu es sûre que ça va ? Tu ne veux pas qu'on aille voir un médecin ?

– Quoi ? Un médecin ? Mais pourquoi ? Je ne suis pas malade. C'est ton Éric qui est malade, c'est un salopard, un gros cochon qui sort avec des putes rousses alors qu'il vient de faire un enfant à ma fille !!!

Elle hurlait. Je ne savais plus du tout quoi faire. J'ai raccroché sans plus attendre et je me suis mise à pleurer en m'écroulant sur le canapé.

Éric, qui se trouvait à la maison, accourut.

– Mais qu'est-ce qui se passe, amour ?

– C'est ma mère… Ma mère… Elle… Elle est très bizarre. Elle prétend t'avoir vu dans la rue avec une grande rousse à gros seins.

– Ah, c'est normal, c'est ma maîtresse !

Et il se mit à rire.

Mais devant ma mine défaite, il comprit qu'il ne fallait pas plaisanter. Il me révéla alors qu'il trouvait ma mère de plus en plus étrange depuis quelque temps. Elle lui faisait de curieuses petites réflexions en douce lorsque je ne pouvais pas l'entendre. Elle lui reprochait de trop embrasser Nina, ou d'être trop présent dans la maison. Une fois qu'ils étaient seuls tous les deux, elle l'avait même réprimandé sur la façon dont il donnait lui le biberon, et le lui avait littéralement arraché des mains.

J'étais consternée.

– Elle devient méchante, conclut Éric, désolé.

Je passais une journée effroyable, me remémorant toutes les fois où moi aussi j'avais trouvé maman bizarre. Je l'avais surprise en train de dire à Nina, qu'elle tenait sur ses genoux :

– Tu crois que tu as un frère, mais Théo, ce n'est pas ton vrai frère, tu sais…

Je m'étais alors offusquée et réprimandai maman qui arbora aussitôt un air de petite fille prise en faute, et qui, voulant se rattraper, dit à Nina qui écarquillait très grand ses jolis yeux verts :

– Oui, c'est vrai, c'est ton frère. Mais c'est un demi, et un demi, c'est pas un entier, ça ne te fait qu'une moitié de frère !

Je me remémorai aussi une curieuse scène : nous étions à la terrasse d'un café, maman et moi, et lorsque le garçon eut pris la commande, maman lui donna un petit coup de canne sur la cuisse en lui disant :

– Allez, ouste, et que ça saute !

Le pauvre garçon en était resté médusé, et je lui avais fait un petit signe pour lui dire de ne pas faire attention. Là encore, j'avais un peu grondé ma mère qui s'était mise à rire curieusement.

J'étais vraiment très inquiète. Maman avait toujours été un peu fantasque, mais elle semblait avoir de moins en moins de limites.

Je n'en dormis pas de la nuit.

Puis quelques jours s'écoulèrent sans que rien d'étrange ne se produisit. Maman, que j'avais régulièrement au téléphone, ne me parlait plus de la grande rousse, et je me gardais bien de la lui rappeler. Mais un matin, je reçus un appel de l'organisme que j'avais sollicité quelque temps auparavant pour s'occuper de mes parents. Une femme venait aider papa, qui avait de plus en plus de mal à se déplacer, et qui avait énormément grossi, à faire sa toilette, une autre venait faire le ménage trois fois par semaine. Je croyais que tout se passait bien, jusqu'à ce coup de fil.

– Bonjour, mademoiselle Forte. Je vous appelle au sujet de vos parents. Enfin, de votre mère surtout, votre père est charmant. Voilà, elle a frappé notre aide-soignante avec une pantoufle.

– Pardon ?

– Oui, oui, une pantoufle ! Elle l'accusait de lui avoir volé une bague.

– Quoi ?

– Oui, oui, une bague ! Nous sommes un organisme sérieux, mademoiselle, nous ne laisserons pas notre personnel se faire humilier. Votre mère doit des excuses à cette femme, qui d'ailleurs ne remettra plus les pieds chez vos parents.

– Mais ce n'est pas possible, il y a erreur, maman a dû se tromper, elle est un peu confuse en ce moment…

– Cela n'excuse rien, on ne frappe pas les gens avec des pantoufles, ou quoi que ce soit d'autre d'ailleurs, en les accusant à tort.

– Bon, écoutez, j'appelle ma mère. Mais, s'il vous plaît, excusez-la, c'est une vieille dame. Et papa est très content de vos services.

– Bon… Nous enverrons quelqu'un d'autre demain…

Dès que j'eus raccroché, je téléphonai à maman.

– Qu'est-ce que c'est que cette histoire de bague ! Et tu as frappé l'aide-soignante avec une pantoufle !

– Oh, ça va ! Ça faisait pas mal, c'était une charentaise de ton père. Et c'était même pas avec le côté de la semelle !

– Mais enfin, maman…

– Oui, bon, je ne voulais pas t'inquiéter alors je ne t'en ai pas parlé. Cette bonne femme m'a volé la bague de ta grand-mère !

– Mais non, mais c'est pas possible ! Tu es sûre ? Tu as bien regardé partout ?

– Oui, oui, elle n'est nulle part, elle l'a volée, je te dis. Je savais que c'était une voleuse, ça se voyait dans ses yeux.

– Bon, j'arrive.

J'ai évidemment tout de suite retrouvé la bague dans le petit coffret à bijoux de maman. Elle eut l'air confuse un instant, puis lança, de nouveau sûre d'elle :

– Bon, pour la bague, d'accord, je me suis trompée… Mais j'ai bien fait de mettre cette bonne femme dehors, avec tout l'argent qu'elle a pris dans la table de nuit de ton père !

Je devais parler à papa. Mais en tête à tête. Ce qui n'arrivait jamais. J'invitai donc maman à déjeuner à la maison. Éric et Nina l'attendaient. Quant à moi, sitôt qu'elle fut sortie de son immeuble, je suis allée voir mon père. J'avais un double des clés, j'entrai chez lui et le trouvai en pleine sieste. Il pouvait faire plusieurs siestes dans la journée, qui duraient parfois des heures, si bien que papa dormait quasi tout le temps. Il avait toujours fait ça, s'échapper dans le sommeil, mais depuis quelques années ce n'était plus pour des escapades, il s'en allait carrément en grandes vacances.

Et puis il avait eu du mal à se remettre du départ de La Toche. Elle était partie tranquillement dans son sommeil, à dix-sept ans ! Elle lui manquait terriblement. Sans doute allait-il la retrouver dans ses songes…

Je le réveillai, il revint avec difficulté de son voyage onirique, surpris de me voir. J'entrai pourtant rapidement dans le vif du sujet :

– Papa, tu ne trouves pas maman bizarre en ce moment ?

– Ta mère a toujours été bizarre, c'est ce qui fait son charme.

– Oui, mais là, ça n'est plus du tout charmant. Tu l'as vue quand elle a frappé cette femme avec ta pantoufle ?

– Non, j'étais encore dans la salle de bains. Mais j'ai entendu les cris.

– Mon Dieu ! La pauvre femme criait ?

– Non, ta mère. Elle l'injuriait au sujet d'une bague, je sais plus…

– Mais il n'y a pas que ça, papa… Elle a prétendu voir Éric avec une autre femme.

– Ah, ça, c'est pas ta mère, c'est les hommes…

– Mais non, mais arrête. Il y a quelque chose qui ne va pas, je t'assure. Elle est gentille avec toi ?

– Elle est très gentille… quand elle dort…

– Quoi ?

Le visage de papa s'effondra alors, comme si deux mains invisibles lui tiraient sur les joues, ses yeux devinrent humides et il baissa la tête.

– Non, elle est pas gentille. Plus du tout. Elle me crie tout le temps dessus, elle me traite de gros fainéant et me dit que j'ai gâché sa vie ! Ma Juju… Elle était si gentille avant, ma petite Juju…

J'avais tellement envie de pleurer. Pour le lui cacher, j'ai pris papa dans mes bras, et je l'ai serré contre moi. Nous n'avions quasi jamais eu ce genre d'effusion. Par pudeur, parce qu'aucun de nous deux n'osait faire le premier pas. Mais là, nous étions dans une situation critique, il fallait urgemment nous rapprocher l'un de l'autre.

Ses gros bras m'ont enlacée maladroitement, j'ai posé mon visage sur son épaule, je sentais son eau de Cologne, toujours la même, cette odeur qui emplissait la salle de bains et qui m'écœurait le matin lorsque j'allais me laver les dents avant de partir à l'école. J'ai passé ma main dans sa crinière blanche, et j'ai réalisé que je n'avais jamais touché à cette incroyable chevelure, papa me l'avait toujours défendu, même lorsque j'étais enfant. Il la portait comme on porte une couronne, il était le « roi des cheveux », et nous, pauvres sujets, ne pourrions jamais avoir accès à ce précieux diadème capillaire. Dès le réveil, son premier geste était, après avoir ouvert les yeux, de dompter les royales mèches rebelles en glissant ses doigts dans l'épaisse toison.

Mais en cet instant, j'enfonçais moi aussi mes doigts dedans, je l'ébouriffais même, et papa riait en me serrant plus fort, et puis les rires ont basculé dans un sanglot, et il s'est mis à pleurer dans mes bras.

Doucement. Longtemps. Il savait qu'il était en train de perdre l'amour de sa vie, et que les jours qui allaient suivre seraient très difficiles…

Je pris rendez-vous chez le médecin généraliste de maman. Il la soignait depuis longtemps, et j'espérais trouver auprès de lui sinon une réponse à tout ce changement, au moins un peu de réconfort.

Il n'en fut rien. Le docteur, fier de son statut, me reçut froidement. J'irais même jusqu'à dire qu'il me traita avec dédain. Il me regardait, méprisant, avare de paroles. Lorsque j'eus fini de lui raconter toutes les bizarreries de maman, il conclut, en me raccompagnant presque de force à la porte, par ces mots odieux et tellement culpabilisants : « C'est une vieille dame, vous devriez avoir un peu plus d'indulgence envers elle. »

Je me retrouvai très vite sur son palier, estomaquée. Je ne comprenais pas pourquoi ce médecin ne trouvait rien d'étrange dans l'attitude de maman, alors qu'il la connaissait depuis si longtemps.

⋆

S'ensuivirent quelques épisodes croustillants.

Un jour, je reçus un coup de fil d'un monsieur que je ne connaissais pas :

– Bonjour. Vous êtes Sophie Forte ?

– Oui.

– Vos parents habitent bien au 46 rue Saint-Antoine ?

– Oui…

Je redoutais le pire…

– Voilà, je suis désolé de vous déranger, mais la situation devient vraiment pénible, donc il faut que je vous en informe. Pourriez-vous dire à votre mère qu'elle cesse de faire des gestes obscènes à la fenêtre ?

– Comment !??

– Oui, ça fait pas mal de temps que ça dure maintenant ! Elle fait toutes sortes de gestes obscènes à la fenêtre de sa cuisine, qui donne juste en face de la chambre des enfants. Et ils la regardent tous les jours !

– Comment ? Ma mère ? Vous êtes sûr ?

– Votre mère, c'est bien une petite dame avec des cheveux blancs bouclés et des grosses lunettes, qui habite au troisième étage du bâtiment B ?

– Heu… Oui…

– Alors pas de doute, c'est elle !

– Mais ça se produit comment ? Quand ?

– Tous les jours, je vous dis, et même plusieurs fois par jour ! Mes enfants ont neuf et onze ans, et ils se mettent exprès à la fenêtre pour voir votre mère, ça les amuse follement. Et en plus, maintenant, ils l'imitent ! Et évidemment, ça l'encourage à continuer. Et elle est très inventive, croyez-moi !

J'étais abasourdie. Je tentais d'expliquer que maman était sûrement malade, que j'étais désolée, que j'allais lui parler, que tout allait s'arranger, et puis je ne savais plus quoi dire et j'ai raccroché dans une totale confusion.

Évidemment, maman nia, tout d'abord, lorsque je trouvai, quelques heures plus tard, le courage d'aller chez elle pour lui parler. Puis, comme d'habitude, elle retourna la situation et affirma que c'étaient « ces deux petits idiots » qui la provoquaient sans cesse.

Je la vis alors se précipiter à la fenêtre pour faire un magnifique bras d'honneur, suivi d'un doigt magistral…

★

Je croyais que nous avions touché le fond, lorsque je reçus, peu de temps après, un nouveau coup de fil, de mon notaire, ami de longue date.

– Bonjour, Sophie, c'est Julien. Voilà… Heu… Tu as deux minutes là ?

– Oui. Qu'est-ce qui se passe ?

– C'est au sujet de ta maman.

– De ma maman ?

– Oui… Heu… Voilà, bon, ne t'inquiète pas, elle vient de sortir d'ici. On l'a mise dans un taxi, tout va bien, elle rentre chez elle. Voilà… Elle est arrivée dans mon bureau cet après-midi et elle m'a frappé avec sa canne.

– Quoi ?!!

– Oui. Elle a demandé à me voir à l'entrée, la réceptionniste l'a laissée monter, elle a fait irruption dans mon bureau et elle s'est mise à hurler et à me frapper avec sa canne.

– Mais… pourquoi ?

– Parce qu'elle pense qu'à cause de moi on va lui prendre son appartement. En tout cas, c'est ce qu'elle hurlait…

– Mais pourquoi toi ?

– Parce que, tu sais, on a fait une donation pour toi il y a quelques années, pour les droits de succession.

– Oui, oui…

– Alors du coup ta mère pense qu'on a comploté tous les deux pour lui prendre son appartement, pour le donner à Éric, je crois, ou quelque chose comme ça.

– Oh mon Dieu ! C'est pas possible ! Mais c'est affreux !

– Elle disait aussi des trucs au sujet d'une pute rousse, mais je n'ai pas tout compris.

– Oh là là !!!

– De toute façon, là, je ne cherchais plus à comprendre, j'étais trop occupé à me protéger des coups de canne, et à essayer de sauver tout ce qui se trouvait sur mon bureau.

– Oh mon Dieu, je suis tellement désolée ! Ma mère devient folle, elle est complètement parano, elle s'imagine tout le temps des choses terribles, elle voit le mal partout, et elle devient méchante, violente… Oh, je suis tellement désolée. Qu'est-ce que je peux faire ?

– Mais rien, c'est bon, on a réussi à la maîtriser. Enfin, heureusement qu'un collègue est arrivé en entendant des cris, parce que tout seul je ne pense pas que j'aurais pu. Elle était vraiment hors d'elle, et ça lui donnait une force terrible. Enfin tout s'est arrangé, on a réussi à la faire asseoir, j'ai voulu lui expliquer ce qu'il en était vraiment de cette donation, que personne n'avait le droit de prendre son appartement avant son décès, mais d'un coup elle a eu l'air ailleurs, elle était un peu hagarde. Et puis après elle s'est confondue en excuses, on ne savait plus quoi faire. Elle a commencé à pleurer, c'était terrible… On l'a finalement mise dans un taxi pour rentrer chez elle.

– Mais tu aurais dû m'appeler avant, je serais venue la chercher.

– Écoute, tu n'aurais rien fait de plus de toute façon, ça t'aurait affolée. Là elle doit être rentrée, tout va bien. Mais bon, son état est quand même inquiétant…

– Mais oui, mais tu as très bien fait, oh, je suis tellement désolée. Elle a cassé des choses ?

– C'est sans importance. Occupe-toi de ta maman, c'est le plus urgent.

Au téléphone, maman reconnut s'être rendue chez le notaire, « pour régler deux ou trois babioles », mais s'offusqua lorsque j'évoquai l'agression. Puis elle finit par me dire que ce notaire, tout charmant qu'il était, était en fait un sale menteur, qui voulait lui voler son appartement avec l'aide d'Éric, et aussi de la pute rousse.

Ça commençait à faire beaucoup de monde sur le coup…

Aussitôt après avoir raccroché, j'ai téléphoné à Laurent, un ami psychiatre, et lui ai tout raconté. Je tentais de rester fidèle aux faits, sans oublier de détails, mais plus j'avançais dans mon récit, plus je m'entendais dire des phrases complètement incongrues, que je n'aurais jamais imaginé prononcer un jour. Hors contexte, on aurait pu croire que j'étais moi-même atteinte de démence ! Si je n'avais pas été si triste et inquiète, je me serais tordue de rire.

Laurent écouta sans rien dire.

– C'est peut-être un début d'Alzheimer, finit-il par conclure.

– Alzheimer ? Mais ce n'est pas possible, elle ne perd pas la mémoire !

– Au début ça peut se manifester sous d'autres formes. Trouble du comportement, désinhibition… Elle ne s'est jamais perdue ?

– Heu… Non, pas que je sache. Enfin, peut-être que… Il n'y a pas longtemps, en venant chez moi, elle m'a dit : « C'est curieux, tu habites toujours le même appartement depuis longtemps et pourtant il a changé plusieurs fois de rue… »

– Ah… Oui… Je vois, oui… Écoute, je ne suis pas vraiment spécialiste de cette maladie. Tu devrais aller voir une de mes collègues, elle reçoit beaucoup de gens comme ta maman, et elle est très sympa.

Avant de céder totalement à la panique, il me fallut donc convaincre ma mère d'aller voir un nouveau médecin. Elle s'y opposa fermement.

– Pour quoi faire ? Le mien est très bien. Il vient me voir tous les jours et je me porte comme un charme.

– Tous les jours ?!! Et tu le paies à chaque fois ?

– Oui. Enfin, je crois… Je ne sais pas…

– Mais évidemment que tu le paies !

Je compris donc pourquoi cet immonde personnage ne voulait pas entendre parler de la maladie de maman. Ce voleur n'avait pas intérêt à ce que maman allât mieux. Il venait lui rendre visite le matin à son domicile, en se rendant à son cabinet, et empochait à chaque fois le prix d'une consultation !

Je fulminais.

– Écoute, maman, il faudrait voir quelqu'un de plus sérieux pour… tu sais, pour toutes ces fois où tu fais des choses un peu…

– Ah, tu recommences, hein ! Mais je vois bien ton petit manège, tu sais, tu veux me faire enfermer pour prendre mon appartement et le donner à ton affreux Éric, et il finira par venir y habiter avec la rousse !

Et c'était reparti…

J'ai appelé sans plus attendre la collègue de Laurent pour lui exposer la situation. Elle fut charmante, très compréhensive, et me dit qu'elle avait l'habitude de ce genre de cas. Elle me proposa un habile stratagème pour amener maman à son cabinet…

*

Quelques jours plus tard, je suis donc venue chercher ma mère pour lui proposer une petite promenade.

– Mais je suis déjà sortie ce matin pour faire les courses ! protesta-t-elle.

– Oui, mais regarde, il fait beau (c'était vrai, ça tombait bien). Allons sur l'île Saint-Louis. On ne se balade plus assez souvent toutes les deux. Pour une fois que j'ai du temps.

Elle finit par céder, et nous partîmes doucement vers le pont Marie. Maman était finalement heureuse et se montrait très charmante. Elle s'extasiait devant la Seine, devant les jolis immeubles le long des quais. Tout allait pour le mieux. Arrivées rue Saint-Louis-en-l'Île, et passant devant une imposante porte cochère, je lui dis :

– Oh, j'ai une très bonne amie qui habite ici ! Si on allait lui dire bonjour ?

– Ho non, non, on ne va pas la déranger. Et puis il ne faut pas que je rentre trop tard, il faut que je fasse le dîner.

– Mais maman, il est seize heures, tu as tout le temps. Allez, je sonne à l'interphone, tu vas voir, elle est très gentille.

J'ai sonné. Une voix féminine m'a répondu. J'ai juste dit :

– C'est Sophie !

Et on m'a ouvert la porte. Au deuxième étage, une jolie femme blonde d'une cinquantaine d'années nous a accueillies avec enthousiasme.

– Ah, Sophie ! Quelle bonne surprise ! s'est-elle exclamée.

Et elle m'a embrassée. Je lui ai présenté maman, et nous sommes passées dans un ravissant petit salon où nous attendaient du thé et des gâteaux secs.

– Je suis ravie de vous rencontrer, dit à maman la dame, qui s'appelait Françoise. Votre fille m'a beaucoup parlé de vous.

– Ah, dit maman, très à l'aise. Ça me fait bien plaisir d'apprendre que ma Sophie parle à ses amies de sa vieille Mamouska.

– Vous avez des origines russes ? demanda Françoise.

– Non, italiennes, répondit maman.

Françoise me regarda.

Une crainte me traversa alors l'esprit : et si maman allait se montrer « normale » pendant tout l'entretien avec la psychiatre ? Car elle était certes malade, mais cela ne lui enlevait en rien sa vivacité d'esprit. Et si elle avait compris...

– De quelle région en Italie ? enchaîna Françoise.

– De Florence. Mais moi je suis née à Lyon. Mes parents ont émigré en France pour travailler. Ils étaient chapeliers.

– Quel beau métier ! Et vous, que faisiez-vous avant ?

– Moi j'ai commencé à travailler après mon certificat d'études, à quatorze ans. Je suis allée aider mes parents dans leur atelier, et puis j'ai eu mon propre commerce de chapeaux. Et ensuite de robes de mariée. Et finalement j'ai ouvert une galerie de peinture. Nous exposions les tableaux de mon mari, il peignait de magnifiques aquarelles.

Françoise me regarda de nouveau. J'avais des sueurs froides. Maman répondait impeccablement à toutes les questions !

– Vous avez une excellente mémoire, dit Françoise à maman. Je parie que vous vous souvenez de plein de dates aussi !

– Oh oui ! s'emballa maman, ravie, car elle adorait les chiffres. J'ai ouvert ma première boutique au printemps 1947, je me suis mariée le 17 octobre 1949, nous avons eu Sophie le 7 mars 1964 !

J'étais blême.

– Vous devez être fière de votre Sophie à présent, continua Françoise. Elle réussit bien sa carrière, elle a une adorable petite fille et un merveilleux compagnon !

Et elle me fit un discret sourire complice. Je lui avais effectivement raconté au téléphone la première fois où maman avait eu une attitude étrange, et Françoise savait le ressenti qu'elle éprouvait envers Éric.

Il y eut un silence. Puis maman eut cette phrase décisive :

– Oui, c'est son compagnon… Pour le moment… Mais il ne va pas tarder à emménager chez moi avec la pute rousse.

Et elle ajouta :

– En parlant de chez moi, il ne faudrait pas que je tarde trop. Il y a des voleurs plein ma maison. On m'a déjà pris une bague, et beaucoup d'argent. Si seulement on pouvait aussi me voler mon mari ! Malheureusement, pas de rousse à l'horizon !

Maman avait effectivement Alzheimer, mais elle n'en avait pas perdu son sens de l'humour pour autant…

Le lendemain, Françoise m'expliqua que cette maladie, au début, ne se manifestait pas de la même façon pour tout le monde, et que chez certaines personnes les symptômes pouvaient se traduire par des changements d'attitude, des délires paranoïaques, des angoisses, des accès de méchanceté ou de colère. Et une certaine désinhibition qui rendait les malades « sans filtre » et leur permettait de dire ou faire tout ce qui leur passait par la tête. Elle m'envoya une ordonnance avec un traitement pour maman, qui n'allait malheureusement pas la guérir, mais peut-être l'apaiser et retarder les effets de la maladie.

Il me fallut encore ruser pour lui faire prendre ces médicaments. J'engageai donc un infirmier pour venir chaque jour la voir, lui donner ses nouvelles pilules, et aussi vérifier qu'elle n'oubliait pas toutes celles qui lui avaient déjà été prescrites.

Bien entendu, au début, elle ne voulut pas de lui, refusant de lui ouvrir la porte. Je devais donc, les premiers temps, l'accompagner. Et puis petit à petit, maman s'habitua aux visites de ce jeune homme discret et souriant, et finit même par l'adorer. Il sut créer une jolie relation avec elle, il l'apprivoisa, gagna sa confiance, et demeura à ses côtés jusqu'au bout…

J'avais bien entendu congédié sans ménagement l'immonde médecin généraliste, qui ne manqua visiblement pas à maman, car elle ne me demanda même pas où il avait bien pu passer !

Durant les mois qui suivirent, la situation empira. Maman devenait suspicieuse pour tout, elle m'accusait de lui dérober des choses et s'en excusait ensuite. Parfois, elle ne se rappelait plus du tout de ce qu'elle avait pu dire ou faire, et semblait tomber des nues lorsque je lui racontais ses facéties. Ou bien elle avait des moments de lucidité sur son état, et, piteuse, elle implorait mon pardon. C'était absolument déchirant de la voir se débattre avec elle-même, comme si elle était possédée par un démon malfaisant et obscène, qu'elle parvenait parfois à dompter, mais qui reprenait immanquablement le dessus. Et pour moi, ses moments de prise de conscience étaient presque pires que lorsqu'elle divaguait. J'avais tant de peine à la voir honteuse, repentie, confondue en excuses. Parfois me traversait l'esprit cette pensée monstrueuse : « Je préférerais qu'elle ait un cancer. Au moins nous pourrions lutter ensemble, toutes les deux contre la maladie. »

Alors que là, la guerre était perdue d'avance. Ma petite maman, si douce et tendre, disparaissait chaque jour davantage pour laisser place à une folle sorcière. Et personne ne pouvait lutter contre cette adversaire redoutable.

Quant à papa, il s'enfermait dans sa bulle, se perdait dans d'interminables siestes et ne parlait quasi plus.

★

Mais envers et contre tout, nous eûmes encore des moments très heureux…

Maman, grâce à son traitement, se trouva finalement un peu plus apaisée. Elle oubliait de plus en plus de choses, mais était beaucoup moins agressive et suspicieuse, ce qui améliora passablement sa relation avec Éric.

Elle faisait encore les courses et la cuisine toute seule, et partait dès le matin en quête de nourriture. Je la revois, toute petite, ronde et voûtée, les yeux toujours humides derrière ses grosses lunettes, dans son manteau en laine un peu trop long, avec son béret beige enfoncé sur la tête (elle se l'était confectionné elle-même, et ne sortait jamais sans lui, désirant cacher une chevelure qu'elle jugeait désormais trop éparse. Le temps des innombrables perruques était loin…). D'une démarche vacillante, elle avançait vaille que vaille, à petits pas, accrochée à son gros caddie comme à une bouée de sauvetage…

Elle aimait énormément notre petite Nina et jouait beaucoup avec elle. Nous allions très souvent lui rendre visite. Lorsque je la voyais avec sa petite fille, riant, faisant le clown, chantant des comptines, il me semblait que tout allait pouvoir redevenir comme avant, que cette atroce maladie n'était qu'un cauchemar et que je m'étais enfin réveillée, que maman allait pouvoir guérir. Et puis je croisais son regard perdu au détour d'un rire, et l'espoir s'envolait…

★

Nous étions en 2005. Je travaillais beaucoup, comme toujours. Je donnais des concerts un peu partout, accompagnais souvent Éric en tournée, j'enregistrai avec Antoine un nouvel album pour enfants *J'suis vert*. Et je suis tombée enceinte de nouveau. Éric et moi étions fous de joie, et mes parents aussi.

Maman se mit à acheter pour le futur bébé toutes sortes de choses dont nous n'avions pas besoin, car nous avions gardé les affaires de Nina. Nous ne voulions pas savoir si c'était un garçon ou une fille, donc maman achetait tout en blanc...

Nous avions enfin pu récupérer l'appartement du troisième étage, et nous désirions le relier avec le nôtre, afin d'aménager des chambres pour les enfants. Je fis venir un ingénieur, car nous devions casser un bout du plafond, et donc des poutres datant du XVIIe siècle. C'était un homme charmant, avec un très fort accent croate. Il scruta le plafond et prit un air dubitatif.

– Vous voyez poutre, maîtresse, là ?

En effet, une énorme poutre traversait tout l'appartement.

– Poutre cassée, dit-il. Dangereux !

– Oh, ne vous inquiétez pas pour ça, dis-je. Ces poutres sont là depuis des siècles. Et moi je suis là depuis bientôt quinze ans, et rien ne m'est encore tombé sur la tête !

– Pas encore tombé, mais bientôt.

– Bientôt ? Mais comment ça bientôt ?

– Maintenant peut-être. Il faut évacuer appartement.

– Mais comment ça évacuer ? On est en plein hiver, je suis enceinte de sept mois, j'ai deux enfants en bas âge, où voulez-vous que j'aille !?

– Je sais pas, mais partir, ça c'est sûr. Et je vais aller voir autres appartements dans étages. Très dangereux !

Nous avons dû partir rapidement, ainsi que plusieurs autres personnes de l'immeuble. Dans mon salon, il y avait des étais partout qui soutenaient la poutre, et l'ingénieur la fit recouvrir d'acier. Il y fit aussi un grand trou dans le plafond, consolidé par de nouvelles poutres en acier, pour que nous puissions installer un escalier en colimaçon. Mais en attendant la fin de ces travaux, nous n'avions plus d'appartement. Nous nous sommes retrouvés à Vaucresson, chez mon amie d'enfance, Camille, qui m'avait déjà hébergée rue du Bac chez ses parents lorsque j'étais jeune, et qui avait maintenant une grande maison. Éric est parti en tournée en Belgique, mon bébé est arrivé avec un mois d'avance, j'ai perdu les eaux à cinq heures du matin, et Camille m'a emmenée à l'hôpital.

Éric et moi n'avions pas encore trouvé de prénom féminin, car j'étais persuadée d'attendre un garçon.

Camille, inquiète de cette lacune, ramena, après être allée prendre son café dans le hall, un livre de prénoms médiévaux dégoté dans le kiosque à journaux. Quelques minutes avant l'accouchement, j'arrêtai mon choix, entre autres Cunégonde, Berthe et Aliénor, sur Othilie, persuadée que de toute façon j'allais avoir un Milo ! Mais ce fut Othilie qui apparut !

Éric n'avait pas pu assister à l'accouchement. Je me suis donc retrouvée seule, entre rires et larmes, avec le bébé dans les bras, et la sage-femme me demanda :

– Alors, comment on l'appelle, cette jolie petite fille ?

Et là, le trou… Je ne me souvenais plus du prénom…

Je lui dis alors :

– Je ne sais plus. Pouvez-vous aller demander à mon amie qui attend dans le couloir s'il vous plaît, c'est elle qui a le livre !

Un peu consternée, la sage-femme s'exécuta, mais Camille ne s'en souvenait pas non plus, et dut rechercher le prénom. La sage-femme nous prenait certainement pour des cinglées. D'autant plus que, peu de temps avant, en voyant Othilie arriver, j'avais crié :

– C'est un garçon ! Je vois son sexe !

Et la sage-femme avait répondu :

– Non, madame, c'est une fille, et ce que vous prenez pour un sexe masculin, c'est son cordon ombilical !

Éric aima beaucoup ce prénom, mais François, qui avait attendu dans le couloir avec Camille, et qui devint par la suite le parrain d'Othilie, m'avait mis le doute. Othilie était certes un très joli prénom, mais il n'était pas toujours facile pour un enfant de porter un prénom original... Je me dis que, si elle devait s'appeler Othilie, je verrais un signe qui m'indiquerait que je faisais le bon choix. C'est alors qu'arriva, le lendemain de l'accouchement, le médecin qui s'était occupé de moi au cours de ma grossesse, mais qui n'avait malheureusement pas pu être présent pour l'arrivée du bébé. Il me dit, désolé :

– Ah, j'ai raté votre accouchement ! J'étais en week-end à Othis.

J'ai crié :

– Le signe ! Othis ! C'est le signe !

Le médecin fut inquiet pour ma santé mentale. Et Othilie s'est appelée Othilie.

C'était une magnifique petite fille blonde, avec d'incroyables yeux bleus, extrêmement souriante et joyeuse.

Maman était euphorique. Papa, de nouveau stupéfait et bouleversé par ce nouveau-né, ne savait comment se comporter. Maladroit, il faisait de nouveau son rire bizarre, caressait sa tête sans la toucher, laissait la petite main du bébé attraper un de ses gros doigts, et riait plus fort, pour ne pas montrer que l'émotion lui faisait venir des larmes.

Nous vivions ainsi avec mes parents des moments suspendus, entre rires et pleurs, entre joie et effroi, entre premiers pas et derniers... Nous vivions l'instant présent, intensément, éperdument, chaque minute était précieuse, car d'un moment à l'autre, plus que jamais, tout pouvait basculer.

Chapitre 16

Nous avons fini par réintégrer notre appartement, après trois mois et demi de travaux. Je me mis en quête d'un escalier en colimaçon. J'en avais vu un sur Internet, absolument sublime, mais qui coûtait beaucoup trop cher. C'est alors qu'Éric fut invité dans un jeu télévisé, avec d'autres candidats du monde du spectacle. Et il gagna la somme exacte qui nous manquait pour acheter l'escalier ! L'émission, présentée par Jean-Luc Reichmann, s'appelait *Attention à la marche !*.

*

Je continuais mes spectacles pour enfants, et j'ai écrit ma première pièce : *Sur le fil.*

Une histoire d'amour qui se passait au téléphone. Je devais trouver un comédien pour interpréter à mes côtés le rôle masculin. Un bel homme, tourmenté et cynique, qui avait eu un accident et s'était retrouvé en fauteuil roulant… Ce fut Anne Bourgeois, la metteuse en scène, qui me le présenta. Elle ne me dit rien sur lui au préalable, et m'invita à voir un spectacle dans lequel il jouait.

Je n'en revenais pas ! Philippe Sivy était exactement le personnage, tel que je l'avais inventé, même physiquement. Et il était en fauteuil roulant...

Nous avons joué cette pièce plus de quatre cents fois, huit mois à Paris à la Comédie Bastille, puis au festival d'Avignon, puis en tournée. Ce fut un bonheur absolu de partager la scène avec cet homme sensible, drôle et délicat, et d'explorer un registre qui m'était alors méconnu : la comédie romantique.

Je découvris aussi la joie d'être en scène avec de très nombreux partenaires, car on me proposa le rôle de la « môme crevette » dans *La Dame de chez Maxim*. Nous étions vingt-huit personnes sur le plateau ! Nous n'avons joué cette pièce que deux fois, au théâtre des Variétés, pour une captation pour France 2, devant le « Tout-Paris » !

Les costumes étaient merveilleux ! Je me suis retrouvée brune, avec une énorme choucroute bouclée, corsetée dans de somptueuses robes de soie rouges, bleues et jaunes. Les décors aussi étaient extraordinaires.

J'avais d'ailleurs frôlé la catastrophe en sortant en coulisses pour un court intermède. Je me suis adossée à une énorme colonne qui faisait partie du décor d'une scène à venir, et elle a commencé à basculer en direction du plateau. Je tentais de la retenir, mais elle était très lourde, et très haute. Je voulais appeler à l'aide, mais je ne pouvais pas crier, on m'aurait entendue dans la salle. Je soutenais la colonne comme je pouvais, la prenant à bras-le-corps, mais, étant trop petite, et engoncée dans ma robe à imposants jupons, je pliais de plus en plus sous le poids.

Je criais « Au secours ! » à voix basse, ce qui ne servait strictement à rien. Je voyais Francis Perrin, notre metteur en scène et comédien, s'agiter sur scène, pile dans la trajectoire d'une éventuelle chute de colonne. Non seulement j'allais ficher en l'air la pièce, mais j'allais aussi tuer Francis Perrin ! C'est alors que nous fûmes sauvés, Francis Perrin d'une mort absurde, et moi d'une grave culpabilité à vie. Car un technicien de plateau, qui a dû halluciner en voyant une petite femme en robe rouge, croulant sous une énorme colonne de plâtre, et hurlant à voix basse, vint à ma rescousse !

La pièce eut un succès fou, dans la salle et à la télé, et personne ne soupçonna jamais le drame qui faillit avoir lieu en coulisses !

*

Éric et moi nous sommes mariés en 2009, deux ans et demi après la naissance d'Othilie.

Pour emmagasiner d'autres moments joyeux dans le grand livre virtuel des souvenirs, sans doute… Ce qui de ce point de vue-là était très réussi. Ce fut un beau mariage. François et Valérie, ma chère amie d'enfance, étaient mes témoins. Éric avait choisi son frère, et un ami venu de Johannesburg.

J'avais un très bon ami de longue date qui avait fait l'acquisition d'un château, à Chasselas, près de Mâcon. C'était un endroit absolument éblouissant, un château de contes de fées au milieu des vignes. J'avais dit à mon ami, bien des années avant de rencontrer Éric : « Si je me marie un jour, ce sera ici ! » Il m'avait répondu : « Chiche ! »

Et nous nous sommes mariés dans ce château…

Papa avait dû venir en fauteuil roulant à la mairie, car il avait à présent une très forte corpulence, et de plus en plus de mal à marcher. Il s'essoufflait et se fatiguait vite. Mais il ne perdait rien de sa superbe pour autant, magnifique octogénaire portant avec panache un très chic costume trois-pièces gris clair, bretelles au taquet, cravate mauve frétillante, moustache rieuse, eau de Cologne libre et crinière blanche parfaitement maîtrisée par un demi-kilo de gomina. Même assis, il avait l'air d'un grand.

Maman, ravissante malgré son embonpoint dans une vaporeuse robe à fleurs, veste rose et brillant rouge à lèvres assorti, petit chapeau fier et primesautier, ne nous était pas apparue aussi pimpante depuis bien longtemps. C'était comme si toutes ses angoisses et son agressivité s'étaient transformées en une joie sans limites et extrêmement démonstrative. Elle jubilait dès qu'on venait la saluer, embrassait tout le monde en poussant des cris, sautillait de partout sans répit, s'arrêtait juste quelques instants pour me dire combien j'étais jolie et à Éric comme elle le trouvait merveilleux, et repartait dans un tourbillon de rires.

Oui, ce fut un beau mariage...

Je trouve des photos de cet heureux jour dans la valise. J'en avais envoyé à André, qui avait refusé de venir. Je l'avais pourtant appelé à plusieurs reprises, espérant que cet évènement pourrait peut-être enfin apaiser les conflits entre lui et mes parents, mais en vain.

Je me revois dans ma robe de soie bleue, des fleurs dans les cheveux, et mon bonheur était si grand qu'il prend toute la place dans la photo.

Il jaillit pour me sauter au visage, il éclabousse toute ma chambre. Et il me pique les yeux...

Je trouve un cliché où je pose avec maman, je la regarde tendrement. Elle est belle.

Mais, en l'observant bien, son regard semble flou, comme voilé, et cela fait un étrange contraste avec le bas de son visage si souriant. Comme si on pouvait deviner un nuage derrière son front, une brume. C'est peut-être ça cette maladie, une brume qui emplit peu à peu le cerveau, puis la bruine, la pluie, l'orage, le tonnerre, les éclairs... Je vois tout ça derrière les yeux de maman, je devine la tempête, la houle et les hautes vagues, et j'entends hurler le vent, et j'entends le terrifiant silence, et je me raccroche à son sourire. Un de ses derniers sourires.

Car peu de temps après, tout se précipita. Maman se perdait sans cesse, tombait dans la rue, les pompiers m'appelaient, les voisins, les aides-soignants, l'infirmier, les pharmaciens, les médecins, mon banquier qui l'avait ramenée chez elle, l'hôpital parce qu'elle s'était fait mal...

J'étais toujours sur le qui-vive, dans l'attente d'une nouvelle catastrophe.

Papa, quant à lui, s'était totalement replié dans sa coquille, comme un vieil escargot, et en devenait de plus en plus autiste. Épouvanté par l'état de sa femme, il refusait d'en parler, niait tout du drame qu'il devait endurer, et avait décidé de partir bien loin, en voyage au fond de son fauteuil, se cacher derrière ses souvenirs, quand maman était si douce, tout comme sa vie d'alors...

Et il me laissait toute seule.

Au fur et à mesure que maman basculait dans la maladie, je perdais mes repères, je perdais pied avec elle. Elle avait été mon guide, et le guide s'était égaré sur des chemins épineux et sombres. Je la suivais dans le noir, avec la terrible impression de marcher sur des sables mouvants. Pour ne pas m'enfoncer et garder le cap, il me fallait uniquement me concentrer sur ce que je devais faire, et non plus être, et encore moins paraître. Je trouvais mon salut dans les tâches concrètes, les actes, avançant comme une machine de guerre, avec une bombe à retardement à l'intérieur. J'entendais gronder mes états d'âme, mes angoisses, je parvenais à les étouffer le jour par un tourbillon d'activités, mais la nuit ils reprenaient possession de moi, et m'effrayaient d'étranges manières, en m'assaillant de rêves désespérants.

Mais parfois la panique me gagnait aussi dans la journée. Je me demandais si je ne devenais pas folle moi aussi.

Je me suis mise à m'observer. Mon état m'inquiétait. Dès que j'oubliais quelque chose, les clés, descendre la poubelle, acheter un produit au supermarché, je me voyais déjà atteinte de la terrible maladie. Puis je me raisonnais en accusant la fameuse « charge mentale » dont souffrent toutes les mères qui travaillent. J'étais dans un total état d'épuisement, gérant les enfants en bas âge, mes parents et ma carrière. Je me mettais parfois en colère pour un rien, ou un trop, ou un pas assez, les enfants qui traînaient pour s'habiller, le ménage et les courses dont j'étais la seule à me soucier, les slips et les chaussettes sales jetés par terre dans la salle de bains à côté du panier à linge. Et alors j'en arrivais à cette terrible conclusion : Alzheimer était héréditaire, j'étais si fatiguée que j'avais développé la maladie précocement, et j'étais de ce fait zinzin moi aussi !

La preuve : me venait très souvent l'envie de faire des doigts d'honneur à tout un tas de gens !

⋆

Je me renseignais chaque jour un peu plus sur la maladie, je lisais, je récoltais des témoignages d'amis. On me parlait de petits vieux hilares qui finissaient leurs jours ravis, se mettant à adorer tout le monde et trouvant enfin leur vie formidable.

Ou aussi de ces vieillards japonais qui, arrivés à un âge avancé, ont le droit de dire et faire tout ce qui leur passe par la tête sans entrave. Ils ont vécu toute leur vie dans le respect des traditions, enfermés dans moult carcans, et ils ont enfin le droit de s'en libérer. Ainsi on les laisse impunément insulter leur famille, faire des grimaces aux enfants, renverser leur soupe *miso* et leurs *gyozas* sur la table s'ils n'apprécient pas le repas, sans que personne ne bronche.

Maman se japonisait chaque jour un peu plus…

Et elle laissait exprimer sa colère contre nous, contre le monde entier, et surtout contre elle-même. Elle se reprochait sans cesse d'avoir été trop gentille, trop « conne ». « Elle a tellement bon cœur la brave Juju. » Elle répétait cette phrase, que je connaissais bien pour l'avoir entendue maintes fois de tant de gens, car c'était effectivement ce que l'on disait d'elle. Et maman estimait à présent que ce bon cœur avait été assez pillé, exploité, trahi. Oui, elle était en colère, et c'était sa vie tout entière qu'elle remettait en question. Cette vie qu'elle avait sans doute rêvée plus douce, moins harassante : lointains voyages, délicieuses soirées sur des terrasses en Italie, balades romantiques en bord de mer, valses en robes longues, câlins coquins dans des petits hôtels cosy, ou nombreuse marmaille dans une grande maison en bord de mer… Qui sait…

Mais elle ne quitta quasiment jamais la France, épousa un ours qui n'aimait pas voyager ni danser, et n'eut qu'une fille qui faisait ce qu'elle pouvait… Maman avait manqué d'amour et de reconnaissance, écrasée par des parents qui avaient décidé de son destin sentimental et professionnel, puis dévouée à un mari égoïste qui ne lui avait jamais témoigné beaucoup d'affection. Elle avait toujours gagné plus d'argent que les autres membres de la famille, en avait beaucoup prêté à son frère, sa belle-mère, son beau-frère et sa belle-sœur, qui ne le lui avaient jamais rendu. « Brave Juju »…

Elle avait sans cesse courbé le dos, faisant vaillamment ce que l'on attendait d'elle, sans plainte et sans cri. Mais voilà que, enfin désinhibée, elle laissait parler sa haine due à toutes ces années de frustrations muettes.

– Vous ne m'avez pas aimée ! hurlait-elle. Vous êtes tous des ingrats ! Je me suis sacrifiée pour vous.

Maman devenait martyre, et nous étions tous ses bourreaux.

Elle se mit à écrire des lettres d'insultes, à André, mais aussi à son frère Honoré, qui vivait dans le Sud avec sa femme. Il m'appela, épouvanté, et je lui appris que maman était malade. Nous n'avions plus eu de contact depuis longtemps…

« Brave Juju » réglait enfin ses comptes, et cela semblait lui faire du bien. Un bien fou, pourrais-je dire…

Pourtant, la vie l'avait plutôt gâtée. Elle n'avait jamais été malade, avait connu de formidables succès professionnels, avait été mère, avait été dotée d'une vitalité exceptionnelle, et des plus belles qualités qui soient : un esprit vif, une grande intelligence, une immense bonté. Elle était courageuse, aventurière, vaillante, juste, douce, bienveillante, drôle, curieuse, et un peu folle…

Quelle chance j'ai eu de pouvoir grandir à ses côtés !

Mais je ne voyais plus à présent qu'une petite femme rabougrie, au visage tordu par la haine, et j'aurais tellement voulu lui arracher ce masque pour retrouver son merveilleux sourire, et la douceur de son regard…

Heureusement, je voyageais toujours beaucoup pour mes spectacles, et chaque escapade en province était une bouffée d'air pur. Mes chansons pour enfants étaient de plus en plus appréciées, j'ai enregistré un troisième album, *Choufleur*, et engagé trois nouveaux musiciens pour jouer avec moi sur scène, mon Antoine étant parti travailler avec François Morel. Je commençais aussi à donner des concerts dans les lycées français à l'étranger.

Je partis cette année-là jouer à Londres et à Vienne, totalement bouleversée de voir tous ces enfants chanter en chœur mes chansons. J'avais été aussi la rédactrice en chef de *Pomme d'Api*, le journal de mon enfance, pour un numéro spécial. Il y avait un de mes albums à l'intérieur, et j'avais écrit des histoires. L'une d'elles mettait en scène Othilie et sa maîtresse, qui avaient été caricaturées par un illustrateur. Ainsi, la maîtresse put lire à ses élèves une histoire dans laquelle elle apparaissait, et Othilie fut très fière de se retrouver avec elle dans le livre…

Mais Nina ne fut pas en reste non plus ! Je donnais chaque mois une de ses phrases à *Pomme d'Api*, car dès qu'elle fut en âge de parler, elle dit des mots d'enfants hilarants.

– Pourquoi tu passes un fil entre tes dents, t'arriveras jamais à les coudre !

– Ils sont beaux les chevals !

– Non mon chéri, quand ils sont plusieurs on dit des chevaux.

– Oh ça va, ils sont que deux !

– Je voudrais bien embrasser Victor.

– Eh bien embrasse-le.

– Je peux pas, il court trop vite !

– Heureusement que j'ai pas la foufoune derrière et les fesses devant, sinon je verrais plus mes pieds !

*

Nous fêtâmes les quatre-vingt-cinq ans de maman, en janvier 2010.

Un déjeuner dans un joli restaurant, avec papa, Éric et les trois enfants. Tout se passa étrangement bien, maman avait l'air d'être très contente. Un peu ivre, elle riait et racontait des bêtises qui amusaient beaucoup les petits. Nous avons offert les cadeaux, et puis maman m'a glissé à l'oreille :

– Tu sais ma Minette, je me suis fait un beau cadeau pour mon anniversaire.

– Ah bon ! dis-je, ravie qu'elle ait fait quelque chose de normal.

– Oui, il est à la maison. Je pourrais te le montrer après le déjeuner si tu veux.

J'ai donc raccompagné seule mes parents chez eux dans l'après-midi. Papa alla immédiatement s'écrouler dans le canapé pour faire sa sieste, et maman m'entraîna dans la cuisine.

– Je vais te montrer mon cadeau, me dit-elle, très excitée.

Et elle ouvrit un des tiroirs pour en sortir un immense couteau.

Je suis restée totalement interdite.

– Mais, dis-je, c'est ça ton cadeau ? Mais pourquoi ? Mais tu n'as pas besoin de ce couteau !!!

Alors, rayonnante, elle me répondit cette phrase qui me remplit d'effroi :

– C'est pour couper les couilles de ton père.

– Quoi !??

– Oui, enchaîna-t-elle avec un petit sourire entendu. Je les ai assez vues. Tu me comprendras quand tu auras toi aussi soixante-cinq ans de mariage !

Il fallait mettre maman dans une maison médicalisée sans plus attendre. Il était tellement difficile de trouver ce genre d'établissement : pas trop déprimant, pas trop cher, pas trop loin… J'ai finalement dégoté la perle rare, une très jolie maison avec un grand parc, près de Houdan, la ville où vivaient mes beaux-parents, qui avaient quitté l'Afrique du Sud.

Il y avait deux chambres communicantes pour mon père et ma mère, reliées par une salle de bains commune. Et bien entendu, avec du personnel spécialisé dans la maladie d'Alzheimer. C'était parfait. Me restait à convaincre mes parents d'y aller…

J'ai débarqué chez eux avec mon ordinateur pour leur montrer des photos. On s'est installés dans la salle à manger, tous les trois autour de la table. J'ai pris mon ton enjoué qui sonnait évidemment faux.

– Bon, regardez, j'ai quelque chose à vous montrer.

J'ai ouvert la page du site de la maison de retraite.

– Voilà. C'est un bel endroit, vraiment très charmant, il y a un grand parc, et voici la maison… Je pense que ça vous ferait vraiment du bien d'aller un peu à la campagne. Vous auriez une chambre chacun, plein de gens sympas pour s'occuper de vous, et il paraît que le restaurant est excellent. Et ils ont de la place en ce moment, il ne faut pas rater l'occasion. Et puis on viendra vous voir très souvent, c'est à côté de la maison des parents d'Éric, ce sera très pratique…

Mes parents n'ont rien dit dans un premier temps. Ils se sont regardés. J'ai tenté un :

– Alors, ça vous plaît ?

Papa, docile, a acquiescé :

– Oui oui, c'est très joli.

Mais maman, qui se montrait suspicieuse depuis le début, a dit :

– C'est une maison de retraite en fait.

– Heu, oui, en quelque sorte, enfin c'est un endroit où vous pourrez vous reposer, où on s'occupera de vous, et puis tu n'auras plus à faire à manger, et...

– Un mouroir, en somme, a ajouté maman.

– Mais non, mais pas du tout !

– Avec plein de vieux puants et crachotants de partout.

– Mais non, mais, oui, il y aura d'autres personnes âgées évidemment, mais c'est parce que... Tu comprends, ça devient dangereux de vous laisser seuls ici, j'ai tout le temps peur qu'il vous arrive quelque chose, je ne peux pas veiller sur vous tout le temps, alors que là...

– Plutôt crever ! a conclu maman.

– Comment ? j'ai dit.

– Oui, plutôt crever. Je ne vais nulle part. Si je dois crever bientôt, je crèverai ici, chez moi, avec ton père.

– Mais moi je veux pas crever ! a protesté papa.

– Toi tu fais ce que je dis ! a vociféré maman. On n'ira pas, voilà ! On crèvera ici, ensemble !

Et elle s'est levée de table pour filer dans la cuisine. Je ne savais plus quoi faire. Alors papa a posé sa grosse main sur mon bras, et il m'a dit gentiment :

– T'en fais pas ma Minette, c'est pas grave. De toute façon, crever ici ou là-bas...

Je suis rentrée chez moi désespérée, mais tout de même décidée à agir contre la volonté de maman. J'ai réservé la chambre. C'était urgent à présent, je ne pouvais vraiment plus laisser mes parents chez eux. Et puis je faisais de façon récurrente ce terrible cauchemar : papa, allongé par terre dans une mare de sang, se tenait l'entrejambe en hurlant, et maman, victorieuse et hilare, son grand couteau à la main, brandissait une paire de couilles encore frétillantes.

Le rendez-vous dans la maison de retraite fut fixé pour la semaine suivante. Chaque jour, j'allais chez mes parents pour tenter de les préparer, les aider à faire leurs valises, mais maman ne voulait rien entendre et s'enfermait dans sa chambre. Papa lui aussi s'enfermait, dans un mutisme total, encastré dans son canapé. Mais je tenais bon.

La veille du départ, comme je débarquais chez eux avec des croissants, j'ai trouvé maman seule.

– Mais où est papa ? j'ai demandé, soudain très inquiète.

– Il est parti à l'hôpital.

– Quoi !

Ça y était, j'étais dans le cauchemar, maman avait réussi à émasculer mon père !

– Mais qu'est-ce qui s'est passé ? j'ai gémi.

– Rien de grave, ne t'inquiète pas. Il a glissé dans le couloir cette nuit en allant aux toilettes, il est tombé, il s'est cassé le bras.

– Mais tu aurais dû m'appeler !

– Mais non, je ne voulais pas te déranger. J'ai appelé SOS Médecins, il y en a un très gentil qui est venu, il a dit que papa s'était cassé le bras et il a fait venir une ambulance. Le plus dur, ça a été de le relever. Surtout en tirant sur un seul bras...

J'ai foncé à l'hôpital.

Papa était tout seul dans une petite chambre, le bras dans le plâtre, drapé dans une longue chemise blanche fournie par les soignants. J'eus tout à coup en le voyant le souvenir précis de mon père jeune et vaillant, torse nu, pantalon blanc, en train de couper l'herbe dans notre petit jardin. Je revoyais ses cheveux noir de jais brillants dans la lumière, son visage de jeune premier, son regard charbon, profond, intense et fébrile à la fois, ce regard qui disait « Il faut pas m'emmerder », mais en plus élégant, en plus classe, comme s'il cachait bien son jeu derrière un voile de rudesse. Des lèvres ourlées, sensuelles. Un nez parfait. Ce père si beau et inaccessible, qui m'intimidait tant, n'était plus à présent qu'un enfant perdu dans une chemise trop grande, il me paraissait minuscule, et ses yeux noirs étaient devenus humides et gris. Il me fit un petit sourire navré.

– Je suis tombé, avoua-t-il, désolé, comme s'il venait de faire une grosse bêtise et que j'allais le gronder.

Je me suis précipitée pour l'embrasser. Après l'avoir rassuré, je lui dis que le lendemain nous étions censés aller dans la maison de retraite. Il ne cessait de répéter, très inquiet :

– Hou là là, ta mère va pas être contente. Pas contente du tout !

J'ai demandé que l'on garde papa à l'hôpital pour la nuit en expliquant la situation. Il me semblait en effet plus simple d'emmener maman d'abord à Houdan, puis papa ensuite…

Je lui ai téléphoné en sortant pour lui donner des nouvelles de papa et lui rappeler notre départ du lendemain.

– Je viendrai te chercher vers dix heures, on bouclera les valises, et puis j'appellerai un taxi. Éric emmènera papa plus tard. Tout va bien se passer, tu verras.

– Très bien, dit-elle tranquillement. Tu peux venir me chercher demain matin. Mais quand tu viendras, je serai morte.

– Arrête tes bêtises s'il te plaît, c'est pas drôle. Demain, dix heures.

Et j'ai raccroché.

★

Lundi 18 janvier 2010. Neuf heures quarante-cinq. Je suis sortie de chez moi, j'ai avancé comme un zombie car je n'avais pas beaucoup dormi, redoutant la dure journée qui était censée m'attendre. Il neigeait. De gros flocons bien épais qui ne se transformaient pas en gadoue noirâtre, mais qui faisaient un beau tapis blanc, qui semblait avoir été déroulé pour moi seule, jusque chez mes parents. Je suis arrivée devant la porte. J'ai sonné. Je n'avais plus les clés car je les avais égarées quelques jours auparavant (dans un sac, dans la rue, dans la poche d'un manteau, je ne saurai jamais, je les ai cherchées partout et ne les ai jamais retrouvées. Alzheimer...).

Pas un bruit. J'ai sonné de nouveau. Rien. J'ai appelé ma mère. Pas de réponse. J'ai frappé à la porte, cogné de toutes mes forces, hurlé. Une voisine est sortie sur le palier. J'ai appelé le téléphone fixe. J'ai entendu la sonnerie derrière la porte. Personne ne répondait. J'ai essayé son portable. Messagerie. Je commençais à paniquer, je repensais à ce qu'elle m'avait dit la veille au téléphone : « Quand tu viendras, je serai morte. » Je me suis dit : *Non, elle ne l'a pas fait quand même !* J'ai appelé les pompiers. La caserne se trouvait à une rue de là ; deux jeunes gens arrivèrent rapidement. Ils ont pénétré chez mes parents par la fenêtre de la cuisine en cassant la vitre. Je n'arrivais plus à respirer, j'avais la tête qui tournait, je me suis assise sur une marche d'escalier. Chaque seconde durait une heure. Je sentais le cognement de mon cœur dans mes tempes. J'ai entendu le bruit de la porte qui s'ouvrait. J'ai tourné la tête dans sa direction, je ne pouvais pas me lever. Un des pompiers est sorti. Il m'a dit :

– Je suis désolé madame, votre maman est décédée.

Non. Non. Non ! Ça y était, je ne pouvais plus respirer du tout. J'étais en apnée. J'allais me réveiller, c'était encore un de ces sales cauchemars. Mais oui, c'était ça ! Mais quel boucan dans mes tempes !

Je ne lui avais pas dit que je l'aimais.

– Madame ? Ça va ? Vous voulez que je vous aide à vous relever ?

C'est de ma faute si elle est partie. C'est moi qui l'ai tuée. C'est à cause de mon idée de maison de retraite, elle ne voulait pas y aller. Tout est de ma faute. Et puis je ne lui ai pas assez dit que je l'aimais. Que je l'adorais. Que je l'avais toujours trouvée merveilleuse. Je ne lui ai pas dit avant son départ.

– Madame ? Vous m'entendez ? Prenez ma main, je vais vous aider à vous relever.

Oui je me relevai, je voulais la voir, j'ai couru dans l'appartement, elle était allongée sur son lit, enroulée dans le joli plaid en laine que je lui avais offert pour son anniversaire. Je ne lui avais pas dit que je l'aimais.

– On l'a trouvée dans la cuisine. Elle ne portait pas de vêtements.

Elle a dû avoir froid. Elle est morte toute seule et elle a eu froid. J'aurais dû passer la nuit ici. C'est de ma faute, je ne lui ai pas assez dit que je l'aimais.

– Madame ? Ça va ? On va vous chercher un verre d'eau.

Mais si ! Je lui ai dit, je lui ai dit plein de fois, mais peut-être qu'elle n'entendait pas. Qu'elle n'entendait plus. Je lui ai dit encore la veille au téléphone. Ou non... Je ne me souviens plus quand je lui ai dit.

– Asseyez-vous, tenez, buvez. On va appeler le médecin légiste.

Je voulais la regarder, je voulais la toucher. Si seulement j'avais eu un dernier instant auprès d'elle, juste une minute, pas plus, ça m'aurait suffi pour lui dire combien je l'aimais. Ça y était, je ne pouvais plus m'arrêter de pleurer, je m'en étouffais. Je ne pouvais plus respirer.

– Respirez madame, asseyez-vous. Faites comme moi, une grande inspiration, comme ça, et puis vous expirez doucement. Allez-y, avec moi.

J'essuyais la morve et les larmes avec la manche de mon pull. L'autre pompier m'a tendu un kleenex.

– Ça va aller, respirez bien. Vous êtes sous le choc, c'est normal. Vous pouvez parler ? Dites-moi quelque chose.

– Je ne lui ai pas dit que je l'aimais.

– Mais heu... Elle devait le savoir... Les mamans le savent bien...

Je pleurais, je pleurais sans cesse, je ne pouvais plus m'arrêter, il fallait que j'appelle Éric. Le téléphone a composé son numéro. Il a décroché. Je ne pouvais pas parler.

– Amour ? Ça va ? Qu'est-ce qu'il y a ?

Je pleurais, je pleurais, je ne pouvais pas parler.

– Amour, qu'est-ce qui se passe ? C'est ta maman ?

– Oui... Oui...

– J'arrive.

Éric est arrivé très vite, puis le médecin légiste. Je ne pouvais pas détacher mes yeux du visage blanc et figé de ma mère. Elle n'avait pas du tout l'air apaisé. Je m'en voulais, je m'en voulais, je m'en voulais.

Elle était morte à cause de moi.

Le médecin légiste était odieux. Il me parlait froidement et j'avais du mal à répondre, j'entendais un mot sur deux, je crois qu'il demandait si on voulait une autopsie, j'ai dit non, je ne sais plus pourquoi. Peut-être la peur de savoir qu'elle avait avalé des médicaments, de l'alcool, je ne savais pas. Je suis allée dans la cuisine, sur la table, son pilulier était vide, il y avait des bouteilles de vin par terre. C'était sûr, elle l'avait fait, elle avait avalé tout ça.

– Madame, je vous parle, qu'est-ce qu'on fait ? Une autopsie ?

Elle a sûrement avalé tout ça, et c'est de ma faute, je n'ai pas assez veillé sur elle, je voulais l'emmener dans une maison alors qu'elle ne voulait pas.

– Bon, ben je vais y aller moi… Elle a probablement fait une crise cardiaque. Je note ça. Au revoir messieurs dames.

Après, il y a eu un gouffre sous mes pieds. Je marchais, j'avançais, mais au-dessus d'un grand gouffre. Je m'accrochais à Éric. Je regardais mes pas dans la neige, je voyais bien que je laissais des traces, mais je ne sentais plus rien. Comme si j'étais morte moi aussi.

J'ai dû aller à l'hôpital de la Pitié-Salpêtrière pour dire à papa que maman était partie. Éric ne pouvait pas m'accompagner. Il m'a mise dans un taxi. Je me suis retrouvée devant la porte de la chambre. Toujours le gouffre, envie de vomir, bruits assourdissants dans mes tempes. *Ouvre cette porte, ouvre cette porte !* J'ai ouvert et je suis entrée. Papa était assis, avec son bras dans le plâtre, il regardait le mur.

Dès qu'il m'a vue, son visage s'est illuminé.

– Ah, ma petite Minette, tu es là !

Ne pas pleurer. Lui parler calmement. Respirer. Maman est morte. Maman est morte.

– Ça va ma Minette ? Viens, assieds-toi.

Maman est morte. J'allais le lui dire. *Maman est morte.*

– Papa…

– Oui ?

– Papa… Je t'aime.

– Mais… Moi aussi ma Minette.

– Maman est morte.

Il m'a regardée sans aucune expression. Il n'a pas compris. J'ai répété :

– Maman est morte.

Toujours rien. J'ai dû expliquer :

– Je l'ai trouvée ce matin dans la cuisine. Elle est morte, papa. Maman est partie.

– Mais non ! Mais c'est pas possible ! Mais non ! Ma Juju ! Elle a pas fait ça ! Non, c'est pas vrai, c'est pas vrai ! Elle aurait pas fait ça sans me dire au revoir !!!

Il éclata en sanglots, il regardait le mur et il répétait sans cesse « *Ma Juju, ma Juju* ».

Je ne pouvais pas parler, je lui tenais la main, un infirmier est entré, on ne l'a pas vraiment vu, il parlait, mais on ne l'entendait pas. « *Ma Juju, ma Juju.* » Papa n'était plus qu'un torrent de larmes, je cherchais des kleenex, il ne se mouchait même pas, « *Ma Juju* », je suis restée près de lui une éternité, ou alors ça m'a paru une éternité, je ne pouvais même plus pleurer. Il pleurait pour deux. Il pleurait pour mille. Il pleurait pour toute une vie.

Chapitre 17

Je leur ai demandé de garder papa quelques jours à l'hôpital, le temps pour moi de m'organiser. Ils ont été très compréhensifs. Je suis rentrée chez moi, et Éric et moi avons annoncé aux filles la mort de leur grand-mère. Elles ont été très tristes, bien sûr, car elles l'aimaient beaucoup. On a tous pleuré un long moment dans le salon, en se serrant les uns contre les autres, et puis je suis allée me coucher, harassée et encore hébétée par cette terrible journée. Je commençais à peine à m'endormir que notre téléphone fixe a sonné. Éric prenait une douche. Je me suis relevée, totalement embrumée, pour aller répondre.

– Oui, madame Bouvron Forte ?

– C'est moi.

– Bonsoir madame, hôpital de la Pitié-Salpêtrière.

Je me suis assise.

– Voilà, nous sommes désolés de vous déranger à cette heure-ci, mais nous avons eu un problème avec votre papa.

– …

– Voilà, heu… Il a essayé de se suicider avec le fil du téléphone.

– Quoi ?

– Oui, il a essayé de s'étrangler. Mais rassurez-vous, il n'y est pas parvenu. C'était pas évident, avec un seul bras…

– Mais c'est affreux ! Mais comment va-t-il ?

– On lui a donné un calmant, il dort. Mais vous comprendrez que… Enfin ça va être difficile pour nous de le garder dans ces conditions. S'il est suicidaire, on ne va pas pouvoir le surveiller toute la journée.

Papa ne pouvait pas aller seul dans la maison de retraite de Houdan. J'ai appelé pour les prévenir que maman ne viendrait plus, ils m'ont dit qu'ils étaient désolés pour moi, et qu'il ne leur restait plus de chambre simple pour accueillir papa. J'ai proposé de payer les deux chambres communicantes pour lui seul en attendant, mais ils ont refusé.

Je ne pouvais pas le prendre à la maison, car nous n'avions pas d'ascenseur, et je ne pouvais pas non plus le laisser seul chez lui, évidemment. Ni à l'hôpital.

J'ai commencé à paniquer. Je suis retournée le voir à l'hôpital, j'espérais qu'ils pourraient le garder encore un petit peu. C'est alors que j'ai rencontré l'assistante sociale qui avait eu vent de notre situation. Elle était absolument adorable et je me suis effondrée dans son bureau. Elle chercha une solution, et eut la brillante idée de me parler d'un endroit qui semblait tout à fait approprié à mon père : « La Maison des artistes » de Nogent-sur-Marne. C'était une immense demeure qui appartenait à deux sœurs peintres au XIXe siècle, qui n'avaient pas de descendance. Elle fut léguée à leur mort à une association accueillant les artistes en fin de vie. C'était exactement ce qu'il nous fallait. Un rendez-vous fut pris dès le lendemain car, par chance, une chambre venait de se libérer.

J'avais parlé longuement au téléphone avec une charmante femme. Elle allait étudier notre dossier, et désirait rencontrer mon père.

Il me restait à le convaincre de bien vouloir aller à « La Maison des artistes ».

Dans sa petite chambre d'hôpital, papa semblait totalement perdu et absent. Je n'évoquai pas sa tentative d'en finir, et je pris un air faussement enjoué pour lui annoncer mes plans. Je lui ai présenté les choses sous le meilleur angle possible, mais il ne semblait pas porter beaucoup d'attention à ma proposition. Il finit par poser ses yeux tristes sur moi et dire :

– Mais ma pauvre Minette, je peux pas y aller dans ta maison des artistes.

– Ah bon ? Et pourquoi ça ?

– Ben parce que pour y aller, il faut avoir été un artiste. Et moi j'étais chauffeur de taxi.

Je crus à une plaisanterie, et je me forçai à rire.

– Ah, oui, bien sûr, avant d'être peintre. Mais après, tu te souviens, tu as été un grand peintre très reconnu.

– Moi ? dit-il, étonné. Mais jamais de la vie !

Je suis restée un moment interdite. Peut-être le faisait-il exprès pour ne pas devoir aller dans cette maison. J'étais soudain très inquiète.

– Mais enfin papa, tu plaisantes ou quoi, tu as peint pendant plus de vingt ans, tu as même eu une galerie à Lyon !

– M'en souviens pas...

– Mais c'est pas possible, enfin, tu me fais marcher ! Tu es un merveilleux aquarelliste !

Mais le visage de papa s'est fermé et il s'est mis à fixer de nouveau le mur. Je ne pouvais plus rien en tirer.

Totalement dépitée, je suis rentrée chez moi, avec la ferme intention de maintenir le rendez-vous. Il me semblait impossible que papa eût perdu la mémoire en une nuit. Le choc de l'annonce de la mort de maman peut-être...

Le lendemain matin, je suis allée le chercher. Les infirmiers l'avaient lavé, et je lui ai apporté quelques vêtements chics, et une écharpe blanche « pour faire artiste ». J'avais aussi pris soin de prendre son « book » avec des photos de quelques-uns de ses tableaux. J'espérais que mon père aurait recouvré ses esprits, mais lorsque je lui parlais de nouveau de son ancien métier, il répondait inlassablement : « Non non, pas peintre, chauffeur de taxi ! »

Nous prîmes un taxi, et tout le long du trajet, je tentai de lui faire apprendre une sorte de petit discours qui retraçait sa carrière artistique, mais j'obtenais toujours la même réponse :

– Non non, chauffeur de taxi !

Je me sentais de plus en plus fébrile au fur et à mesure que nous approchions de la demeure. J'avais le trac ! Cet endroit était notre unique salut, et je priais pour que papa ne dise plus « chauffeur de taxi »...

Le taxi nous laissa devant une magnifique maison blanche. Après avoir passé le porche, nous découvrîmes un parc grandiose, et nous entrâmes sous une accueillante verrière décorée de toutes sortes de plantes exotiques. Rien à voir avec l'idée que je me faisais d'une maison de retraite ! Aussitôt, une femme très avenante d'une cinquantaine d'années se précipita à notre rencontre, nous serra chaleureusement la main et nous conduisit dans un somptueux salon. On fit asseoir papa dans un fauteuil Louis XV, tandis que je posais mes fesses sur le bord d'un canapé, trop angoissée pour m'asseoir vraiment.

– Nous attendons monsieur le directeur et deux autres personnes de l'établissement, chantonna-t-elle en souriant. Nous ferons un peu plus connaissance. En effet, nous ne recevons ici que des personnes ayant vécu de leur art, et nous devons nous assurer de cette condition. Vous comprendrez bien qu'un tel établissement est très prisé, et ne peut pas ouvrir ses portes à de prétendus artistes. C'était le souhait des demoiselles Smith lorsqu'elles ont légué la maison.

Et elle regarda papa intensément, comme si elle voulait percer un mystère.

Mes mains étaient moites et j'avais du mal à déglutir. Papa n'avait pas dit un seul mot. Il observait les moulures du plafond en se demandant sans doute ce qu'il faisait là. Les trois autres personnes n'ont heureusement pas tardé à arriver. Un grand homme austère et deux femmes à l'allure stricte. Ils nous ont serré la main et se sont assis devant nous dans des fauteuils. Le directeur me dit tout d'abord qu'il était heureux de me rencontrer car il appréciait mon travail en tant qu'autrice et comédienne. Je fus un peu soulagée par ses paroles, mais le plus inquiétant restait à venir. Il se tourna alors vers papa et s'adressa à lui comme à un enfant :

– Alors, monsieur Forte, votre fille nous a dit que vous étiez artiste peintre. Racontez-nous ça !

Tout mon être était tendu vers mon père. Je voulus accrocher son regard, pour qu'il lût dans mes yeux ce que je voulais l'entendre dire. Mais j'avais l'impression qu'il ne me voyait pas, qu'il ne voyait personne d'ailleurs. Il restait là, sans bouger. Tout le monde attendait qu'il parlât enfin, c'était interminable et j'ai eu très chaud et très froid en même temps.

Et puis tout à coup, son gros corps commença à s'animer, il se redressa un peu, il fixa le directeur de ses yeux noirs et dit :

– Oui, c'est vrai, j'étais peintre. Un grand peintre, vous dirait ma petite Sophie.

Et il me lança un regard complice en souriant.

– Mais moi je serai plus modeste, je vous dirai juste que j'ai vécu de ma peinture pendant plus de vingt ans, que ma Juju a tenu notre galerie pendant quinze ans, et que mes tableaux ont été exposés dans beaucoup de pays...

Incroyable ! Papa commença à raconter toute sa carrière à ces quatre personnes de plus en plus passionnées par son récit, avec moult détails et anecdotes qui ne manquèrent pas de les faire rire. Et moi, je tentais de chasser mes larmes, en mettant ma main devant ma bouche, faisant semblant de rire.

Papa devenait grandiloquent, emporté, surprenant, amusant, fou, comme si un nouveau souffle de vie venait de lui être insufflé pour lui rendre la fougue de sa jeunesse. Je n'en revenais pas ! C'était la première fois que je l'entendais parler de lui avec autant de lucidité, sans pudeur ni fierté, comme on raconterait une histoire dont on ne serait pas le héros. Il parlait enfin librement de son art, de ce talent qu'il avait toujours feint de trouver encombrant, mais qui, il l'avoua, fit de lui un homme heureux. Et puis il conclut par cette phrase, qui acheva de faire fondre son auditoire médusé :

– Eh oui, la vie m'a fait un beau cadeau en me donnant ce don inattendu. Et elle m'en fait un autre aujourd'hui en me menant jusqu'à vous.

J'ai cru un instant qu'ils allaient se lever pour applaudir ; mais il n'en fut rien. Ils restèrent assis, sans un mot. Puis les trois femmes ont regardé le directeur, qui a fini par dire :

– Bienvenue chez nous monsieur Forte !

⋆

Et puis on a enterré maman.

Tous mes amis étaient là, dans la belle église Saint-Paul, dans le Marais. Papa sanglotait au premier rang, il poussait des gémissements déchirants, dès que je le regardais je pensais que j'allais me mettre à faire comme lui et que ne pourrais plus parler, alors j'évitais de le regarder. Mes filles étaient sages et observaient tout ce qui se passait avec de grands yeux étonnés. Éric n'est pas venu, il avait mieux à faire. J'ai vu là le signe précurseur d'une fêlure irréparable.

J'ai lu des discours. J'ai lu des psaumes. Papa sanglotait toujours. J'ai lu des poèmes que j'avais écrits pour maman, j'ai chanté des chansons. Papa sanglotait encore. Je suis sortie de l'église en riant, en suivant le cercueil. Je voulais terminer par une note gaie. Pour tous mes amis qui étaient là, et aussi pour maman qui aurait détesté me voir effondrée. Ce rire, qui fut forcé au départ, et qui devint sincère au fur et à mesure que nous avancions avec le cercueil, surprit tout le monde. Mais je voyais sur mon chemin les sourires se dessiner, et j'étais sûre que maman devait en faire autant.

Papa sanglotait de plus en plus. Je l'ai pris dans mes bras, il s'est effondré et hoquetait contre moi. Je l'embrassais dans le cou, je lui murmurais « Je suis là, je suis là ». Un ami l'a raccompagné à la maison de retraite. Nous sommes tous allés au Père-Lachaise. Je suis montée dans le corbillard avec François.

J'ai chanté une chanson que j'avais écrite pour maman. Elle était venue me voir dans mon spectacle pour les enfants au théâtre de la Gaîté-Montparnasse peu de temps avant son départ, c'était la première fois que je chantais cette chanson, car je savais qu'elle serait là. Elle écoutait, au premier rang, les larmes aux yeux, je la voyais les essuyer avec son petit mouchoir, malgré les projecteurs qui m'aveuglaient, et j'ai eu du mal à aller jusqu'au bout de ma chanson sans m'étrangler.

Des fois la vie c'est pas très rigolo
Quand on se sent encore bien trop petit
Moi, j'aimerais ressembler à mes héros
Tellement forts que tout leur réussit

Mais quand tu prends ma main, maman, quand tu prends ma main
Je regarde droit devant, je n'ai peur de rien
J'peux marcher les yeux fermés,
Te suivre partout
Traverser à cloche-pied
Même pas dans les clous

Je fais dans tes bras les plus beaux voyages
Mais un jour viendra, j'essaierai d'écrire
Mon histoire à moi, tes livres d'images
Ne suffiront plus, je voudrais partir

Alors je lâcherai ta main, maman, je lâcherai ta main
Pour affronter les géants, et quelques vilains

J'aurai des bobos partout,
Mais je dirai rien
Je voudrai rester debout
Sans tenir ta main

Je m'battrai contre des moulins à vent
J'irai chaque jour trouver des merveilles
J'aimerai plein de gens très différents
Mais je serai là quand tu seras vieille

Alors je prendrai ta main, maman, je prendrai ta main
On se moquera des géants, on craindra plus rien
Tu iras tout de travers
Mais en rigolant
On f'ra la vie buissonnière
Comme deux enfants

Après l'enterrement, j'ai confié mes filles à ma belle-mère, et puis j'ai foncé à Orly prendre un avion pour Montpelier. Je jouais *Sur le fil* ce soir-là.

Pour maman…

⋆

Deux jours plus tard, je suis allée voir papa à la Maison des Artistes. Il semblait parfaitement serein. J'avais fait encadrer une photo de maman prise le jour de mon mariage. Elle était très souriante, dans sa jolie robe. Je l'ai donnée à mon père. Il l'a regardée avec attention, et il m'a dit :

– Qui c'est ?

– Comment ça, qui c'est ?!

– Oui, qui c'est ? Je connais pas cette dame.

– Mais enfin, papa, c'est maman !

– Ma maman ?

– Mais non, voyons, pas ta maman, la mienne !

– Pourquoi tu m'apportes une photo de ta maman ?

– Mais parce que je suis sa fille, et la tienne aussi par la même occasion !

– Oui, ça je sais que tu es ma fille, mais pourquoi aussi celle de cette dame ?

– Mais papa, tu le fais exprès, c'est pas possible ! C'est ta femme, Juliette ! Ta Juju !!!

Papa a examiné la photo de plus près, puis l'a éloignée au bout de son bras, comme il le faisait lorsqu'il regardait un de ses tableaux. Il n'y avait aucune expression sur son visage. Il a posé la photo, et il a dit dans un souffle.

– Bon… Si ça te fait plaisir…

En le quittant, j'étais totalement effondrée. Papa avait dû faire un blocage tant la douleur était forte. Il avait sans doute été obligé d'effacer sa Juju de sa mémoire pour pouvoir lui survivre.

Par la suite, comme nous allions très souvent lui rendre visite, il me reconnaissait toujours parfaitement, ainsi qu'Éric et les filles, mais plus jamais nous n'avons pu parler de maman.

Il avait gardé son portrait, mais l'avait retourné face au mur.

Nous sommes partis, Éric et moi, vivre une nouvelle aventure avec des amis, au Groenland cette fois-ci, où nous étions logés chez une famille inuit, dans une petite maison de bois au bord de la banquise. Nous écrivions un seul en scène pour Éric, qui se passait dans cet incroyable pays. Thermomètre à – 20 °C, chasseurs de phoques, traîneaux et chiens, enfants joufflus qui nous suivaient en riant, aurores boréales… L'expérience fut extraordinaire, passionnante et très enrichissante, et le spectacle *La Mission de Victor Mulot* vit le jour peu de temps après notre retour.

J'enregistrai un nouvel album pour enfants, *Un petit poisson*, des reprises des chansons que j'avais aimées dans mon enfance. C'est grâce à cet album que je rencontrai Guy Béart, qui m'invita à un goûter au champagne chez sa fille Emmanuelle, qui se termina à deux heures du matin.

J'avais aussi glissé dans mon album une chanson d'Anne Sylvestre, que j'admirais éperdument, et nous tissâmes par la suite des liens amicaux. Nous avons partagé des scènes ensemble, et c'était terriblement émouvant et magique à chaque fois.

*

Papa se plaisait beaucoup à Nogent. En tout cas il avait l'air de s'y plaire, même s'il parlait assez peu, dormait beaucoup, et fumait tout le temps (on ne lui interdisait pas de fumer dans sa chambre).

Le directeur de la maison de retraite organisa une exposition dans un château avec les œuvres de tous les peintres pensionnaires. J'ai ressorti de mes placards le peu de toiles qui me restaient de papa. Il y eut un cocktail, sorte de vernissage sauf que les tableaux n'étaient pas à vendre. Et papa, cette fois-ci, ne put pas se défiler. Je l'avais habillé avec son beau costume bleu, chemise blanche, cravate sombre, et ses éternelles bretelles. Je le revois au milieu de ses tableaux, une coupe à la main, souriant à tout le monde, apaisé et fier.

Il n'avait peint de nouveau qu'une seule fois depuis sa « retraite ».

Othilie avait six ans, et me dit un jour, en voyant un tableau de papa accroché au mur du salon : « Moi, je veux peindre comme papy ! »

Alors le dimanche suivant, comme nous lui rendions visite les enfants et moi, j'ai déposé sur la table de sa chambre du matériel de peinture et lui ai demandé s'il ne pouvait pas montrer à Othilie comment il peignait. J'étais certaine de son refus, mais à ma grande surprise, papa se leva péniblement de son fauteuil, sans dire un mot, et se dirigea vers la table. Il saisit un pinceau, le trempa dans l'eau, et se mit à mélanger les couleurs pour commencer à peindre une allée bordée d'arbres. Il souffla alors comme à son habitude, le paysage prenait vie sous nos yeux, les filles regardaient, extasiées, puis, lorsqu'il eut presque terminé, il dit à Othilie, en lui tendant un pinceau : « Tiens, fais le ciel ! »

Elle n'hésita pas, trempa le pinceau dans le bleu que papa avait étalé sur la palette, et se mit à en imbiber la feuille. Alors il prit sa petite main dans la sienne pour la guider, et le tableau finit de prendre vie, soudain baigné de lumière. Ce fut la dernière fois pour papa, et la première pour Othilie.

*

Il était depuis deux ans à Nogent lorsque me vint l'idée d'écrire une pièce sur lui. Il y avait tant à dire de ce personnage, de son incroyable destin. L'histoire d'un chauffeur de taxi bourru et colérique qui devient un artiste peintre à succès malgré lui. Je me mis à noter des souvenirs, en vrac. Je jouais alors à Paris, et un soir, on me présenta un comédien, Pierre Forest. Le sosie de mon père jeune ! Au cours du dîner qui suivit, après quelques verres de vin, je ne pus résister à l'envie de lui parler de mon projet de nouvelle pièce en lui racontant toute la vie de mon père. Il fut tout de suite emballé et me dit :

– Je veux absolument être Max !

C'est ainsi qu'il rencontra le vrai Max à plusieurs reprises dans la maison de retraite. Les déjeuners étaient très gais, Pierre posait tout un tas de questions à papa, ravi de cette nouvelle rencontre. Et papa lui répondait avec bonne humeur ! Mon écriture s'en trouva évidemment boostée, et je terminai la pièce assez rapidement. Je la lus à papa, qui n'en dit rien. Mais, sans doute très ému, il fit son fameux petit rire gêné, celui qui servait à cacher les pleurs…

Puis j'ai trouvé les comédiennes pour jouer les deux autres personnages, c'est-à-dire maman et moi-même adolescente. Éric faisait la mise en scène. Et la pièce fut acceptée au théâtre du Chêne noir pour le festival d'Avignon.

Mais juste avant les premières répétitions, deux mois avant la première, il se produisit un fait inattendu : la comédienne qui devait jouer maman se désista pour des raisons personnelles. Je voulus faire un nouveau casting, mais mon producteur m'en dissuada. Et il insista pour que je joue le rôle de ma mère.

– Mais ça va me rendre complètement zinzin de jouer ma mère ! lui dis-je, paniquée.

– Ça ne changera pas grand-chose, me répondit-il en riant.

J'acceptais donc.

Et hop, encore dix ans de psychanalyse !

Sur l'affiche, on voyait une photo de mon père, en pyjama à rayures, le visage sombre, à l'âge de cinquante ans. Tout autour de lui, des couleurs étalées, comme sur une palette de peinture. Nos trois noms : Sophie Forte, Anna Mihalcea et Pierre Forest. Et en gros, le titre : *Max, la véritable histoire de mon père.*

Je montrai l'affiche à papa qui l'observa un long moment et finit par dire : « J'étais beau, quand même… »

On fit des tee-shirts avec le même graphisme, des sacs en tissus pour parader dans les rues d'Avignon (l'idée de me balader avec une photo de mon père en pyjama sur le torse m'amusait beaucoup !).

La pièce eut un beau succès, et nous partîmes en tournée dans toute la France. Je voulais que papa la voie, mais il nous était difficile de l'emmener avec nous en province, et il n'avait pas envie de quitter Nogent. J'espérais jouer la pièce à Paris, mais pour un tas de raisons, nous n'avons pas eu cette chance. Alors je fis faire une captation, dans l'espoir de la lui montrer.

Mais il ne la vit jamais.

Une nuit d'avril 2014, un policier est venu sonner à notre porte. Il nous a annoncé que papa était mort. Brûlé. Il avait mis le feu à sa chambre avec une cigarette, l'alarme ne s'était pas déclenchée, son lit avait pris feu… Tout comme son père, il avait cette manie de fumer au lit. Mais il n'avait plus d'épouse bienveillante à ses côtés pour lui tendre un cendrier…

Il avait quatre-vingt-cinq ans.

Régulièrement, je lui disais :

– Papa, la cigarette te tuera !

Mais il me répondait :

– Mais non, ma Minette, je fume pas beaucoup, j'en fume qu'une. À la fois.

Et il rallumait une Marlboro, pas light.

Il fut enterré près de maman, au Père-Lachaise. Pendant la cérémonie religieuse, j'ai lu un texte que j'avais écrit pour l'occasion, dans lequel je m'adressais à lui. Et une fois encore, l'assistance riait. Mes amis s'étaient déplacés, avaient pris sur leur temps de travail, certains étaient venus de loin, je n'allais pas leur offrir une de ces cérémonies assommantes d'où on a envie de partir avant même d'y être allé !

J'ai jeté sur sa tombe des brassées de lilas que j'avais achetées le matin même au marché en bas de chez moi.

Papa n'achetait jamais de lilas, mais quand il en peignait, ça parfumait toute la maison. Il ne se promenait jamais dans les champs, ne cueillait pas les fruits dans les vergers, ne voguait pas sur les océans déchaînés, ne sentait pas les embruns sur sa peau, n'aimait pas le soleil parce que ça lui donnait chaud, ni la pluie, ni le vent, parce que ça le décoiffait. Mais quand on voyait ses tableaux, on pensait qu'il avait vogué sur toutes les mers, et parcouru le monde entier.

Il ne comprenait pas grand-chose à la vie, mais il la peignait si bien…

*

J'ai chanté sur sa tombe, une chanson que j'avais écrite pour lui et qu'il aimait beaucoup.

On se croisait dans le couloir
Bonjour, ça va, très bien, bonsoir
Pour venir me souhaiter bonne nuit

Tu t'approchais même pas du lit
Quand tu croyais que je dormais
Du bout des yeux tu m'embrassais

Tu sais, c'est pas facile, p'tit père
D'être la fille d'un solitaire

Tu peignais dans ton atelier
Je n'osais pas te déranger
Dès que tu rangeais tes pinceaux
Je vivais ta vie dans ton dos
Je m'perdais dans tes paysages
Je m'noyais dans tes marécages

Tu sais, c'est pas facile, p'tit père
D'être la fille d'un solitaire
Papa, tout c'qu'on n'se dit pas
Ça fait comme un poids dans l'cœur
On n'se connaît pas
Je suis comme toi
J'ai peur
La pudeur nous joue des tours
Mais c'est pas trop tard pour l'amour

Des fois t'étais si malheureux
J'osais plus regarder tes yeux
Tu restais des jours planté là
Même maman pouvait rien pour toi
Pourtant ça t'aurait fait du bien
D'ouvrir la grille de ton jardin

On a joué à cache-cache
Nos mots tendres étaient bien planqués
J'ai pas pu prendre le train en marche
Tu as raté tous les arrêts

Papa, tout c'qu'on n'se dit pas
Ça fait comme un froid dans l'cœur
On n'se connaît pas
Je suis comme toi
J'ai peur
La pudeur nous joue des tours
Mais c'est pas trop tard pour l'amour

Tu sais, c'est pas facile, p'tit père
D'être la fille d'un solitaire

Et je suis de nouveau partie après l'enterrement en province, pour aller jouer.

Mais ce soir-là, ce fut vraiment particulier. Parce que je venais d'enterrer mon papa, bien sûr, mais aussi parce que, par un incroyable hasard, nous jouions la dernière de *Max, la véritable histoire de mon père*.

La grande salle de Joué-Lès-Tours était pleine. Aux saluts, les spectateurs ont applaudi à tout rompre. C'est alors que je leur ai annoncé qu'ils venaient d'assister à une dernière, et de surcroît le jour où j'avais enterré mon père.

Alors les gens se sont levés, dans un total silence. Et puis ils se sont mis à applaudir de nouveau, en criant des bravos.

Pierre, Anna et moi, nous nous sommes pris les mains en les serrant fort. Nous pleurions tous les trois.

Papa a sûrement dû verser une larme lui aussi. Mais, toujours pudique, il s'était caché derrière un nuage.

*

Après la mort de mes parents, il s'est passé d'étranges phénomènes.

Ça avait commencé peu après l'enterrement de maman. Je me mis à trouver des médailles partout. Des anges, des cœurs, des croix… Et surtout des saintes vierges. Et la Sainte Vierge, c'était maman ! (Si je puis dire…)

La première fois, ce fut dans le métro. Quelques jours après son enterrement.

J'avais acheté des tickets au guichet, posé mon sac sur le comptoir, et lorsque je voulus le reprendre, je constatai qu'il y avait une enveloppe dessous. Je l'ouvris, et découvris à l'intérieur une magnifique médaille en or de la Sainte Vierge. C'était d'autant plus étrange que je n'avais pas vu d'enveloppe lorsque j'avais posé le sac…

Mais j'attribuai ce cadeau au hasard, et n'y vis aucun signe du Divin, mes rapports avec la religion ne s'étant pas vraiment améliorés depuis mon enfance.

Pourtant, quelques semaines plus tard, je trouvai une nouvelle médaille de la Sainte Vierge sous le siège d'un fauteuil de théâtre.

Mon manteau était tombé durant la représentation, et en le ramassant avant de partir, je mis la main sur une médaille. En argent cette fois-ci. Je commençais à me poser des questions. D'autant plus que, dans les jours qui suivirent, j'en trouvai une autre dans un caniveau devant chez moi.

Je me suis rendue à l'église Saint-Paul, devant la jolie Sainte Vierge près de l'entrée. C'était là que je venais parler à maman. Je trouvais cela plus pratique et plus joyeux que de m'adresser à une tombe. Je questionnai donc maman sur le mystère des saintes vierges. Elle ne me répondit évidemment pas, mais en sortant de l'église, je vis briller quelque chose sur les marches. C'était une broche dorée. Deux cœurs en or, entremêlés, un petit et un plus grand. J'y vis un symbole d'amour entre une mère et son enfant. Et mes croyances en furent encore renforcées.

Et elles ne cessèrent de l'être, car il me paraissait de plus en plus évident que maman m'envoyait des petits signes d'amour et de protection. Je me mis à trouver des médailles à un rythme assez soutenu. Je ne vais pas énumérer chacun de ces trésors, mais il y eut des trouvailles assez troublantes.

J'avais acheté à crédit un studio au-dessus de mon appartement, et je me demandais si j'avais bien fait. Or, durant les travaux, un ouvrier trouva une Sainte Vierge en bronze en détruisant l'ancien évier.

Je sus que j'avais fait le bon choix.

Un jour de déprime absolue, où la vie n'avait pas été tendre avec moi, je marchais sous une pluie battante, tout en pleurant sous mon parapluie. Et malgré toute cette eau qui coulait de partout, je vis flotter dans une flaque un petit paquet-cadeau. Je l'ouvris. À l'intérieur, une Sainte Vierge de Lourdes.

J'ai cessé de pleurer.

J'ai acheté un sac à main dans une friperie. J'ai découvert à l'intérieur, en y rangeant mes affaires, une gracieuse Sainte Vierge en argent.

Puis une médaille en or avec un cœur dans les toilettes des galeries Lafayette ! Au dos était gravé « Alfa ». Donc en rentrant chez moi, j'ai cherché « Alfa » sur Internet. La première chose qui apparut, c'était la nouvelle voiture : Alfa Roméo Julietta. Les noms de mon grand-père et de ma mère.

J'étais en vacances au Mexique avec mes filles et un ami, nous avons traversé une magnifique ville pour aller voir une pyramide. Alors que la voiture passait devant un porche, j'ai dit à mon ami : « Arrête-toi ! » Il me fallait absolument aller voir ce qu'il y avait derrière la lourde porte en bois. Je ne fus pas surprise d'y découvrir une immense Sainte Vierge, posée sur un rocher au milieu d'une fontaine.

Un jour, en attendant un bus à Monaco, je dis à un ami que, depuis la mort de ma mère, je trouvais des signes religieux partout. Il se montra très sceptique. Le bus arriva. Je n'avais pas de ticket, alors j'en ai acheté un au chauffeur. Il me rendit la monnaie, et en la ramassant, j'ai trouvé au creux de ma main une petite croix en or.

Aussitôt, je l'ai mise sous le nez de mon ami en lui disant, l'air détaché : « Tiens, tu vois… ».

Il en est resté bouche bée depuis…

Des histoires comme celles-là, j'en ai des dizaines. J'évite de les raconter à n'importe qui, car évidemment il y a toujours des gens qui pensent que j'invente tout ça pour me rendre intéressante…

Mais peu importe, pour moi, chaque trouvaille est une nouvelle aventure qui me remplit de joie.

Et pourtant, malgré tous ces signes, je n'ai toujours pas réussi à suivre le chemin du Seigneur. En revanche, ils me confortent dans une croyance : je crois en l'amour éternel, bien au-delà de la mort, je crois que maman continue de me protéger, de me rassurer. Et je crois aux anges, car elle en était un.

Mais finalement papa ne fut pas en reste lui non plus ! Peu de temps après sa disparition, je suis allée voir une personne qui rééquilibrait les énergies, car je me trouvais totalement épuisée. Alors qu'elle me faisait un soin dans son cabinet, elle me dit : « C'est curieux, j'ai un flash d'un coup… Qui est le gros monsieur moustachu allongé dans le canapé de votre salon ? »

Pas de doute, papa ayant toujours été indissociable d'un canapé, il s'agissait bien de lui… Mais il dépensait moins d'énergie que maman avec toutes ses médailles. Il se contentait de faire ce qu'il avait toujours fait : veiller sur nous sans effusion, sans démonstration, discrètement…

Chapitre 18

Nous étions encore en 2014, j'eus le bonheur de jouer durant plusieurs mois au théâtre Rive gauche mon troisième spectacle pour enfants, *Chou-fleur*, accompagnée de trois musiciens. Avec en première partie, Nina ! Elle avait onze ans. Elle était dans une école à horaires aménagés pour aller au conservatoire étudier la guitare, et elle avait monté un petit groupe avec deux amis, une petite flûtiste et son frère percussionniste. Et ils interprétaient les chansons de Nina ! Ils s'étaient baptisés « Le trio des trois » et faisaient un tabac à chaque apparition en public.

J'avais l'habitude de dédicacer mes disques à la sortie de concerts, et de parler avec les enfants. Un jour, une femme franco-équatorienne m'attendit avec ses trois enfants. Elle me dit que ses petits étaient fans de moi, et que toute la famille vivait à Quito, en Équateur, où mes chansons étaient apprises au Lycée Français. Elle me demanda si j'étais d'accord pour aller donner un concert là-bas.

Je me suis retrouvée, aux vacances de Pâques, dans un avion pour Quito, seule avec mes filles. Sans musicien, mais avec une bande-son… Éric avait trop de travail pour nous accompagner. Nous étions logés chez la femme qui m'avait sollicitée. Elle et son mari avaient une grande maison, et une agence de voyages, ce qui nous permit de faire un périple incroyable en Équateur, de Quito à la forêt amazonienne (ou nous dormions dans une cabane au milieu de la jungle, entourées de bestioles...), des ravissantes villes à l'architecture coloniale jusqu'aux hauts plateaux aux pieds des volcans.

Le concert fut extraordinaire ! J'étais sur la grande scène, installée pour l'occasion dans le gymnase, accompagnée d'une bande-son. Nina faisait ma première partie avec sa guitare, et Othilie et Hermance (la fille de nos hôtes, qui avait neuf ans comme Othilie, et qui réalisait son rêve...), se tenaient derrière moi pour faire les chœurs et les chorégraphies ! Et dans la salle, trois cents enfants, qui connaissaient toutes les chansons par cœur ! J'ai ressenti une très grande émotion devant tant d'enthousiasme, de partage, de joie. Et je me dis que décidément, cette carrière de chanteuses pour enfants, arrivée « par hasard », me comblait et me rendait extrêmement heureuse.

Nous fîmes la connaissance d'une maîtresse d'école belge, Anne, qui aimait beaucoup mon travail, et qui n'était autre que la femme du président de la République, Rafael Correa ! Il se trouvait en voyage en Chine. Anne désira dîner avec nous pour nous présenter sa fille de dix-huit ans, car celle-ci voulait faire du théâtre, en plus de science po, et s'intéressait au festival d'Avignon, où j'allais jouer quasiment chaque année.

Nous avons donc dîné avec elles, elles furent absolument charmantes et drôles, et nous passâmes une excellente soirée.

De retour en France, quelques mois plus tard, je reçus un mail d'Anne. Elle me demandait si je pouvais héberger sa fille durant le festival d'Avignon, car celle-ci désirait s'y rendre pour voir des spectacles ! J'aurais volontiers accepté, mais il y avait un petit problème : Éric, les trois enfants et moi, logions dans une tente au camping ! J'en informai Anne, ce à quoi elle me répondit : « Ce n'est pas grave, ma fille a une tente Quechua ! »

Fort heureusement, elle ne vint pas avec nous au camping (la fille du président étant absolument sublime, j'avais redouté sa rencontre avec Théo, qui avait son âge et commençait à s'intéresser de très près aux jeunes filles...). Sa mère loua un appartement en dehors d'Avignon.

Je leur avais préparé un sérieux programme, une sélection de spectacles à voir absolument, au rythme de quatre par jour, durant une semaine. À commencer par les nôtres, évidemment.

Je ne jouais pas cette année-là, mais venais prendre des notes de mise en scène pour ma pièce *Le Dalaï et moi*. Éric avait monté avec Anne Bourgeois un magnifique spectacle, une adaptation des *Cavaliers*, de Joseph Kessel.

Je retrouvai donc mes deux nouvelles amies devant le théâtre où se jouait *Les cavaliers*. Après les embrassades, Anne me dit :

– Je suis tellement désolée, Sophie ! Je sais que tu as réservé tous les spectacles pour deux personnes, mais finalement nous serons cinq. »

– Cinq ? dis-je. Mais qui est avec vous ?

– Eh bien, mes deux autres enfants, et mon mari.

– Ton mari... C'est-à-dire... Comment ça ton mari ? Lequel ?

Je m'emmêlais les pinceaux, sachant pertinemment que son mari était le président de l'Équateur, mais ne l'imaginant pas une seconde dans cette folie que peut être le festival d'Avignon.

– Mais comment ça « lequel » ? s'étonna-t-elle. Mais je n'en ai qu'un, Rafael ! Et d'ailleurs, le voici !

Je me suis retournée, et retrouvée face à Rafael Correa, sublime géant au sourire éclatant, en jeans et polo Lacoste rose. Il écarta ses grands bras et dit, d'une voix tonitruante :

– *Holà*, Sophia Forté ! Yé souis si heureux dé té rencontrer ! Yé suis fou dé tes chansons !

Et il me serra contre lui en me soulevant, comme si j'étais un membre de sa famille qu'il ne voyait qu'une fois par an. Je n'en revenais pas !

Ainsi, nous avons passé une semaine, Éric, les filles et moi, en compagnie quasi permanente de cette merveilleuse famille. Ils avaient une dizaine de discrets gardes du corps, qui ne les lâchaient pas d'une semelle, vêtus de noir, avec des oreillettes pour communiquer entre eux. Tous se déplaçaient dans des limousines noires à vitres fumées, même à l'intérieur des enceintes d'Avignon, où on ne pouvait jamais circuler ! Le plus drôle était lorsqu'ils nous raccompagnaient au camping, et que les gardes du corps nous ouvraient les portes, devant une ribambelle de types en short, totalement sidérés. Ou bien lorsque mes amis comédiens me voyaient entrer ou sortir de la voiture ! Très vite, tout Avignon fut au courant de l'affaire, et de nombreux copains m'appelèrent pour me proposer de venir voir leur spectacle en compagnie du président et de sa femme. Nous étions très sollicités !

Nous nous quittâmes à regret, et après leur départ, je me suis demandé si je n'avais pas rêvé. Je me repassais comme un film les images de ces quelques jours intenses, les jeux de ballon dans la piscine avec les gardes du corps, les enfants et le président, son rire incroyable qui résonnait dans les salles de spectacles, nos discussions passionnantes et interminables avec lui et sa femme, le soir dans les jardins, la fois où ils avaient insisté pour que je leur chante mes chansons, debout sur une chaise dans la cour d'un restaurant, la complicité et l'entente immédiate entre nos enfants.

Mais l'aventure ne s'arrêta pas là. Elle ne faisait, en fait, que commencer...

Car dès le mois de septembre, Rafael me téléphona :

– *Holà*, Sophia ! *Es el présidente !* (Je l'appelais toujours « *présidente* », et ça le faisait rire.)

– *Holà, présidente ! Que tal ?*

– *Muy bien !* J'ai oune très bonne idée ! Vous allez vénir à Quito, dans lé palais, toi et Éric, pour faire oun festival como Avignone !

– Quoi ?

– Si, si, à Quito ! Yé vous invite pour les vacances de Noël, trois sémaines, et on va trouver des lieux pour faire oun festival !

Il semblait totalement emballé. Je lui fis remarquer que j'étais autrice, chanteuse et comédienne, et non pas organisatrice de festival, ce qui était en fait un métier différent, mais il insista, et je finis par me dire que je m'en sortirais peut-être avec l'aide d'Éric, qui programmait en effet très souvent des artistes dans des festivals d'humour, et en était même parfois le présentateur. Nous partîmes en décembre, avec les trois enfants, et un régisseur son et lumière pour nous donner des conseils.

Et une fois de plus, il faudrait un livre entier pour raconter ce que nous avons vécu.

Le palais était absolument grandiose, vaste monument dans le centre de Quito, tout blanc avec des colonnes, immenses salles décorées comme de gros gâteaux à la crème, patios, terrasses, jardins, piscine. Chacune de nos chambres faisait la taille de notre appartement, on nous servait à manger à volonté des mets exquis, nous avions à disposition un chauffeur, une traductrice. Rafael nous reçut comme des princes. D'autant plus que le soir de notre arrivée, il avait organisé, non pas en notre honneur, mais parce que nous étions proches de Noël, un incroyable gala dans la grande galerie du palais, qui réunissait tous les ministres et leurs épouses. Tout le monde était en tenue de soirée, il y avait un orchestre de salsa, le dîner dura cinq heures, Rafael nous fit monter sur scène pour nous présenter, puis il se mit à chanter comme un dieu, accompagné de chœurs féminins qui se tortillaient sur des musiques endiablées. Nous avons tous fini ivres (sauf les enfants que nous avions couchés assez tôt à cause du décalage horaire...), en dansant comme des fous jusqu'au petit matin. Nous avons pris le petit déjeuner, Éric, Rafael et moi, sur une des terrasses du palais qui surplombait la ville, la lumière rose éclairait les maisons blanches, on entendait les oiseaux s'éveiller, on se serait cru dans un dessin animé de Walt Disney.

Le lendemain, nous nous sommes retrouvés au balcon, à saluer avec le président devant une foule hurlante qui agitait les mains. C'était totalement surréaliste ! Je me serais cru dans *Tintin et les Picaros*, aux côtés du général Alcazar ! Si mon oncle André avait vu ça, il aurait été fier de son Tintin !

Malheureusement, Rafael dut s'absenter à l'étranger quelques jours plus tard, et nous confia à son Premier ministre qui se trouvait être français ! Nous avons visité Guayaquil, magnifique ville en bord de mer, Loja, petite ville ancienne aux frontières de la forêt amazonienne. Nous avons fait une séance de chamanisme avec une minuscule femme chaman qui nous crachait de feu sur les fesses et nous fouettait avec des branches, et cela me donna l'idée d'une nouvelle pièce que je créai avec Éric dès notre retour : *Le Chaman et moi.*

Nous avons rencontré de nombreuses compagnies de théâtre, assisté à des pièces, des fabrications de marionnettes de trois mètres de haut, visité des lieux magiques qui pouvaient potentiellement accueillir des spectacles, marché des heures dans les petites rues sinueuses de vieilles villes, discuté avec tout un tas de gens dans notre espagnol approximatif qui finissait par se perfectionner.

Bref, chaque jour fut une invraisemblable aventure.

Nous avons joué *Le Chaman et moi* durant presque deux ans. Et je donnai le rôle du chaman à Philippe Martz, le complice de mes débuts aux cours Simon ! Nous avons présenté la pièce à Avignon, et le Premier ministre et le maire de Loja sont venus la voir !

Éric retourna deux fois à Quito pour mettre en place le festival.

Qui n'eut jamais lieu…

Rafael ne fut plus président et partit vivre en Belgique avec sa famille.

Et le Noël suivant, Éric me quitta subitement pour une autre femme.

Ce jour-là, je suis presque morte, mais personne ne s'en est vraiment rendu compte.

J'avais perdu l'autre moitié de moi, et je me suis mise à boiter de l'intérieur.

J'en écrivis un spectacle avec Virginie Lemoine, *Chagrin pour soi*, qui racontait (avec humour...) le difficile deuil amoureux que j'avais à faire. Un an plus tard, en 2017, je la jouais au festival d'Avignon, lorsque j'entendis dans la salle un rire tonitruant que je connaissais et que je croyais ne plus jamais entendre...

El présidente !!!

Il m'attendait avec sa femme à la sortie. Nous étions très heureux de nous retrouver. Et il me dit :

– Yé souis désolé, pour lé festival, et aussi pour Éric... Mais yé n'oublierai jamais cé qué nous avons vécu ensemble, *mi amiga*.

⋆

Les trois années qui suivirent, malgré ce foutu chagrin qui ne partait décidément pas, je me suis démenée pour rendre la vie plus jolie à mes filles qui avaient beaucoup souffert du départ de leur père. Pour avoir plus d'autonomie financièrement, j'ai dû vendre l'appartement des parents. Il m'a fallu évidemment le vider. Les placards étaient pleins à ras bord, et je me suis mise à trier des vêtements, des draps, des serviettes. Chaque chose me rappelait un souvenir. Je revoyais maman dans ce peignoir rouge élimé, préparant les pâtes dans notre cuisine de la Croix-Rousse, papa dans ce vieux pyjama à rayures, maman dans cette longue robe bleue lors d'un vernissage, papa avec ce pardessus beige, et aussi les draps fleuris de ma chambre du bungalow de Hyères, des multitudes de cravates en soie, un sac plein de bretelles, les *Marcels* à trous, la couverture à carreaux qu'on sortait l'hiver à Lyon. Assise par terre, au milieu de tous ces trésors, je ne pouvais plus m'arrêter de pleurer. J'ai alors décidé de ne presque rien garder. J'ai mis dans un sac la petite Sainte Vierge en bois de maman qui était restée sur sa table de nuit, le fameux béret beige qu'elle s'était confectionné, une cravate à pois bleus de papa, une paire de bretelles, et son pyjama. Et puis j'ai appelé les gens d'Emmaüs, et ils ont tout débarrassé.

Avec l'argent de l'appartement, j'ai encore agrandi le mien, pour que nous ayons chacune une chambre, et j'ai payé des voyages.

J'avais acquis, avec le nouveau studio désormais relié par un escalier à mon appartement, une cave. Elle donnait dans deux autres caves qui m'appartenaient, et j'eus l'idée de relier les trois. C'est alors que je découvris au fond de ma cave fraîchement acquise, un petit trou dans le mur de pierres. J'ai enfoncé un manche à balai dedans, pour voir... Il entra totalement. J'ai demandé à l'architecte de l'immeuble si je pouvais casser ce mur, impatiente de découvrir ce qu'il y avait derrière. Telle une spéléologue, une lampe frontale sur la tête, avec un ouvrier et mes filles, je suis entrée dans une longue cave sombre pleine de toiles d'araignées. Nous avions découvert une pièce secrète, très haute de plafond, de vingt-cinq mètres carrés ! Je pus l'acheter à la copropriété (elle ne figurait sur aucun cadastre...) et commencer des travaux.

Tout au fond, sous une grande voûte, se trouvait une trappe au sol. Les filles et moi, avec l'aide de deux ouvriers, avons réussi à l'ouvrir. J'espérais évidemment tomber sur le trésor de Rackham le Rouge !!

Mais nous avons seulement déterré les premières marches d'un grand escalier en pierres, qui menait sans doute aux catacombes. De peur de voir remonter quelques zombis, nous avons fini par recouvrir cette trappe d'une dalle de béton, pour faire une scène de théâtre. Et la cave, désormais baptisée « La Trappe », fut transformée en salle de spectacles ! (Pratique pour le jeu de mots : « Je passe à la Trappe… ») Nous avons installé des projecteurs, une petite régie, une trentaine de chaises, les trois petites caves à l'entrée de la grande devinrent un bar.

Nous programmions des concerts, des « seul en scène », des lectures de pièces. Nous organisions des dîners aux chandelles, des fêtes, des parties de cartes. Bref, tout cela était très gai…

⋆

Je trouve au fond de la valise un album photos que j'avais envoyé à André. J'avais écrit un petit mot sur la première page : « Mon André, je suis loin de toi et nous ne vivons plus rien ensemble… C'est pourquoi je t'envoie des photos des filles et moi, de nos voyages, de nos moments joyeux. Tu vois, nous nous fabriquons de nouveaux souvenirs, sans Éric… Nous allons bien. Et nous t'embrassons fort. »

Sur chaque page, il y a deux ou trois photos de voyage, avec des petits commentaires. Nous trois avec d'énormes glaces sur une plage grecque, Nina devant la Sagrada Família à Barcelone, Othilie dans une robe à fleurs sur le Ponte Vecchio de Florence, nous trois au pied d'une tour à New York, les filles qui dansent la salsa à Cuba, dans des kimonos au Japon, dans un pousse-pousse au Vietnam, avec des sombreros au Mexique.

À la fin de l'album, j'avais écrit : « Mon goût pour les voyages me vint avec toi, lorsque j'étais petite, et qu'on s'imaginait dans la jungle amazonienne alors qu'on grimpait aux arbres de la petite forêt de Neuville, au beau milieu du désert du Kalahari en escaladant la dune du Pilat, sur l'océan pacifique quand on pêchait des gardons sur la rivière de L'Ain. Nous avons combattu des pirates, rencontré des chefs indiens, découvert des pépites. Et tu vois, je continue à présent l'aventure avec mes filles.

Merci, mon Capitaine. »

Il vivait désormais seul dans son studio. Son dernier Gerry était mort. Je décidai de prendre les choses en main pour l'aider, et je dégotai une super infirmière, Maud, qui vint s'occuper de lui à domicile et devint la gardienne bienveillante de ses derniers moments.

*

Une nuit, j'ai rêvé qu'il était tombé de son lit, et agonisait, seul, par terre. Évidemment, dès le réveil, je l'ai appelé. Il ne répondait pas. J'ai renouvelé l'opération plusieurs fois dans la matinée, mais toujours rien. Je savais qu'André sortait chaque jour pour « prendre le frais », comme il disait, au parc de la Tête d'Or, mais il n'y restait pas longtemps maintenant que son dernier Gerry était mort. J'avais le numéro de sa voisine que j'appelai en fin de matinée. Elle alla sonner à la porte, mais aucun signe d'André. Alors j'ai appelé les pompiers.

Ils sont passés par la fenêtre, et ils ont découvert mon oncle par terre, au pied de son lit, inconscient et totalement déshydraté. Il était apparemment là depuis plusieurs jours. Il était tombé de son lit et n'avait pas pu se relever.

Dès lors, il mit un bracelet autour du poignet pour prévenir au cas où il ferait une nouvelle chute.

Et moi, je me mis à m'intéresser de plus près à mes rêves…

*

André finit paisiblement sa vie dans une maison de retraite de la Croix-Rousse, qui n'était pas trop affreuse. Il avait une jolie chambre avec vue sur tout Lyon que je lui avais aménagée avec Maud : tous ses souvenirs, photos de sa Zette, des Gerry, de nous quand j'étais enfant, petits bibelots kitchs et une aquarelle de mon père.

Et cette énorme valise, remplie de photos de famille, emmagasinées par ma grand-mère durant toute sa vie, puis par André après sa disparition. Il me disait :

– Cette valise, ça sera ton héritage, ma crevette. Je la garde encore un peu avec moi, parce qu'il y a des photos de ma Zette dedans. Remarque, je les regarde jamais, j'ai pas besoin, je les connais toutes par cœur, avec tous les détails, tout… Mais on sait pas, des fois qu'avec l'âge ça tourne plus trop rond là-haut (de son long index décharné, il me montrait son crâne désormais totalement dégarni), et que ma mémoire, elle s'en va, eh ben, j'irai lui faire un petit coucou dans la valise, à ma Zette.

Il restait lucide et parlait inlassablement de sa Zette et de la mort de son dernier Gerry « qui était le plus gentil de tous les Gerry ».

J'étais beaucoup en tournée avec mon nouveau spectacle pour enfants *Je déménage*, et avec *Chagrin pour soi*, et je faisais aussi souvent que possible des petits crochets par Lyon. J'achetais à André des choses qu'il aimait manger, des produits pour sa toilette, je le poussais dans son fauteuil roulant jusque sur le boulevard de la Croix-Rousse pour l'emmener déjeuner dans un petit bouchon, ou prendre une bière dans un troquet, et je parlais toujours beaucoup, de ma vie, de mon travail, pour tromper ce terrible silence qui cherchait à s'immiscer par tous les moyens entre nous.

Il recevait aussi régulièrement des visites de Maud, son infirmière chérie, et de son ex-voisine, qui étaient toutes deux des femmes bienveillantes et sensibles. Peut-être la voisine était-elle seulement animée par une vive charité chrétienne. Mais pas Maud. Elle aimait vraiment André, elle s'était attachée à lui, et leur complicité était indéniable et très touchante.

Un matin de mars 2019, je reçus un coup de fil de la maison de retraite : André s'en allait à son tour. J'ai sauté dans un train.

Il était sur son lit, tout long, tout sec, les yeux fermés. Il respirait fort. Je ne crois pas qu'il dormait, il attendait ma venue, j'en suis sûre. Je me suis assise à côté de lui, près de son visage. Et j'ai parlé. Parlé de nos beaux moments, de nos épopées fantastiques, de nos rires, de nos courses folles, de nos faux combats et de nos vraies victoires. De toute cette enfance qu'il avait rendue plus lumineuse. Et de tout ce qu'il avait rendu plus joli, plus doux, plus drôle. Je l'ai remercié pour ça, je n'ai rien évoqué d'autre, ce n'était pas le moment, c'était déjà assez triste, inutile d'en rajouter dans la culpabilité.

Je ne pleurais pas, je riais même, je voulais qu'il entende une dernière fois mon rire qu'il aimait tant, qu'il comparait toujours à une « vieille pétrolette qui n'arrive pas à démarrer ».

Alors j'ai vu sa bouche sourire. J'ai embrassé une dernière fois son front. Et je suis partie. Légère. Malgré sa foutue valise qui pesait des tonnes…

C'était une vieille Samsonite des années 1970, à la coque en plastique rigide, couleur bleu mer. Elle n'avait plus qu'une roue à l'arrière.

André est mort le soir même.

Je suis revenue à Lyon quelques jours plus tard pour l'enterrement.

Un vrai bon jour d'enterrement, où l'on se dit qu'on pourrait bien mourir nous aussi, écrasés par le ciel trop lourd, ou noyés sous la pluie. Maud et la voisine sont venues pour la crémation, et puis je me suis retrouvée seule avec l'urne.

Je suis allée jeter les cendres d'André dans le jardin des souvenirs, sauf que désormais plus grand monde ne se souviendrait de lui…

Par de petites rigoles que formait la pluie, les cendres s'échappaient du jardin.

Par-dessous mon parapluie, je les regardais s'évader en pensant que, décidément, mon oncle André ne pouvait pas rester en place. Il avait encore l'esprit aventurier…

*

Cela fait une semaine que je regarde des photos, avec juste quelques pauses pour préparer les repas. Le capitaine Haddock ne s'est donc pas moqué de moi. Il m'a offert un trésor encore plus beau que celui de Rackham le Rouge !

Mes filles viennent me rendre visite régulièrement dans ma chambre pour savoir si je vais enfin en sortir, mais je suis si passionnée que je leur accorde peu d'attention. Je viens de revivre toute ma vie, plusieurs vies... Je viens de retrouver tous ceux que j'aimais. Mais il est temps à présent de les laisser se rendormir, jusqu'à ce que des regards curieux ne viennent de nouveau les réveiller...

Je suis en train de mettre de côté quelques clichés, lorsque la chatte arrive. Une de mes filles a dû oublier de fermer la porte en ressortant de ma chambre.

Le Niaaa surgit derrière moi, j'entends le bruit de ses pas rapides sur le sol, puis elle pousse un cri victorieux, fait une sorte de glissade, les pattes de devant tendues et le reste du corps qui suit comme il peut, et elle croque dans une photo.

– Lâche ça ! je crie.

Trop tard ! L'animal a mordu, de ses canines féroces, dans le nez de mamy Irma. Je réussis à lui arracher l'aïeule de la gueule, mais il s'empare aussitôt de mon papy Antoine, et commence à lui lacérer les jambes. Je me jette au sol et réussis à lui reprendre la photo, mais, assoiffé de vengeance, il kidnappe alors tante Zette et s'enfuit avec elle dans les escaliers.

– Rends-moi ça ! je hurle, en le poursuivant.

Ma fille Nina est sortie de sa chambre, alertée par les cris. Elle me demande ce qui m'arrive, et a pour réponse cette phrase étrange sortie de son contexte : « Le Niaaa bouffe tante Zette ! »

Il ne reste d'elle qu'une joue, la moitié du corps, et un bout de Gerry. À ce rythme-là, la bête va mutiler toute ma famille ! Je retourne dans ma chambre, en fermant bien la porte cette fois-ci. Je pense donner un tour de clé dans la serrure, pour plus de sûreté, mais me ravise. Cette chatte est maligne, mais pas au point de tourner une poignée...

C'est Nina qui entre, sans que je l'entende arriver, et Le Niaaa en profite pour se faufiler de nouveau.

Nina implore :

– Allez maman, tu peux venir me faire répéter ma chanson pour le concours !?

C'est alors que la chatte m'arrache des mains mes arrière-grands-parents, en plantant ses petits crocs pointus dedans, et elle file avec. Je hurle :

– Noooon ! Pas mes petits vieux !!!

Nina, dépitée, retourne travailler dans sa chambre.

Le concours d'entrée, dans l'école de musique dont elle rêve, a lieu dans moins d'une semaine…

Je lutte avec Le Niaaa pour sauvegarder ce qui reste des Forte, espèce en voie de disparition…

Et je retourne dans mon antre pour ranger les dernières photos et refermer la valise…

Je garde en moi une trace de tous ces personnages, que je viens de faire revivre avec passion :

le caractère emporté de Roméo, la volonté d'Irma, la fantaisie et l'audace de Juliette, l'esprit tourmenté de Max, le sourire enfantin de tante Zette… Ils m'ont aussi légué leurs failles, leurs douleurs, leurs traumatismes, qui leur venaient peut-être de leurs ancêtres…

Mais aussi une soif de vivre jamais étanchée, la conviction que chaque jour est une nouvelle aventure extraordinaire, et le bonheur d'être sur cette terre, quoi qu'il en soit…

Mes deux adolescentes possèdent aussi un petit quelque chose de chacun d'entre eux.

J'espère qu'elles auront bientôt envie d'ouvrir la valise à leur tour, et qu'elles me poseront plein de questions. J'attends…

La Valise

Afin de trouver une place à mon nouveau trésor, en haut d'un placard de l'entrée, je traverse le salon. Des dizaines de tubes de peinture à l'acrylique ont envahi la table, dans un joyeux désordre. Othilie, un pinceau à la main, me dit :

– Regarde, maman, j'ai fini !

Alors je pose la valise, et je prends du recul.

J'admire, trônant sur le grand chevalet, son tableau magnifique.

Remerciements

Je remercie mon formidable complice et ami Gilles Dyrek, qui m'a joyeusement aidée à trier et à ranger ce que j'avais jeté pêle-mêle dans ma Valise, et à la porter tout au long du chemin.

Merci à mon merveilleux ami Tchavdar Pentchev qui a fait la Valise avec moi en choisissant les photos.

Merci à Bruno Garel, pour ses précieux et judicieux conseils avant le départ.

Merci à ma très chère amie Isabelle Layer, qui a donné à la Valise son élan pour le décollage.

Merci à mon attaché de presse Francis Tier, qui se démène pour que ma Valise puisse voyager loin.

Merci à mon éditrice Ambre Rouvière, pour sa patience et sa bienveillance, et sans qui vous ne seriez pas en train d'ouvrir la Valise.

Merci à mes filles, Nina et Othilie, sans lesquelles j'errerais comme une âme en peine.

Merci à François Deliac, mon Rouec, d'être là, toujours, et pour toujours.

Merci à tous mes amis qui ont été les premiers à découvrir la Valise et qui m'ont tant encouragée.

La Valise

Merci à mon Niaaa de ne pas avoir dévoré toutes les photos…

Merci à ma famille d'avoir été ce qu'elle a été, avec tous ses excès, toutes ses folies, ses failles et ses tendresses…

Légendes des photos

1. Touchée par la grâce.
2. Papa.
3. Papa et sa Toche.
4. Tante Zette et un Gerry.
5. Tante Zette dans le jardin de la maison de Neuville sur Ain avec un bébé Gerry.
6. Maman.
7. Marie Thé, spécialiste grandes tailles.
8. Tante Zette à l'intérieur de son magasin.
9. Giovannina avec son ogre, Roméo.
10. Tante Zette aime les fleurs.
11. Giovannina.
12. Papa peignait le vent.
13. La dernière exposition de Papa.
14. Giovannina.
15. Papa et moi dans le bungalow de Hyères.
16. Papy et son père. Deux Forte presque jumeaux.
17. Juliette est une petite fille sage et timide.
18. Zette.

19. Tante Zette a bien fait laquer son chignon. Maman m'a prêté une robe de cérémonie !
20. Le magasin des merveilles de maman.
21. Papa et maman, l'ombre et la lumière.
22. Le capitaine Haddock et Tintin dans le bungalow de Hyères.
23. André.
24. Mamy Irma.
25. Max adore les voitures.
26. Max a séduit Juliette avec son accordéon.
27. André et Zette.
28. La Toche.
29. André, Zette et un Gerry.
30. La galerie de papa.
31. André : plus un poil sous le calot.
32. Les vacances… Zette, mamy, moi et un Gerry.
33. Papy et mamy. Ils s'aimaient.
34. Papy : Humphrey Bogart.
35. Roméo.
36. Mamy : Ava Gardner.
37. À l'avant, les Forte ! À l'arrière, papy et mamy.
38. Maman est très à l'aise dans les vernissages, papa moins…
39. Le Dick, mon chien cheval.
40. Maman et son éternelle coupe de champagne.
41. Papy Antoine.
42. Lovely et moi : mêmes dents.
43. Papy, mamy et moi dans le bungalow de Hyères.
44. Un Gerry.
45. Papa doit faire un discours…
46. Papa adorait peindre sa ville.

Depuis le succès fulgurant de « Joe le taxi », Vanessa Paradis a grandi en public et on a souvent l'impression de tout savoir d'elle. De ses chansons, de ses films, de ses apparitions publiques, de ses amours, de ses enfants, de ses amitiés professionnelles... L'artiste n'aurait donc aucun secret pour nous.

Pourtant elle reste entourée d'un certain mystère. La jeune femme dont la vie personnelle a souvent été étalée à la Une des magazines affiche une volonté farouche de se protéger. Mais au fil des interviews, entre deux réponses soigneusement données, filtre une certaine fragilité, une féminité tout en douceur et en tendresse. Car Vanessa Paradis est un paradoxe, mêlant subtilement force de caractère et sensibilité à fleur de peau.

Après toute une vie sous les projecteurs, une carrière émaillée par des collaborations avec les plus grands, et des amours tout aussi tumultueuses que célèbres, Vanessa Paradis est devenue une icône incontournable. Chanteuse, actrice, égérie aux multiples talents, elle n'a pas fini de faire rêver les Français.

Cette biographie analyse cet étonnant parcours professionnel et personnel pour livrer ici l'essence même du paradis, version Vanessa.

ISBN : 978-2-8104-3098-7

CHRISTIAN
EUDELINE
VANESSA
PA
RA
DIS
Divine artiste
EDITIONS PRISMA

Responsable éditoriale : Ambre Rouvière
Correction : Nord Compo Multimédia
Composition : Nord Compo Multimédia
Conception graphique de la couverture : Nord Compo Multimédia
Illustration de couverture : DR

Depuis 2009, Prisma Media met en place une politique d'achat éco-responsable. Ainsi, près de 100 % du papier de nos magazines est certifié PEFC (gestion durable des forêts). La fabrication des livres des Éditions Prisma s'inscrit également dans cette démarche.

Dépôt légal : octobre 2021 – n° d'impression 98680
Achevé d'imprimer en France par : Imprimerie Floch